漫娱图书
SINCE

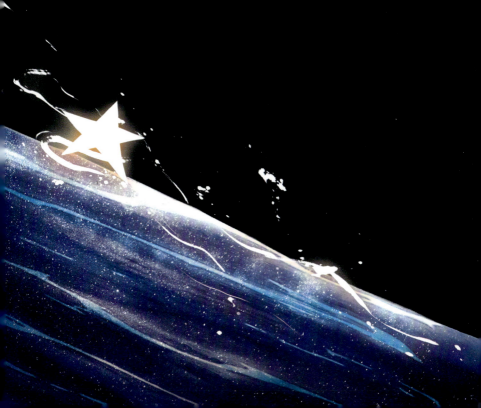

无梦之森

夜很贫瘠 · 著

长江出版社 CHANGJIANG PRESS   漫娱图书

林星遥不会伤害任何人，但无妄的流言蜚语淹没了他，
没有人听他的声音，没有人想靠近他、了解他。
现在许濯站在他面前，林星遥才想起，原来自己依然还有
这份强烈的渴望。

Dreamless Fores

许濯的目光落在林星遥的身上。
可光太亮了，他只想闭上眼睛。

目录
Contents

Dreamless Forest

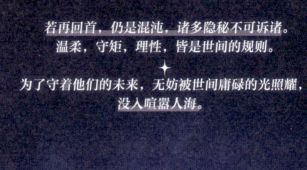

若再回首，仍是混沌，诸多隐秘不可诉诸。
温柔，守矩，理性，皆是世间的规则。

为了守着他们的未来，无妨被世间庸碌的光照耀，
没入喧嚣人海。

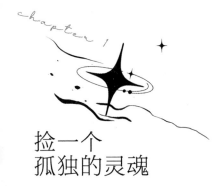

捡一个
孤独的灵魂

夜晚，医院灯火通明。

林星遥拿着外婆的病历本和病理报告，看着医生在 CT 片子上指这里指那里。林星遥还背着书包，穿着一身带有学校标志的蓝白校服。校服领子和衣摆快磨脱了线，松垮搭在他的手腕和脚脖子上，衣裤洗得十分干净。

听完医生的分析后，林星遥回到病房前。他想推门进去，但抬起的手又放下，站在门外发呆。过了一会儿，他转身离开，坐电梯下楼。

夜晚风冷，秋意瑟瑟，林星遥穿着单薄的校服，独自一人在医院楼下的小路上徘徊，被冷风吹着也没啥感觉。他不停地抹眼泪，泪珠子却怎么也止不住。

林星遥从小被外公外婆一手带大。他三岁的时候，父亲犯罪入狱，母亲也远走他乡，把幼小的孩子丢给老人带大。后来林星遥的外公抑郁离世，最后只剩林星遥和外婆相依为命至今。

林星遥没有朋友，在学校的日子也从来不好过。他父亲犯罪后，几乎所有亲戚朋友都与林家断了来往。

所有人都知道，林星遥是个罪犯的儿子。

一阵秋风掠过，林星遥一没留神，手中的病历本和病理报告被吹飞。他忙转身去捡，冷不丁旁边拐角走出一个人，那人个高腿长，小路上又没灯，两人都猝不及防，哗地就撞在一起。

铁碗噼里啪啦地摔了一地，接着一阵热乎的饭菜香漫开。林星遥连忙道歉，一看那满地狼藉，差不多就猜到对方是来医院给家里人送饭的。

那人没管自己这边，先把散落在地上的病历本和病理报告捡了起来，看也不看，叠好递给林星遥："没事。给你。"

"谢谢。"林星遥狼狈地接过东西，赶紧擦一下脸上乱七八糟的泪痕，见那人提来的整个保温桶里的饭菜全洒了，紧张去捡碗，"对不起，我再给你买一份饭。"

"没事，真的没事。"男生的声音很好听，低低的，又很温柔，"别着急。"

林星遥还是想再去买份饭，男生却笑笑挥手，只说没有关系。最后两人一起把地上收拾干净，去了医院大厅的卫生间洗手。

林星遥这才看清男生的长相。男生快比他高出一个头了，容貌俊逸，穿一身深棕外套和黑色休闲裤，更显得身形好看。

林星遥仍是不好意思，询问："你是来给家里人送饭的吗？"

"嗯。"许濯点头，"你是七中的？"

"是。"

"我也是。"

林星遥有些吃惊，但他很少与同龄人交流，反应有些木讷："哦。"

男生毫不在意，礼貌地自我介绍："我叫许濯，毕业班 1 班的。"

1 班，那就是理科尖子班。

林星遥点点头："我叫林星遥，10 班。"

许濯没有多问，擦干净手后从衣服口袋里拿出一包纸巾，递给林星遥。

"脸也洗一下？"许濯建议。

林星遥尴尬，接过纸巾，拧开水龙头洗脸。

等他擦干净脸，许濯才说："那我先走了。"

"嗯……嗯。"林星遥攥着纸巾想还给他，但手忙脚乱的，纸巾外包装被自己捏皱了，还沾了水，林星遥只好把腌菜一般的纸巾揣进荷包里，"真的很对不起。"

许濯很耐心地又说了遍"没关系"，转身离开。他走路时也很挺拔，手上提着个空空的保温桶，很快融入夜色。

林星遥在卫生间里待了会儿，把鼻涕擤干净，转身出门，去了住院楼。

他的生活基本上就是围绕着外婆，家，赚钱这三样东西。

外婆要他上学念书，他就背着书包乖乖去学校，至于把书念成个什么样子，他没法保证。毕竟同学关系他处不好，老师也不喜欢他，他自己也不聪明，没有学习的脑子。

依靠老人一个人的积蓄生活并非长久之计。

林星遥背着外婆自己偷偷赚钱，做游戏陪玩。他游戏打得不错，进陪玩圈摸索了大半年，如今差不多摸出了门道。他技术不错，声音好听，就是人不太会来事儿，话不多。

偏偏有人就好这口，于是林星遥的生意也慢慢好了起来，找他这种陪玩的大多是稍微年长一点儿的姐姐，有时也有男的。林星遥来者不拒，是钱就赚。

林星遥不爱读书。白天他就趴在桌上睡觉，他是鼎鼎有名的差生，坐在教室最后一排的角落，垃圾桶的旁边，只要别烦其他人，睡得溜到桌子底下去都没人管。

外婆还想要他考上更好的学校。

林星遥头疼，也不知道能不能实现外婆这个愿望。他特别不爱念书，更讨厌学校，只想快点儿长大、赚钱。可他不想让外婆失望，只好装作很忙的样子，忙着上学，忙着去同学家玩。

周一学校有早自习，早晨冷飕飕的，林星遥在校服外面套了件旧外套，

倦倦地走进教室。

昨晚祖孙俩回家商量了很久，外婆觉得自己身体挺好，能吃能动的，平时吃药就行，不用长期住院。虽然医生也不建议外婆长期住院，但是林星遥却还是很担心她的身体。

教室里嗡嗡的，有人在聊天，有人在背书，林星遥走到自己的座位前，看到自己桌上堆着一大堆书、试卷、文具，还有饮料瓶。

他没什么表情，抬手按住桌子边缘，把桌子往上一抬，一桌的杂物登时哗啦啦地倾泻下去。

教室静了。

"林星遥你发什么神经啊？！"坐在他前面的女生跳起来，忙去捡自己的卷子，"神经病！"

林星遥说："这是我的座位。"

"就放一下怎么了？反正你又不学习，你除了用这张桌子睡觉还做什么？"

其他人也纷纷来捡自己的东西，用古怪的眼神瞥着林星遥。

女生蹲在地上捡自己的卷子，捡着捡着哭了起来。

她的同桌忙安慰她，女生却扔下东西，哭着丢下一句"真是神经病"，跑出了教室。

林星遥又被告了状，站在办公室挨批。

他把自己的游戏 ID 改成"大坏坏遥"，有的老板开玩笑说他声音这么软，哪里坏得起来，林星遥说不知道，大家都说我坏，或许是这样吧。

毕竟他是大坏人的儿子。

一上午，周围所有人都把林星遥当空气。

林星遥舒服了，趴在桌上睡得腰酸背痛，等中午铃声一响，爬起来去食堂吃午饭。

他随着人群下楼，经过楼下草坪路边的展示牌时，他无意间余光扫过，感觉到一点熟悉——那是个光荣榜。

他又看了眼，看出来了，那光荣榜里有两排优秀学生的照片，里头一张男生的照片，不是那个许什么……许濯吗？

林星遥又仔细看了下，确定就是昨晚刚认识的那个许濯，1班，综合成绩绩点年级第一，获得了什么什么化学竞赛一等奖，什么什么生物竞赛一等奖。

林星遥看了一会儿，转头继续去食堂吃饭。

他一个人排队，一个人找了张空桌坐下吃，吃完去放盘子，离开食堂。

午休时间有两个小时，不许离校，林星遥回到教室，吃饱了趴在桌上睡觉。

下午有一节体育课。林星遥在一个不怎么样的文科班，班上女生多，大都不怎么爱动，多是跑完步做完操就三五成群地玩去了，体育老师也懒得管，随学生去。

林星遥没人一起玩，课没上完他就一个人回教学楼了。外头冷，他本身缺乏运动，营养也不好，怕冷怕风，躲在二楼中央走廊的柱子后面，拿手机和老板约今天晚上陪玩的时间。他听到操场上突然挺热闹，看了一眼，远远看见一群人闹腾着往球馆的方向走，人群最前面那个背着羽毛球包个子高高的男生，赫然是许濯。

大家都围着许濯，男生和他勾肩搭背地打闹，他们很快进了球馆。

林星遥趴在栏杆上出神地看了一会儿，然后背过身去蹲在墙后边躲风，继续发他的消息。

降温后天冷得要命，林星遥早上蜷在被窝里挣扎着艰难起床，每天都不想上学。偏偏老人起得早，起床给他做好早饭后就来掀被子，让林星遥感到"生无可恋"。

今天是周日，林星遥一早陪外婆去医院。

如今和他们家来往的只有外婆的一个小女儿，小女儿可怜林星遥，可惜家里反对，她不能接济祖孙俩太多。老人住院，小女儿是家庭主妇，

白天有空就过来照顾一阵儿。

　　林星遥在医院陪了外婆一上午，趴在床边的小桌上装模作样地写作业。他的字体幼稚且不好看，外婆很是嫌弃，一边打吊针一边盯着他好好写字，后来姨妈来了，林星遥才借口回家写作业，背着书包跑了。

　　他有一辆老自行车，锈迹斑斑的，但还能骑。林星遥骑车赶到家附近的小网吧。

　　他挺争分夺秒的，一有时间就接单子，毕竟陪玩也没那么容易赚钱，他单干，缺乏经验，被一些老板逃单过不少次，最近才学会套路，知道游戏结束后问一句"是这一单结还是再开一单"，或者干脆加人微信，厚着脸皮要钱。

　　晚上林星遥还得去医院。六点左右，林星遥离开网吧，顶着一头乱乱的头发，眼睛下面挂着俩黑眼圈。

　　他甩甩脑袋，骑上自行车，往医院的方向骑去，顺便在路边一个卖煎饼果子的小摊旁停下买晚饭。

　　路上行人不少，林星遥缩在外套里等他的煎饼果子，忽然就听身后一阵汽车飞快开过去的声音。他一时奇怪：哪个神经病在人这么多的路上开这么快？

　　紧接着他听到惊呼和大叫，再是"砰"的一声，有什么东西重重摔在地上。

　　林星遥缩起脖子，转头看过去，看见地上的血渐渐弥漫开来。

　　人们大叫着跑开，还有人看见这情景吓得腿软坐在地上。林星遥只看见一辆电动摩托车倒在地上，一对老年夫妻横躺着，一个一动不动，另一个躺在地上呻吟。旁边还有被误伤的路人，也摔在地上起不来。

　　那汽车开始倒车。

　　林星遥抱着自己热乎乎的煎饼果子，稀里糊涂地把零钱递给摊子老板，摊子老板也稀里糊涂地接下。紧接着两人都叫了一声，因为那车竟又冲向了地上的老人！

　　林星遥眼睁睁地看着这一切发生。一旁有人报警，有人打急救电话，有人快吓晕过去，唯独没有人敢上前。

　　"你！"一个穿着校服的男生几步上前挡在车前，手里还提着袋煎饼果子，冲着那车里的人怒道，"你疯了吗？！"

　　车停了。

　　一个男人走下来，看着林星遥。

　　林星遥这才意识到自己一激动冲得太近了，他手脚冰凉，脑子猛地空白了，来来往往的行人仿佛一瞬间消失了，宛如整条街只剩他一个人。

　　紧接着一只手攥住了林星遥的胳膊，将他拖到路边。

　　林星遥心脏狂跳，被一路拖到离那辆车十几米远的地方，他抬头一看，是许濯。

　　许濯这回也穿着校服，只不过尺码都比林星遥的大一号，他背着个书包，校服里头是件卫衣。许濯比林星遥高挺多的，低头看着他，表情里没有惊恐，只有些好笑地看着眼前的人。

　　他松开林星遥，指了指刚才的方向说："最好不要和那种人正面接触，很容易受伤。"

　　"哦。"林星遥反应慢半拍，这会儿才吓得腿有点儿颤，但他硬撑着装作冷静的样子，点头，"你说得对。"

　　两人离得远远的，看见那个男人不再注意他们。那男人站在老人流出的血旁边，低头不知道在看什么。他跑不了了，路边有摄像头，路人围了一圈，拍照，录像，上传到网络。

　　林星遥第一次目睹这种场面，心里紧张不安，下意识地和不熟的许濯找话说："他在这么多人面前撞人，不怕被抓起来吗？"

　　许濯站在他身边，一直看着那边，一边回复道："他现在已经失去理智了。"

　　林星遥愣了愣。

　　"被撞的老人应该没有呼吸了。"许濯说，"还好其他人只是受伤。"

林星遥望向许濯。

近看下，许濯的五官非常优越，眉目温柔，没有任何攻击性，看上去让人感到非常舒服。他的皮肤也很白，令他整个人看上去干净而清爽。

"你不害怕吗？"林星遥询问。

"我害怕。"许濯收回视线，答道，"所以要保持距离。"

警车和急救车很快赶到现场，两人没有久待，离开了这个是非之地。林星遥这才想起来问："你怎么在这里？"

许濯回答道："我家就在附近，刚在家吃完晚饭，准备去学校。"

林星遥蒙蒙地问："周末也去学校？"

许濯略一挑眉："今天是周日，晚上要上晚自习。你忘了？"

林星遥暗骂一声，他还真忘了。

可他不想去，他想去医院陪外婆。

许濯仿佛一眼看穿他的心思，笑着问："打算翘课？"

他若是直接说翘课，听起来好像自己真的是坏学生。林星遥把自己的行为修饰了一下："我晚上有事，正准备和老师请假。"

许濯便点头："天冷了，晚上注意安全。"

林星遥说"好"，然后别扭地学着许濯的说话方式："你也注意安全。"

许濯与他告别，走了。林星遥在原地站了会儿，惊觉煎饼果子已经冷了，很是心痛。

他骑车往医院去，脑子里还在回想刚才和许濯的对话。

他觉得自己话太多了，明明和许濯不熟，却问来问去，一点儿也不像平时的自己。可他其实很想说话。

他和外婆在一起的时候话也很多，毕竟有人陪着聊天谈心，才不那么容易感到寂寞。

可惜除了外婆，他就没有朋友了。学校里的人都不理他，他才不自讨苦吃，他也就不和别人说话。

林星遥到了医院，外婆正等着他。

姨妈把家里用旧的一个小平板电脑给了老人用，外婆特别喜欢拿平板和她家遥遥一起看各种题材的电视剧。

林星遥把苹果削切成块，蹬了鞋子爬到病床上，和外婆一块儿坐着，边吃水果边看电视剧。

他把今天遇到的事情和外婆说了，被老人骂了一顿。

"你怎么这么笨？！看见这种事情就要离得远远的，你还靠近过去，哦哟，你是警察吗？你也不怕人一刀子、一砖头就劈过来了，真是杵头杵脑的！"

林星遥："我现在知道啦！你说那个人为什么要这么做啊？"

外婆不屑道："大街上那么多神经病，你还一个个地去问他们为什么发疯啊？还不就是因为脑子出问题了。"

"他能开车，脑子应该是正常的吧？"

"你这小孩，成天想些什么奇怪的东西。"外婆哭笑不得，又叮嘱林星遥，"别管他们为什么这样、为什么那样，总之只要看见那种不正常的人，你就一定要远离，知不知道？"

林星遥"嗯嗯"点头答应，也不知道听进去没有。

外婆无奈，戳起一块苹果喂给林星遥，看小孩张嘴吃了，目光温和，却隐含心疼。

林星遥没去上晚自习，打电话和班主任说自己在医院照顾外婆。老师知道他家里情况特殊，老人又生病了，只好随他去。

林星遥想请长假，以后都不想上晚自习了。反正他多念点儿书和少念儿点书都没区别，还不如抽时间陪外婆聊天。但是林星遥的班主任对学生请假要求严格，这个长假他也不知道怎么开口请。

林星遥在医院待到晚上十点多，被外婆硬赶了出来。外婆要他回家睡觉，不许他在医院陪床，林星遥拗不过她，只好灰溜溜地提着洗漱用品出了医院，骑自行车回家。

医院晚上灯光暗，林星遥推着自行车走出大门，刚要跨上去，就见一辆出租车缓缓靠在路边，车门打开，许濯从车上下来。

两人正对上视线，许濯也没惊讶，关上门朝他走过来。

林星遥很疑惑，推着自行车也朝他走几步，疑问道："怎么又碰到你了？"

他说话的方式是如此耿直，许濯也不在意，提醒他："我家住在这附近。"

许濯指医院的方向："就在医院后面的家属小区。"

林星遥思考半天，终于反应过来："你的家里人是医生？"

"父母都是。"许濯说，"你呢？"

林星遥"哦"了一声："我外婆……现在在这个医院住院。"

许濯看着他，昏黄的灯光下，许濯的目光平静温柔："陪到这么晚？"

他说话的方式很独特，吸引着林星遥的注意力——温和，好像带着关切，却又不亲近。

不像其他人，要么对他冷漠，要么讨厌。

"她生病了。"在这份不远不近的温和中，林星遥不自觉地说出了心里话，"我不想让她一个人待在医院。"

他说完才感到后悔，为什么要和许濯说这种话？他们并不熟悉，又有着天壤之别。

"我走了。"林星遥觉得心里别扭，转身想走。

不料许濯忽然出声叫住他："林星遥。"

林星遥很惊讶，没想到许濯竟然能记住自己的名字。

当时他边洗手边很快地报了遍自己的名字，还以为许濯根本连听都没听清楚。

他停住脚步，许濯走上前，想了想，问："需要帮忙吗？"

林星遥茫然："帮什么？"

"医院、学校，都可以。"许濯似乎也还没想清楚，"正好我们在一个学校，我家也就在附近。"

他真的很有礼节，说完后安静地站在原地，又对林星遥说："如果你不需要，可以拒绝我。"

两人站在路边，面面相觑。林星遥的心跳忽然加快了起来，他心想许濯想帮他……许濯没有讨厌他。

许濯很好。这是林星遥对他的第一印象。

许濯显然和其他人不大一样，他很成熟，不会用奇怪和审视的目光看他，不问他"为什么一个人""为什么不上课"。

他还和自己说话，脾气也很好，把自己从危险的人身边拉开，告诉自己要注意安全。

许濯很好。林星遥心里急急的，怕自己再不说点儿什么，许濯就要走了。这么优秀、这么好的人走了，就没有下一个人愿意和他这样耐心温柔地说话了。

"我……就……"林星遥抓了抓头发，笨拙地把手机拿出来说，"之后可能有……需要，我们可以先……那个……加个微信。"

许濯垂眸看着他，把手机拿出来："好。"

两人加上好友，林星遥仿佛完成了一个重大任务，收好手机，对许濯说："好，那我回去了。"

许濯"嗯"了一声，依旧提醒他："天黑了，注意安全。"

林星遥骑上自行车，与许濯道别，然后踩着车飞快地跑了。那道清瘦的背影如叶子一般，在夜幕下轻巧地飞扬，倏忽之间就没了影儿。

许濯望着林星遥的背影消失在路的尽头，良久才转过身，走进昏暗的小巷。

林星遥又迟到了。

昨晚他洗完澡窝在被窝里，抱着手机看联系人里许濯的名字，心里头激动得怦怦跳。晚上睡晚了，早上又冷得起不来，林星遥一路上自行

车都蹬不动，导致没赶上早自习的铃声。今天上英语早自习，英语老师是位冷脸严厉的女老师，她把林星遥骂了一顿，让他去教室外罚站。

南方的冬天很难挨，湿冷阴暗，寒气一阵阵地往骨子里钻。林星遥抱着英语书站在教室门口，他把毛衣领子拉到最上面，头缩进棉袄里，手冻得通红。这时楼梯那边传来有人下楼的声音，林星遥无意抬头看了一眼，就远远地看见许濯从楼上走了下来，身边还有两个人。他们手上都抱着一摞作业本，看来是下楼来给老师送作业的。

许濯也看到了他。林星遥下意识地挺直腰站好，觉得自己现在的样子挺窘迫的，心里忽然很是沮丧，不想看到许濯。他本以为许濯会直接走开，毕竟两人隔得远，也没必要特意打招呼，然而出乎意料的，许濯转了个身，朝他走了过来。

"欸……许濯！"许濯旁边的一个同学小声地叫他，"你干吗去呀？"

许濯转头笑着答："看到朋友了，和他打个招呼。"

那两人顺着他的方向看过去，大清早，一整条走廊空空荡荡的，只有一个林星遥在罚站。两人你看我，我看你，互相看到了对方脸上不可思议的表情。

许濯走过两个教室，引起无数的目光。他来到林星遥面前："怎么罚站了？"

林星遥真没想到他竟然特地走了过来，一时受宠若惊，傻傻站着："迟到了。"

许濯露出"果然如此"的表情。

他注意到林星遥红彤彤的鼻尖和脸，温声地询问："冷吗？"

林星遥老实地点头，紧接着就看着许濯把一摞作业本放在窗台上，然后取下自己脖子上的围巾，递过来："给你戴。"

林星遥蒙了，和许濯一块儿下楼送作业的两个人也傻了，远远站在楼梯那边看着。坐在教室窗边的一群人更是书都不背了，就看着这个不知从哪儿冒出来的1班尖子生出现在他们班教室门口，和他们班成绩最差的林星遥说话。

"我不……戴。"林星遥往后躲了一下，露出一点儿不知所措的样子，"我不冷。"

许濯却没有多说什么，直接抬手给林星遥把围巾戴上，又简单地绕上一圈。他比林星遥高不少，很轻松地就把围巾给人戴好了。虽然围巾挺薄，是初冬时节戴的，但十分温暖。

"天冷，别冻感冒了。"许濯重新拿起作业本，对林星遥说，"之后再还给我就好。"

许濯抱着作业本走了。

林星遥围着围巾，一动不动地杵在原地。

"林星遥，你为什么和许濯认识？"

"你们怎么认识的啊？"

课间有人围到林星遥的桌前问，林星遥坐在凳子上，教室里暖和，他已经把许濯的围巾取下来叠好收着了。

他很不喜欢一群人围着自己的感觉，况且这群人并不喜欢他，态度也不曾友好。人多让他感到吵闹、不安和紧张。他一紧张就绷着脸，冷冷地说："不关你们的事。"

那群人便散了。林星遥远远地还听到他们谈论自己——"怪人""真把自己当回事了"，但林星遥不在乎，他不喜欢和他们说话，宁愿一个人待着。

老师又发了一堆卷子，发完卷子后在讲台上宣布这次月考又有哪些同学进步，哪些同学退步，班级排名和年级排名情况如何如何，台下全是哗啦啦的翻卷子的声音。

"我们班的年级排名情况整体不容乐观！李薇在班上排第一名，但是在年级只排到第十六名！这次年级前二十名中我们班只进了一个人，前五十名中只有五个人！你们想想这是件多么糟糕的事儿！年级倒数的倒是有不少我们班的人！都要毕业了，还一个两个吊儿郎当的，不知道抓紧时间，别人班的学生每天不知道有多积极地跑去办公室找老师问问题，我们班呢？到现在还有人上早自习迟到！"

林星遥一个字都没听，埋头在课本上画小人。他画了一个眉开眼笑的老婆婆，又画了一条格纹的围巾，涂涂抹抹，好不自在。台上老师提高了嗓门："有些人油盐不进，叫他读书他不读，来学校纯粹就是浪费家里的钱——"

老师的声音在一阵惊呼声中戛然而止。林星遥抬起头，只看到对面教学楼楼顶上，有一个男孩站在围栏旁。

楼下经过的人纷纷抬头往上看。

很快有老师赶到屋顶，担心围栏旁的那个学生发生意外，将他劝下楼了。

林星遥回过神来的时候，才慢半拍地感到紧张不安。

后来他听说那人是某个尖子班的学生，平时成绩一般，但一直非常刻苦，总一个人坐在座位上一动不动地闷头背书做题。结果这次月考成绩不理想，他冲动之下便跑到楼顶，想放空一下自己。

尖子班。

林星遥心想：许濯也在尖子班。

中午林星遥去食堂吃饭，听到邻桌的人讨论临校发生的八卦。

几人凑到一起嘀嘀咕咕，时而发出惊叹的声音。

林星遥一个人在旁边坐着吃饭，觉得很无聊，吃完就端着盘子走了。

下午放学后，林星遥一溜烟儿地跑出去，蹬上自行车离开了学校。他往医院的方向骑去，经过医院旁边的十字路口时停了下来，推着自行车走到路旁的树边。

这里是上次许濯指给他看的那条路，顺着林荫道往下走，就是医院后头的家属小区。林星遥把车停好，身边人来人往，他左右张望，一副等待某人的模样。

半个小时后，许濯骑着自行车经过路口，看到路边的林星遥。林星遥也看到他，忙朝他招手。许濯拐了个弯儿，到路边停下。

林星遥从书包里拿出叠好的围巾，递给他："你的围巾。"

许濯接过围巾拿在手里，看着林星遥被风吹得脸红红的样子，问："你一直在这里等我吗？"

"嗯。"

许濯微微一怔，他似乎想说什么，最后却还是没说出口："抱歉，让你久等了。"

"不用，反正我也要去医院。"林星遥把围巾送回，任务完成，"我走了。"

"等了半天，这就走了？"许濯笑了，似乎觉得林星遥笨得有点可爱。他把围巾放进书包，转身道，"既然要去医院，就在这附近吃点儿东西吧，我知道有一家味道很好的面馆。"

林星遥稀里糊涂地跟着许濯进了一家面馆，面馆就在街对面不远的小巷子里，店面小而老旧，两人去的时候就剩一张空桌了。许濯要了两碗店里的招牌猪肝瘦肉面，两人就坐在一张小桌前吃面。面是手工擀的，口感爽滑，筋道十足，面汤香浓鲜美，肉也新鲜。

可林星遥只吃了几口，不怎么有胃口的样子。

许濯观察他的表情，问："不合口味吗？"

"不是。"林星遥犹豫了一会儿，还是忍不住开口问，"你听说早上那个学生的事情吗？"

"听说了。"

"你认识那个人吗？"

"见过几次，他不常说话。"许濯说，"他是个插班生，性格比较内向，总是一个人。"

林星遥"哦"了一声，继续低头吃面。

许濯看着他，忽然问："你害怕吗？"

林星遥立刻否认："没有。"

他其实是有些不安的，但不想承认，同时他对许濯的平静感到很佩服。他想，事情发生的那一瞬间里，许濯一定不会和别人一样惊慌大叫，也不会跑到栏杆旁边伸头去看。

许濯很成熟，他不是那种一惊一乍、讨论他人是非的人，林星遥觉得这样很好。

喧闹的小面馆里，弥漫着热腾腾的面汤香气。两人面对面坐在桌前，许濯看着林星遥，眼眸清澈而明亮，他让林星遥快趁热吃，别等面凉了。

之后两人在面馆前告别，林星遥去医院接外婆回家。外婆的病隔段时间就要住院观察，但只要病情没有恶化，她平时都还是可以在家住的。

祖孙俩坐公交回家，一路上林星遥都在和外婆讲许濯，讲许濯如何优秀、如何人好，还请他吃面条。他把许濯夸来夸去，自己都快觉得许濯没有缺点了，外婆却听得冷哼，说："以后少跟这种人来往！"

林星遥不高兴："为什么啊？"

"人家一个尖子生，你小子成绩这么差，你们有什么能玩到一起去的？他无缘无故对你好，指定没安什么好心思。"

林星遥："外婆，你干吗这么说别人？他真的人很好！"

"哎呀，是你会看人还是我会看人？外婆这辈子吃的盐比你吃的饭都多啦！"

林星遥老听外婆在自己耳边念叨这些话，叫他好好念书，多吃饭，不要和坏孩子来往，说你要听外婆的话，外婆吃的盐比你这小屁孩吃的饭都多，保准没错，这么多年来林星遥听得耳朵都起茧了。他觉得外婆实在太爱操心，不想听外婆的唠叨，回到家就嚷着要写作业，一溜烟儿地窜进自己的房间里躲了起来，留下老人在房间外看着他的身影，无奈叹气。

虽然学生被及时劝下，但学校对这种事很重视，没过几天就要求所有班主任对班上的学生逐个开展心理疏导活动。

所有人一个接一个地被叫去办公室聊天，大家乐得不上正课，教室里闹哄哄的。林星遥坐在角落直打哈欠，被吵得睡不着，恹恹地趴在桌上。

午休的时候，教室里只有零零星星的几个人，林星遥窝在座位上偷偷拿手机给许濯发微信。他也不知道许濯中午看不看手机，只是试着打字问：上午你被喊去做心理咨询了吗？

没想到屏幕上很快显示"对方正在输入中"，林星遥一下来了精神，莫名有些雀跃起来。

许濯回复他：去了。你呢？

林星遥：我也是。

许濯：不午睡吗？

林星遥嗒嗒地打字，两只脚在桌子底下一晃一晃：刚吃完饭，过会儿睡。那你上午是不是也没上课？

许濯回复：这么关心我？

林星遥发过去一个"你想多了"的表情包，许濯回复他一个"兔子可爱笑"的表情。林星遥撇撇嘴，心想：他怎么发女孩子气的表情包，让他莫名其妙地感觉还挺可爱的。

林星遥：你成绩这么好，听不听课肯定也没差别。

许濯每次都回复得很及时：还是有差别的。

林星遥：你们班的人今天都还好吗？

许濯：看起来都没受很大影响。

林星遥：哦。

许濯：心里害怕？

林星遥：没有。

那边许濯发来一个"微笑"的表情。

过了一会儿，一条新消息弹出来：想不想喝奶茶？

许濯的一个邀约让林星遥期待了一下午。到最后一节课临下课的时候，林星遥望着黑板上悬挂的钟，眼珠子跟着指针转动。分针指到六的位置时，下课铃声准时响起，林星遥跃跃欲试，正襟危坐。

谁知老师拖堂了。林星遥心急火燎，外头其他班有的已经下课了，走廊上不少人经过，闹哄哄的。老师嫌吵，叫人把前后门都关上，林星遥只能眼巴巴地偷看一眼窗外。

多上了五分钟课，老师终于宣布下课了。林星遥马上站起来穿外套，后门已经被打开，他抬头就看到许濯站在外头的走廊上。教室外风冷，许濯身着宽松校服，外面套着件白色外套，双手自然交握放在身前，放松地靠着栏杆。等待的姿态让他看上去安静又耐心。

认识许濯的人很多，时而有人经过与他打招呼，许濯笑笑回应，但10班是文科班，没人和许濯相熟，大家都暗自疑惑，不知许濯在等谁。

这还是头一次有人在教室后门等林星遥，他心里开心得笑出了花，面上却还要端着矜持，他一溜烟儿地跑到许濯面前，清清嗓子："今天我请客。"

许濯也没推托，笑道："好，你请。"

两人一块儿下楼，引来路上不少人的注意，尤其是认识林星遥的，一个个都在后头小声讨论着。林星遥心大，从不管别人在后头说他什么话，也不在意旁人的目光。对那些不认识、不熟悉的人，他很少放在心上。

学校南门后头有条后街，那街不长，很窄，从街口走进去不到五十米就要拐弯儿，拐个弯儿再走两百米，就来到了两排居民楼前。这片儿从前是个村，后来前头建了学校，这里的房子就全都租给学生家长做陪读房，于是大家也叫这片地方为陪读村。

陪读村还没完全修建好，后面有一大片空地空着，疯长了不少野草，地上堆着些零碎的建筑材料，看上去挺荒凉，到了晚上还挺吓人的。

不过，后街很繁华，街两旁全是吃的喝的。文具打印、生活用品等买卖一应俱全。有的商贩把摊子伸到老外面了，摊上全是花花绿绿的小玩意儿，学生又喜欢，喜欢就要停下来看，所以后街常年挤得慌，热闹得不得了。

林星遥跟着许濯一路挤进后街，要不是许濯拽了他一把，他差点儿被挤走。后街新开了一家奶茶店，人气特高，天天排老长的队。两人去晚了，于是就在路边买两份肉夹饼，边吃边排队。

晚上的气温比白天还低，那烧烤煎炸的小摊上热腾腾的气刚升起就被寒风吹散，林星遥被冷风灌进了领子，边吃饼边打了个哆嗦。

许濯换了个位置站到林星遥的左边，高高的个子把风给挡严实了。林星遥比他矮不少，许濯略微低下头："这么怕冷？毛衣都穿上了。"

许濯细心又体贴，温柔得让林星遥很不习惯，但暗暗地又觉得开心。林星遥三两口把热乎乎的肉夹饼吃掉，点头："怕冷，一到冷天就受不了，不想起床。"

"难怪我每次经过你们教室都看到你在睡觉。"

林星遥这才知道原来许濯有时会路过他们教室，然而他每次不是在出神就是在睡觉，没一次发现过。许濯还挺认真给林星遥提建议："你趴在桌上睡觉的时候最好不要压着眼睛，也不要把鼻子闷在手臂里。"

林星遥忙说："知道了，知道了。"正好排队轮到他们，两人点了两杯店里的招牌珍珠奶茶，不一会儿奶茶做好，林星遥接过自己的那杯捧在手里，暖乎乎的。

他心情很好，转身下台阶时正想转头和许濯说话，不料侧边挤来一群人。那几个男生似乎是体育生，个子都高高的，一边说笑一边勾肩搭背走来，旁边一人抬起胳膊想揣口袋，不料一胳膊肘扫到林星遥手上的奶茶，林星遥猝不及防，被奶茶泼了一身。

奶茶还有点儿烫，林星遥一个激灵往后退，烫得一哆嗦："喂！"

男生揣口袋时没注意到他，见状十分尴尬，说了声"对不起"。林星遥很生气，因为他很少喝奶茶，这还是他和许濯一起来买的，但对方道了歉，林星遥又无可奈何，只挺恼火地说："走路注意点。"

那几个人也看见了林星遥身边的许濯。许濯看着他们，礼貌地笑了笑，没有说话。那笑不知为何，让几个体育生莫名有些紧张，他们话也没多说，匆忙道个歉就走了。

"那个人不是许濯吗……"

"是他，就那个年级第一……"

"他怎么和那个林星遥在一块儿……"

这边林星遥忙着给自己擦奶茶污渍，一只手碰了碰他的手腕。林星遥抬头，见许濯的视线从他的脸上移到了他脏掉的衣服上。

"衣服都脏了。"许濯说着，示意林星遥跟自己走，"先去换一下衣服，不然风一吹感冒了。"

林星遥茫然，被许濯一路带着往前走，拐过弯儿。这时奶茶已经浸湿林星遥最里面的卫衣、贴在他的胸口上了，让他很难受。他跟着许濯来到一个小店门口，定睛一看，竟然是一个服装店。

服装店的门口挂了大件的风衣和羽绒服，还有围巾、帽子、鞋，挨挨挤挤，里头亮着一盏日光灯，老板娘窝在一堆衣服里看电视，就冒出半个身子来，有人进来了她也就是看一眼，不招呼。

"这里的衣服便宜，随便挑一件吧。"许濯说着，拿起墙上一件黑色连帽厚卫衣，问林星遥，"这件怎么样？看起来很暖和。"

林星遥没明白许濯怎么就开始挑衣服了："买衣服做什么？不用买，我等会儿不上晚自习，直接回去换就行了。"

"身上黏着不难受吗？"

林星遥老实地答道："难受。"

他被泼了一身奶茶，一开始还烫得慌，这会儿又开始凉了。许濯看他一眼，看小孩似的，挺无奈，拿着衣服把林星遥往里头推："先换上。"

这店又小又挤，试衣间也不是个试衣间的样子，就是个一楼和二楼之间的楼梯间，角落堆着杂物。老板娘在外头说："那里头没灯啊。"

"这里好黑……"林星遥小声说。

"我帮你。"许濯的声音温柔，他站在楼梯间门口，整个人堵着门，替林星遥挡去了外面的视线。

林星遥乖乖脱了校服外套，拉起自己毛衣衣领，低头闻了闻，嫌弃着说道："都是奶茶味。"

许濯笑了，伸手帮林星遥拉起毛衣的衣摆、等他脱了，挂在自己的臂弯、又帮他脱去贴身的卫衣，接着拿了新衣服给他，林星遥赶紧穿上。

衣服有点儿大了，但是里面有绒，很舒服。林星遥穿好衣服后，许濯便后退一步，光线重新落在许濯的脸上，那张脸依旧是平静温和的。

许濯说："如果身上被烫到了，记得回去用冷毛巾敷一下。"

林星遥答应，重新套上校服外套，顶着一头乱毛拿起换下的衣服，却见许濯已经找老板娘付账去了。他忙跟过去："我自己买。"

许濯却已经付了钱，和他一起往外走："我买就好，当作送你的礼物吧。"

"不行。"

林星遥一定要把钱给许濯，许濯没办法，只好收下他的钱，接着又把奶茶放进林星遥的手里："那奶茶给你喝。"

"这是你的份，我……"

"其实我对甜品不大感兴趣。"许濯笑着说，"只是猜你可能会喜欢，才带你过来。"

林星遥穿着暖和的新衣服，抱着还温热的奶茶，听完有些愣怔："为什么？"

为什么要送他礼物？为什么特地带他来喝奶茶？为什么给他戴围巾，和他说话……为什么对他这么好？

林星遥喜欢许濯对他的善意，本不想探究原因，他一直觉得对人不好才需要缘由。但外婆的话，他总会听，于是林星遥当着许濯的面问出来，问他为什么对自己好。

两人走出后街，校门口是一条宽阔的大马路，学校在偏郊区的地方，若不是上下学时间，马路上常常空荡的。

晚间的路灯光明黄，照亮黑漆漆的夜。许濯停下脚步，站在林星遥的面前。近看之下，许濯的容貌更俊美，五官立体，气质安静收敛，他无论笑还是不笑，不言语时都有种神秘的气质。这气质令他与常人脱离，仿佛失去了尘世的琐碎和庸俗，只剩冰冷的美感。

"其实很早之前，我就知道你了，星遥。"许濯垂眸时，纤长的睫毛垂下，双眼深邃温润，唇薄而红，勾起的弧度恰到好处，是温和有礼的标准弧度，"你身上有很多非议。"

林星遥"哦"了一声，看向别处："原来你都知道。"

"但是那天我们在医院撞见，我不小心看见你在哭……我很抱歉。"许濯眼中带着歉意，声音温柔，"你一直在说'对不起'，还说要重新给我买一份饭。那天我看到的你，和我听到的传言里的你不太一样。"

林星遥有些愣怔。时间已经过了太久，久到他自己都忘了。

从前的他有多么渴望有个人能对他这样说，说"林星遥，原来你和你爸爸一点都不一样"。

他爸没有养过他，是外公和外婆把他拉扯大的。林星遥不会伤害任何人，不会去偷去抢，没有暴力倾向，但无妄的流言蜚语淹没了他，没有人听他的声音，没有人想靠近他、了解他。

现在许濯站在他面前，林星遥才想起，原来自己依然还有这份强烈的渴望。

"没……什么。"林星遥不知为何眼眶有点儿发酸，他赶紧清清嗓子，抱着衣服的手无措地攥紧，"我习惯了，无所谓。"

"你很坚强。"

林星遥别过头："不……不说这个了。"

两人对视，许濯笑起来。

柔和的路灯下，两道少年的影子重叠在一处。

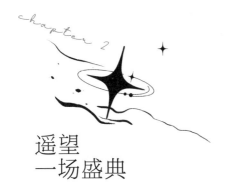

遥望
一场盛典

晚上十点多，林星遥在楼下转了几圈，把身上那从网吧带出来的难闻的气味散尽了，才噔噔地跑上楼进门。

他刚一进门，就听到外婆在厨房里喊他："遥遥！"

林星遥吓一跳，做贼心虚地"欸"一声答应，然后偷偷闻了闻自己身上还有没有残余的气味。外婆几步从厨房走出来，他立刻放下手站好。老人走过来："你们班主任给我打电话了，说你今天晚上没上晚自习。"

林星遥没想到还是被逮住了，郁闷得不敢吭声。

老人生气，叉着腰问他："你逃晚自习做什么去了？课都不上，大晚上一个人在外面乱晃，多不安全啊！你晓不晓得前段时间市里还有人失踪？警察都在追查，搞得人心惶惶的，你小子还什么都搞不清楚，迷糊得很！"

林星遥经不住外婆念叨，忙把自己手上的一团衣服举起来："我那个……身上被奶茶泼了，我买新衣服去了。"

"你看我买的新衣服，加绒的。"林星遥把身上的黑色卫衣拽给外婆看，又把换下来的衣服拿出来，"你看嘛，这上面都是奶茶，我身上也有。"

外婆见他换下来的衣服上有一大团污渍，"哎哟哎哟"地把衣服拿过来："怎么把奶茶喝到身上去了？哎呀，也不知道洗不洗得干净，笨手笨脚的……"

老人忙去卫生间给他搓衣服，林星遥溜回自己房间，从书包里拿出作业本，像模像样地坐在书桌前写作业。外婆哼哧哼哧地给他搓完衣服，去阳台晾好，转回他房间，见他在写作业，本想责备几句，但看小孩瘦瘦乖乖的，一副生怕挨责备的模样，老人的重话又每次都说不出口。

"遥遥，你跟外婆说实话，是不是不喜欢读书？"外婆问。

"没有……"

外婆没好气地指着他作业本上的字："看你写的字，鬼画符！"

林星遥一听外婆教训就头疼，刚想要赖，就听外婆又问他："你那个成绩很好的朋友，叫什么来着？"

"许濯。怎么了？"

"你不是说你们俩关系好吗？"外婆说，"周末叫他来家里吃个饭，我去买点好菜。"

林星遥一愣："让他来家里做什么？我们家从来没来过外人啊。"

"难得听你提你的同学，请人家来家里吃个饭，外婆也认识认识。"

林星遥觉得外婆讲得很有道理，开始暗暗雀跃起来。

"叫朋友来家里吃饭"对于他来说很新鲜，仿佛象征着一个重要事件的发生，如果成功，以后许濯就不单是简单的朋友了，而是"来他家里吃过饭"的好朋友了。

林星遥马上拿出手机给许濯发消息：**周末有时间来我家吃饭吗？我外婆说要做好吃的。**

这次许濯也很快回复：**好。具体什么时间？**

林星遥哪里想到他答应得这么爽快，怔了半天才跳起来，跑去问外婆周末什么时候吃饭。

家里难得有客人要来，祖孙俩周六一大清早就爬起来给家里搞卫生。

外婆向来勤快，家里一直都很干净。她虽是病了，也没让自己散了精神，依旧每天早起买菜、做饭、搞卫生、给家里小孩洗衣服等等。除了要住院的那几天，老人基本上每天都是从早忙到晚。

十点的时候，老人就开始在厨房备菜了。林星遥依旧穿着那件黑色卫衣——家里衣服不多，他自己也懒得换，总是逮着一件衣服穿。他趴在床上用手机和许濯聊天，问许濯准备什么时候过来。

许濯：我已经出门了。

林星遥：这么早？

许濯：不然怕有的人心急火燎，等不及。

林星遥：我没有心急火燎！

许濯发来一个"摸摸头"的表情：好好，你没有。

许濯的家在市中心那块儿，林星遥的家在老城区，距离有点儿远。半个小时后，林星遥听到家门被敲响。他踩着拖鞋跑去开门，打开门就见许濯站在门外，身穿白色的毛绒外套、针织毛衣、浅色牛仔裤，脚上穿着一双干净帅气的靴子，上头一点儿污渍也没有。他手里还提着上门的礼品，高高地站在那里，人仿佛会发光一样。

"久等。"许濯站在门外，规规矩矩的，"地方有点儿不好找，花了些时间。"

"我们这儿是老小区，附近可乱了，一般人跟着导航都不会走。"林星遥给他找来拖鞋，一时有点儿不知怎么应对。这是头一次他的同学来家里，他都不知道该怎么接待。

另一方面，他们的家很小，是外婆的旧房子，再如何打扫收拾，也无法扫去陈旧泛黄的气息。许濯整洁、光鲜，与他的家一处也不合适。

"进来吧。"林星遥还是有些紧张，"家里打扫过卫生了。"

许濯点头："嗯，很干净。"

他进门，把礼品放在一边，换上林星遥给他的拖鞋。外婆听到声响，边往围裙上擦手边走出来："遥遥的同学来啦——哟，长得真帅！这么高的个子呀——怎么还带东西过来？小朋友太客气了……遥遥，快去给人拿喝的，傻杵在那儿做什么？"

林星遥赶紧跑去厨房，从冰箱拿饮料，那饮料还是他昨晚特地去小卖部买的，就为了今天拿给许濯喝，结果自己一紧张给弄忘记了。

外婆还要做饭，叫林星遥好好招呼同学。林星遥把饮料递给许濯，许濯接过来，饶有兴味开口："遥遥？"

林星遥听外婆叫他"遥遥"习惯了，乍一听许濯这么喊他，莫名感到羞耻："干吗？"

许濯正经回道："听起来好可爱。我也可以这么叫你吗？"

"……随你，反正别在学校这么叫我。"

林星遥带许濯到自己的房间坐。他的房间小，就一张床，一张桌子，一个单门的衣柜，但有个窗户，窗户朝阳，因此房间里光线很好。床单被套都是新洗的，被子和枕头整齐地码在床头，老式花鸟的纹饰，一看就是老人的品位；书桌上有一个小台灯，还放着林星遥的书包、水杯和文具；椅子上垫着一个用旧布料拼成的软垫子，垫子的四个角用绳绑在了椅子腿上，绳已脱线翘起。

许濯脱下外套，环视这个房间。林星遥给他拖出来椅子，转过身，许濯就自然地转过视线，看着他："每天都把房间收拾得这么整齐吗？"

"差不多吧，外婆闲不住，天天都在家里搞卫生。"

许濯问："就你和外婆两个人住在一起？"

这话问得有些突兀，叫林星遥一下没有防备，但他很快调整心情，装作满不在乎的样子："对啊，你也听说过我爸的事，他被抓进去了，我妈也早跑了，这么多年都没见过她。"

许濯露出抱歉的神情："对不起，我不该问的。"

"没什么。"林星遥无所谓道。这么多年过去，他早就不会去想这些事了。

外婆做了一桌子菜，给许濯添了一大碗饭，热情地招呼他："小许长得这么高，平时三餐都吃不少吧？来了咱们家，可不能给你饿着了。"

许濯笑着接过碗筷："谢谢外婆。"

林星遥有点别扭："你叫什么外婆啊。"

许濯露出无辜的表情："那我应该怎么叫？"

"就这么叫挺好，亲近！"外婆笑着说。

老人转而问许濯："小许呀，我听遥遥说，你的爸爸妈妈都在医院工作？"

许濯答："是，我的父母都是医生，不过他们都在心外科。"

"难怪小许学习这么好，爸爸妈妈都是文化人啊！做医生可不容易。"外婆感慨道，"小许这么会念书，平时有空儿也带带遥遥，督促他一起念书。你别看他成绩不好，他那小脑瓜也聪明着呢，就是不爱把心思放在学习上……"

林星遥郁闷坏了："外婆你说什么呢？！"

许濯笑着说："当然好，就是不知道星遥愿不愿意？"

"遥遥，你听到没有？人家小许都答应了。"

林星遥听到"学习"两个字就头大，嗯嗯唔唔地敷衍过去。

饭后许濯主动帮林星遥一起洗碗，两人挤在狭小的厨房水槽前，许濯个子高，把林星遥挤得差点儿施展不开。林星遥赶许濯走："你别在这儿站着了，一看就不是做家务的人，旁边歇着去吧。"

许濯往后退了一点给他腾出位置，也不走，就在后头站着："遥遥在家里还挺活泼的。"

"别老这么叫我。"

"不是说不在学校叫就可以？"

"听着很奇怪！"

许濯笑起来，他笑时嘴角的弧度温柔，好看得教人离不开眼。

林星遥不敢对上他的目光，只能埋头使劲儿擦碗："好了，随便你怎么叫吧。"

许濯说"好"，依旧站在林星遥身后。林星遥背对着他，没有看到他眼中的笑意渐渐淡了，那双温柔的眼眸仿佛转瞬间结出一层冰凌，失去了所有温度。

冰凌里正是林星遥的背影。

卧室里，两人坐在小书桌前。许濯简单翻了一下林星遥的笔记本，字写得幼稚不说，做的笔记还不完整，有的地方写着写着还拖成了鬼画符，一看就是打瞌睡时画的。

许濯说："画得挺好看的。"

林星遥一下子把自己笔记本抢过来："别看了，没什么好看的。"

"下周你可以抽空来找我，我给你补补课。"

不喜欢学习的林星遥并不想补课："不用了，你把笔记借我看看就行了。"

"想偷懒？"许濯一笑，一眼看穿林星遥的心思，他随手拿过桌上一支铅笔，"我先给你标注几个地方，是在课本上都可以找到的内容。"

他正要写字，目光却忽而一转，落到一个地方。那铅笔本压在一摞本子上，本子横七竖八、卷边翘页地摞在一起，其中一本课本夹在其中，旧封面卷起一角，露出底下的书页。

许濯静了片刻，手中的铅笔轻轻落在那页纸张上，微微往下一压。

书页的右下角有三个字，手写的，字体幼稚：林云星。

许濯垂着眸光，声音低缓，念出这三个字："林云星。"

林星遥顺着他手里的铅笔看过去，"哦"了一声："这是我以前的名字，后来外婆给我改了名。"

"为什么改名？"

林星遥晃了晃脚，状若无所谓道："你知道的，我爸犯了那种事，外婆怕有人欺负我，所以给我改了名，还搬了家。"

许濯半晌没说话。他仿佛在想什么事，垂眸时双目清冷，面上的暖意散去，他安静地坐在桌前，像一个精美的机器人。

林星遥没听到回应，疑惑地抬起头。下一刻许濯也看向林星遥，温暖再次回到许濯的眼中，还有一丝歉意："对不起，我总是提到你的伤心事。"

这时房门被敲响，外婆推门进来，手上端着一盘切好的水果。老人走过来把盘子放在桌上，看到两人面前摊着笔记本和练习册，欣慰道："小许呀，辛苦你教遥遥学习，来吃点儿水果。"

许濯主动接过盘子："谢谢外婆。"

外婆笑眯眯地靠过来，顺手给林星遥收拾了凌乱的桌面，一边与许濯闲谈："小许真是个好孩子，成绩这么优秀，还愿意和我家遥遥做朋友。这要是换了其他小孩，指不定还嫌弃我家遥遥不爱学习呢。"

林星遥今天好几次被说不爱学习，忍不住顶嘴："学习不好怎么了？小时候学习不好但长大了赚大钱的人多着呢。"

"嘿！傻小子就知道赚钱赚钱，那脑子里有知识的人和没知识的人能一样吗？"

林星遥赌气哼哼，反倒许濯开口道："星遥在学校里朋友比较少，平时没有一起学习的同伴。他们班的老师大都比较严格，或许他不大适应这种模式，而且星遥总是坐在最后一排，有时候可能听不大清楚老师在讲什么。"

林星遥一怔，老人却流露出与方才不同的神色。

她顿了片刻，慈爱地道："小许真是个好孩子。"

许濯没在林星遥家里待很久，他还要回家准备商赛相关的事宜。林星遥把他送下楼，许濯的自行车就停在楼下。

许濯打开车锁，起身扶着自行车："那我先走了。"

"嗯。"

许濯看着林星遥，声音低缓好听："刚才我是不是多话了？"

"啊？没有。"与其说林星遥不太自在，不如说他其实暗暗地感到开心。

林星遥都快习惯了外界的批评与不理解，甚至他自己也渐渐感到了麻木，只当自己不过是个令人烦恼的坏孩子，可当他听到许濯那番话的时候，林星遥才恍然觉得，原来错或许也并不都在他自己的身上。

原来也是有人会为他说话的。

"我挺高兴的。"林星遥揣着裤兜，低头用鞋蹭着地上的石子，"你来我家玩，我很高兴。"

他说这话时有些不敢看人，觉得挺羞耻的。一阵风携着冷意吹过，他感到一只手拂过自己的发丝。

林星遥抬起头。

许濯只是轻轻拨了下林星遥的头发便收回了手："头发上沾了点儿灰。"接着他又对林星遥说，"我也很高兴。"

他注视着林星遥，专注的目光穿过寒风，如一墙静谧的火炉，带来温暖。

林星遥忽然生出荒谬的想法：他好希望许濯能够一直这样陪在自己的身边。

若能如此，他或许就再也不会感到寒冷。

周末一过，林星遥的好心情就被"周一"这两个字打垮。新一轮枯燥的上学生活又开始了，他不仅不能窝在被子里睡懒觉，还要忍受吵闹的同学、严厉的老师和没完没了的作业。

林星遥终于还是鼓起勇气，决定和班主任请假。林星遥很忙，晚上有时候要去网吧，有时候要陪外婆，而学校的晚自习对他而言不过是用来趴在桌上发呆的。

早自习过后，林星遥吃完早饭回到班上，径自去办公室找老师。班主任正在办公室里批改作业，听林星遥说要请长假，皱起了眉。

"你还要请假？"班主任说，"你知道你现在的成绩吗？"

林星遥打了半天的腹稿就在这种不耐烦和不解的眼神中消散了。他背着手站在老师面前，小声道："我外婆生病了，我要陪着她。"

"林星遥，不要再找借口了。我知道你不喜欢学习，但你不能逃避这件事啊。你现在成绩这副样子，作业不交，上课打瞌睡，你还想不来上晚自习——你自己说，我怎么答应你？

"我要是个不负责任的老师，随你写不写作业、来不来上学，可我不可能不对你负责，不然你以为我为什么到现在还要管你？你现在很多道理都不懂……"

班主任苦口婆心地教导林星遥，办公室里坐了不少老师，没人聊天，大家都安静听着林星遥被批评，时而看过来一眼。

林星遥将双手背在身后，不自觉地握紧了手指，指尖泛红。

他感到难堪和羞耻。

很少有人知道他其实是个脸皮很薄、自尊心强的小孩。大家都以为他是个不务正业、早已没皮没脸的差生。

可没有人来问他"为什么"。

他讨厌被围观、被观察，那感觉像是他不再是一个人，而是一个没有反抗力的动物，只能等着一切都被陌生人评价。曾经他的父亲因为犯罪入狱，于是他在所有人面前不再是林星遥，而只是"罪犯的儿子"——再没有人知道他真正的名字。

"欸，是许濯啊。"

林星遥轻轻一眨眼睛，身体僵住。他听到身后响起一声熟悉的"老师好"，接着脚步声朝他靠近来。

班主任笑着和许濯打招呼："来送作业？张老师刚出去了。"

"嗯。"许濯经过他们身边，脚步自然地停住。

他温声开口，却是对着林星遥："星遥，你来请假？"

林星遥傻乎乎地看着他，点头。

许濯便转头对看着自己的班主任说："黄老师，星遥的外婆最近在中心医院住院，星遥每天晚上下了晚自习还要往医院跑，回家的时候都十二点多了，挺辛苦的。"

班主任长长地"哦"了一声："你爸爸妈妈在中心医院上班，是吧？"

许濯回答："是，有时候我也顺路陪星遥一起去医院。"

班主任看向林星遥的眼神渐渐发生了变化："啊，那这事……是挺重要的。这样吧，你写张请假条给我，我先给你批一个月的假，之后如果还有需要，我们再一起商量，你有什么困难也和我及时说。"

林星遥心中终于松了一口气，微微弯腰："谢谢老师。"

两人一前一后走出办公室，林星遥的教室就在这一层，许濯则要上楼梯。林星遥跟在许濯身后，看他高挑儿挺拔的背影，安静而沉稳。

林星遥不知哪来的冲动，开口把人叫住："许濯。"

许濯刚上楼梯，闻言转过身。

林星遥手心发热，支支吾吾地开口道："谢谢你。"

许濯一笑，看着林星遥泛红的耳尖："这么客气？"

"我……"

淡淡的阴影落下，许濯重新走下楼梯，来到他身边。

"刚才看你一副快哭出来的样子，挺让人心疼的。"许濯的声音低沉而温柔，"小事而已，不必放在心上。"

他若哄逗的姿态，就像在安抚自己亲近的友人，这种感受对林星遥来说太新鲜，像一群轻巧的蝴蝶扑进胸腔，令他心中某个渐渐坍缩的角落忽地鲜活饱满起来，流光满溢。

林星遥终于不用再上晚自习了，立马抓紧机会多接了几个单子，天天下午一放学就背起书包开溜。

不过今天林星遥不用那么急，因为今天是"大老板"约他玩。

"大老板"是林星遥最喜欢的一个老板，网名叫"水底沙"，因脾气好、"佛系"、出手大方而被林星遥备注为"大老板"。

大老板是前段时间成为林星遥老板的，一起打过几次游戏后，两人发现双方都是慢热又"佛系"的性子，于是一拍即合，渐渐熟悉起来。

大老板的年纪比林星遥大很多，是个从事自由职业的男人，平时游戏打得不多，只在无聊时上线消磨消磨时间，平时似乎还挺忙碌。

林星遥吃过晚饭，早早就到了医院。今天是外婆住院的日子，他自然不敢现在就上楼，于是就在住院部一楼随便找了个角落地方坐下，塞上耳机。

"嗨，大坏坏。"大老板的声音很好听，低沉柔和的男性嗓音，说话总是不紧不慢，话也不是很多。

大老板问："你那儿怎么有点儿吵？"

林星遥答："哦，我在医院。"

两人认识了这么久，对彼此也还算有点儿了解，大老板知道林星遥的外婆生病住院，有时候也会安慰林星遥，给他发个微信红包什么的。

"今天不上晚自习？"

"请假了，以后都不上了。"

"我说你怎么这个时间能打游戏。"大老板在那边笑，"不爱学习。"

林星遥闷头带着他在游戏里摸装备："别念叨啦，我都被外婆念多少回了。"

"行，我不念叨你。"

大老板打游戏差得要命，装备不会捡，八倍镜不会用，开个车都能从桥上翻进河里。林星遥每次带大老板玩都摸不到名次，只能想尽办法稳住。

这游戏一打就是两个小时。正好到晚自习结束的时间，林星遥和大老板说再见，关闭游戏，打哈欠。

没过一会儿，微信跳出消息，大老板给他发了个红包。

林星遥打字：干啥？

大老板回复他：多给自己买点儿好吃的，长身体。

林星遥：不用了。

大老板：拿着吧，和你聊天挺开心的。红包就当是对你业务水平的肯定。

林星遥犹豫片刻，还是发过去：谢谢老板。

他收下了红包，接着一抬头就看见许濯站在他的面前，脸上带着若有似无的笑看着他。

林星遥吓得一个激灵，忙把耳机摘下来，锁上手机屏幕。他莫名有些心虚，假装镇定地开口："你什么时候来的？"

"刚来。"许濯答。他校服外套着件白色羽绒服，头上戴着顶毛茸茸的帽子，背着书包，手揣在兜里。

他自然地走来坐在林星遥身边，林星遥往旁边挪了挪："你来给你爸妈送晚饭？"

"没有。"许濯伸长腿，有些懒懒的样子，"来看看你。"

"哦。"

"嗯？"

林星遥不自在地转移话题："你……你那个……叔叔阿姨他们，都是外科医生吗？"

"是。"

"他们一定很忙吧？"

"挺忙的。"

"那平时谁照顾你呢？爷爷奶奶还是外公外婆？"

"没有。"

林星遥怔一下，许濯见他面色疑惑，笑了笑："平时我都是一个人在家。"

一个人在家，不会觉得寂寞吗？对林星遥自己而言，即使有外婆每天都陪着，他偶尔也会感到孤单。

"没关系，你还有那么多朋友。"林星遥说。

"是吗？"许濯反而想了想，开口，"去朋友家里这种事，长这么大倒是头一次。"

林星遥有点儿傻了："真的吗？"

"嗯。"

"那——"林星遥使劲地扣自己手指，眼神飘到一边，"你要是一个人在家的话，没事也可以来我家玩。"

"我外婆做饭很好吃。"林星遥干巴巴地解释。

许濯看着他，嘴角挂着笑："好。"

他认真地对林星遥说："谢谢你，星遥。"

林星遥从医院回家的时候还有点儿飘飘然。

外婆的病情控制得还不错，加上他今晚进了不少账，许濯还答应再来家里玩，所以林星遥心情特别好，洗过澡后坐在书桌前，神清气爽地写作业。

旧的作业本用完了，林星遥在桌上翻了半天，翻出个新作业本。他拿过笔在封面上写下自己的名字，写完一个"林"字，紧接着下笔写出了半个"云"字。他忙收住笔锋，把字改了下，写下"星遥"。

偶尔心不在焉的时候，他仍会不小心写出自己曾经的名字，毕竟"林星遥"这个名字也没用多久。

他曾经的名字叫"林云星"，后来改名，外婆取他的小名"遥遥"里的"遥"字，改成"林星遥"。

有时候林星遥会暗自觉得这名字改得毫无作用。他只是名字换了，脸又没换。他改名后只不过稍微清静了很短一段时间，一旦碰到自己曾经的同学，一切便回到了原点。

流言会再次包裹住他。

035

他向来听老人的话，也从未觉得外婆做得多余。他只是不想让外婆为自己忙碌奔波，最后却什么都没能改变。林星遥不害怕面对恶意，对待爱自己的人却总有些小心。他怕爱会被消磨，怕爱从他的身边消失。

因为他只拥有那么一点点的爱。

第二天一早，林星遥顶着寒风出门，骑自行车往学校去。他实在是怕冷，外婆给他织了一条厚厚的围巾，大红色，他天天围着出门。他还戴着一顶毛线帽，严实地包住脑袋，否则他的耳朵一定会被冻伤。

他早早就在兜里揣了一把糖，那是外婆给他买的。他想着晚上去医院的时候如果再遇到许濯，他就把糖分享给他。

林星遥暗暗给自己藏了点儿期待，脚使劲蹬自行车，风呼啦一下吹起他的围巾。寒冬的早晨，天灰蒙蒙的，远方天空有一道浓青色，云层欲裂，从里翻出天际的白。

自行车拐个弯儿，忽然林星遥一个急刹车，睁大眼睛看着前方。

前方正是中心医院背后的家属小区。他看见许濯站在小区门口，背对着他，身边站着一个女孩。

他一眼就认出了许濯的背影——高挑儿挺拔的身材，灰色的书包，站立的姿态。他身边的女孩披着长发，头发挡住侧脸，只隐隐看得到扬起的下巴。女孩没有穿校服，一身短袄、短裙和长袜，冷天里竟穿着皮鞋，长发挑染过，别着一只红色的蝴蝶结发卡。

两人好像在说话。林星遥迟疑地按住车头，不知自己是否该过去。

接着他就看到女孩抬起手抓住了许濯，将许濯往小区里牵。

林星遥看着那双牵起的手，又看着许濯在原地站了一会儿，便任由那女孩将他拉进了小区大门。

林星遥不知自己的手心什么时候捏出了汗。他重新骑上自行车，慢吞吞地往前挪，经过小区门口时，他忍不住又伸过头往里看。

他只看到女孩牵着许濯拐过一栋居民楼后便消失的身影。

林星遥收回视线，无意识地揉了揉自己冰冷的脸，脸好像有些冻僵了。

然后他蹬着自行车，离开了这条寒雾蒙蒙的长街。

一上午，林星遥无精打采。

中午他依旧一个人在食堂吃饭。他正吃着，冷不丁听身后经过的人闲聊。

"许濯今天一上午都没来呢。"

"好像是家里有事，请假了。"

"我还想着和他商量一下元旦晚会演出的事，学校的钢琴质量不是很好，不知道他能不能接受……"

林星遥听得出神，想许濯为什么要请假？那个女孩和他是什么关系？钢琴……许濯会弹钢琴？这倒没什么奇怪的，在林星遥的心中，许濯仿佛无所不能。

林星遥告诉自己，这样的许濯就算有无数朋友，不也是很正常的事情吗？但林星遥仍不能平息心里头那一点儿怎么也按不下去的躁动。

放学铃声响起，林星遥拎起书包离开教室。

他自己和自己生闷气，骑车在医院附近随便找了个煎饼摊子，买了一个煎饼做晚饭，一边吃一边走。

今天没单子，他想找家快餐店坐着把作业写了，沿着医院外头的大道往下走，走了一段路，不知不觉又快走到了医院附属小区门口。

他忽地一顿，看到前方远处熟悉的背影——是许濯。

林星遥眼睛一亮，一看到人就忘了所有不愉快的情绪。

他立刻朝许濯跑过去："许濯！"

他呼啦啦地跑到人面前，没注意到许濯听到声音时脚步一顿，却没有回过头。

"好巧。"

林星遥兴冲冲地说："你今天去哪儿了？听说你没来学校。"

他见到许濯很高兴，因此没有发觉许濯身上全无平时温和的气质。那双眼眸默然垂着，只有陌生的冰冷和疏远。

"白天有事儿。"许濯答。

"什么事儿？"

许濯终于看向了林星遥，然而那种眼神让林星遥怔住。许濯像是根本就不想见到他，眼神冷冷的没有一丝温度。

林星遥困惑地想：我是不是问得太多了？

"不说也没关系，我就随便问一下。"林星遥下意识地开口。他忽然变得有些紧张，怕自己不小心惹许濯生气了。毕竟他知道自己有时候很笨，不会与人相处，不会察言观色。

林星遥想起什么，忙伸手去摸自己兜里的糖，摸出几颗，递给许濯，抬头望着他："这是我特地想带给你的糖，挺好吃的……给你。"

许濯的目光落在林星遥手心的糖上。那几颗糖很便宜，包装廉价，样式老土，只有里头的味道甜丝丝的，很不错。

可林星遥看着许濯的眼神，又不确定了起来。他自己觉得糖很美味，可没有尝过的许濯或许并不会相信他，况且糖衣是如此不鲜亮，又如何能吸引对方？

他终于迟钝地意识到或许许濯今天并不想和他说话。

"我不吃甜的东西。"许濯淡淡地道。

"哦。"林星遥收回手，把糖揣进兜里，讷讷地说，"抱歉，我忘记了。"

林星遥被拒绝了示好，反应过来后，也知道自己不该再继续自讨没趣，便很不自在地说："那你回去吧，我也走了。"

林星遥揣着兜，转过身，低着头走了。寒冬的大街，天已黑下来，路灯亮起。他身影单薄，慢吞吞地走着，影子在路灯下被拖得老长。

许濯在原地站了半晌，没动。风吹过他的头发，他的影子也在路灯下投落一片漆黑。

"星遥。"

　　林星遥听到许濯叫他，立刻停下转过身。许濯朝林星遥走过来，此时许濯身上冰冷的感觉已散了，那熟悉的温暖再次回到他的身上。

　　"对不起，我今天心情不大好。"许濯说道。他充满歉意地看着林星遥，眼中有愧疚，仿佛真的很难过，为自己刚才对林星遥那样冷淡。

　　林星遥愣愣地道："没关系。"

　　"现在去医院陪外婆吗？"许濯主动问，"我陪你一起过去吧。"

　　"不用了，我……"林星遥一时不大适应许濯态度的变化，不知道发生了什么，也不明白自己为什么会被这样对待，只觉得自己真的很笨，连关心人都找不到正确的方式，"我自己去就好。"

　　"生气了？"许濯低着头，语速放缓，声音充满柔和的质感。

　　他低声说："对不起。遥遥不生我的气好吗？"

　　"我没有生气，真的。"林星遥嘴笨，实在不知如何解释，只能侧过身用行动表达，"我们一起走吧。"

　　两人一同往医院走去。

　　林星遥问："你怎么不去上晚自习？"

　　许濯答："请假了。"

　　"你今天很忙吗？"

　　"我偶尔也会不想上学。"许濯对林星遥一笑，"是不是和你想象中的我不太一样？"

　　林星遥却认真道："你成绩那么好，平时学习一定很辛苦，放松是很有必要的。"

　　许濯笑了笑，没有答话。他看上去心情已经恢复了，林星遥松了口气。谁都有心情不好的时候，自己有时候也会和外婆闹脾气，这一点林星遥很能体会许濯。

　　只是那个早上牵着许濯手的女孩，教林星遥总是忘记不了。

　　"许濯，今天早上……"

　　许濯侧过头："嗯？"

林星遥想尽量让自己看起来自然点儿："我也是不小心看到的，我骑自行车去学校，路过你家门口，然后我看到——"

一阵刺耳的救护车警笛声打断了他们的对话。救护车冲进医院大门，刹在门口。两人刚走到医院主楼楼下，正要拐去后面的住院部，闻声转过头，就见救护车的后门被打开，几名医护人员急匆匆地跳下车，将车里的人抬上担架车。

林星遥被这阵势吓了一跳，下意识靠向许濯，只见医护人员推着担架车飞快地往主楼这边跑来，抢救室就在一楼。两人往旁边绕路，医护匆忙经过的时候，林星遥看到了担架上的人——

是他今早见过的那个女孩，早上的时候那个女孩还好好地与许濯站在一起，一副娇俏的模样，现在怎么会……

林星遥愣怔了一会儿，抬头去看许濯。

许濯没有看林星遥，而是偏着头看着抢救室的方向，他看上去仍旧平静、稳定，静得林星遥心生茫然——许濯不是认识那个女孩吗？

车轮的声音消失在了抢救室门后。许濯这才回过头，关切地询问林星遥："害怕了？"

林星遥不安得心脏怦怦跳，但还是装作镇定地摇头："没有。"

许濯点头，安抚性地摸了一下他的头发："那走吧，去你外婆那里。"

"她……那个女生。"林星遥终究不解，站在原地没动，"你们不是认识吗？"

许濯与他对视，几秒后移开目光。

"今天早上你看到了？"

"嗯。碰巧……撞见。"

片刻的沉默后，许濯开口："我们的确认识。"

"她是你的妹妹？"

"不。"许濯答，"是邻居的女儿，从小认识。"

林星遥想了半天，才反应过来：原来是青梅竹马。

"那她现在——"

"嘘。"

林星遥的手腕被隔着袖子握住,许濯的手令他稍微镇静下来。两人挨得很近,许濯高高的个子将林星遥的视线全数挡住。

"别怕。"许濯的声音低缓,连带他身上熟悉的清冷气息,渐渐抚平了林星遥不安的心跳,"她不会有事。"

"走吧。"许濯的声音近在他的耳边,像一道温柔的指令。

林星遥还来不及仔细思考,就被许濯带离了医院大厅。

今天小女儿来照顾老人半天,给老人带了些水果来,老人叫林星遥去把水果切了,和许濯一块儿吃。

老人瘦了些。病痛和药物令她看起来又苍老了几岁,尽管她仍然精神十足,靠坐在病床上一边打吊针一边笑眯眯地与许濯说话:"小许现在每天晚上都和遥遥一起回家吗?"

许濯回答:"今天正巧碰到星遥,就顺便和他一道上来看看您。"

"他犟得很,每回到我住院的时候,他就不愿意乖乖回去,非要放了学以后往我这儿跑。"老人说,"这次还把你也拖上了,这孩子真是的。"

林星遥本来坐在一旁给自己塞橘子吃,闻言不满道:"我又没有强迫他上来。"

许濯笑道:"是我自己说要来看您的。就是来得凑巧,没给您带点什么,抱歉。"

"哎呀,这么客气做什么。"外婆笑着,转头瞪林星遥,"你就知道自己在那儿吃,也不知道分小许一点儿!"

林星遥一口橘子还没咽下,闻言默默把另一半递给许濯。许濯见他挨了训蔫蔫儿的,接过橘子,把装水果的碗拿过来放进林星遥的手里,哄道:"多吃点儿。"

老人没和许濯聊很久,怕耽误人家回家写作业,没过一会儿便让许濯早点回家，说有星遥陪着她就行。许濯便起身告别，离开了病房。

"你看人小许多成熟，大人似的。"病房里这会儿就剩祖孙俩，老人捏了捏林星遥的脸，"你小子就是个小屁孩。"

林星遥听了这话却想起方才在医院大厅看到的一切，他感到陌生和不安。

他装作随意道："你之前还不喜欢许濯呢，怎么现在又这么看好人家了？"

外婆说："你以为我在医院里都闲着没事干？我都打听清楚了，小许的爸妈都是正儿八经在这儿上班的医生，而且都是'医大'的教授，带出过不知道多少优秀学生和好医生出来。这医院上下对他们评价好得很，说'夫妻俩对病人负责，工作学术两不误，带出来的小孩也这么优秀'，不知道让多少人羡慕呢。"

"不过一个家里头两个大人都忙，也不一定是什么好事。"老人感叹，"就是苦了孩子了。没有大人陪在身边，小孩的心里头多多少少都有点儿孤单。幸好小许懂事得早，没让大人操心。"

林星遥听着听着，也跟着一起心疼许濯："说不定他家里有老人照顾他。"

外婆无奈："老人和爹妈能一样吗？"

林星遥认真反驳道："怎么不能一样？有你陪我，我就不孤单了啊。"

老人在心里叹一口气，心中酸楚难言，却没有表现在脸上。她没说话，只揉了一把自家外孙的脑袋，看小孩"欸"地叫唤了一声，乖乖地让她揉。

她的星遥什么时候可以长大？原本她不希望小孩太快长大，想他就这样单纯地度过学生时代，什么都不懂也没有关系。她可以慢慢地教，慢慢守着她的遥遥。

时间却不再给她留下机会了。

元旦的前一天晚上，学校里正举行跨年晚会。七中的各类艺体活动向来组织得不错，这次也发挥一贯水平。晚会在七点举行，五点半学校校门大开时就有拿到门票的家长和外校学生陆续进来，等着看这场久负盛名的跨年晚会。

这一次晚会厅前似乎格外热闹，引导秩序的学生志愿者也比往年多了些。这次晚会如此吸引人目光，不因别的，只因大家都知道许濯要上场表演钢琴弹奏。

许濯不仅在校内有名，在校外也是声名远播。据说许濯小学的时候就被经纪公司看中，公司想让他从童星做起进入娱乐圈发展，这事被他搞学术的父母严正拒绝。后来许濯参加钢琴等级考试的视频被人发到网上，因他容貌俊美，气质端正，加之小小年纪演奏钢琴如行云流水般，于是他很早就有了名气。再到后来，"成绩优异""有教养""才子""家境好"等等光环加之于身，令许濯几乎成为"完美"的代言人。

晚会的票实在太难抢，林星遥硬是没买到。他挺不服气，还想去买黄牛票，没料到二手票竟也销售一空。他缺乏消息渠道，又没有人愿意出自己手上的票，眼看着晚会都要开始了，他手上还没有能进晚会的门票。

林星遥绞尽脑汁，想了个办法。晚会是七点开始，六点五十多的时候，他把包扔在教室，去学校后街买了俩包子，提一杯奶茶，一溜烟儿地跑到晚会厅楼下，拿出包子一边吃一边作匆忙状小跑。门口检票的学生见他过来，把他拦下："同学，你的票呢？"

"啊？票啊，我放我朋友那儿了，之前我和他一起进来的。"林星遥长着一张单纯的脸，装起像来有模有样的，"我们俩来得太早了，我等得肚子饿，就出来买点儿吃的，包都放在我朋友那儿呢。真的，我的座位在10排13座。"

学生看他没背包，又穿着自己学校的校服，手上又是包子又是奶茶，便没有再拦："行，那你进去吧。"

于是林星遥就这么溜进了大厅。

没座位，林星遥不在意，摸到消防通道的门口，偷偷跑上二楼。恰好晚会厅的二楼在整修，座椅全都被撤了，一堆修理的器材堆在地上，灰扑扑的。此时晚会厅里已经调暗灯光，一片漆黑中只有舞台上亮着光。

没人注意到林星遥，林星遥顺利窝进二楼的犄角旮旯，摸到一个扔在地上的工具箱，也没管上头的灰就一屁股坐下，边吃晚饭边等开场。

晚会举办得十分热闹，节目形式丰富，有唱歌的、跳舞的、演小品的、演舞台短剧的、变魔术的，舞台的音效和灯光也很好，林星遥本来没打算看别的节目，这会儿却被吸引了目光，看得津津有味。

这是他第一次看学校的晚会演出。他从前不爱参与这种活动，每次都是一个人不声不响地溜了。他这一次来是单纯想看许濯上台演出，却没想到原来自己学校的晚会办得这么好。

或许对从前的林星遥来说，喧嚣与热闹总是别人的，他不能融入其中，他仿佛总置身在一个陌生的世界里，所以才总是兴致缺缺，而这次热闹里有许濯，就像一根线把他与那个世界连在了一起，于是他也终于能感受到乐趣。

由于人气太高，许濯的节目被排到了压轴时间。主持人热情的报幕结束后，随着场上掌声涌起，幕布被缓缓拉开。

一道光打下，落在舞台左边的许濯身上。他一身白色西装，领口贴合，袖口贴着手腕，露出干净有力的骨节。许濯的手指修长而漂亮，指腹轻轻放在钢琴键上，若温柔的抚摸。他的皮肤和发丝被镀上一层光，淡金色的光芒笼罩而下，无限放大着美的梦幻感。

林星遥抱着奶茶，傻乎乎地看着台上的许濯。节目是钢琴演奏加上芭蕾舞演出，可林星遥根本没注意到舞台中央跳舞的女孩，只专注地看着许濯，看他坐在黑色的钢琴前微微抬手，侧脸俊朗美好，低垂的眉眼柔和，在光的映照下又生出一丝清冷的意味。

优美的音符从许濯的指尖跳跃而出，随着钢琴乐奏起，女孩在舞台上翩翩起舞，那画面宛如童话里的王子在为心爱的公主弹奏钢琴。

整个大厅都安静下来。

黑暗的角落里，林星遥的眼中如有光芒闪烁。他仿佛又见到了许濯的另一面，一个更加美好、更加难以企及的许濯。那遥远的距离感像地上的人想碰天上的月亮，却只碰到一手冰凉的清辉。

林星遥撑住下巴，呆呆地看着舞台上的男生。

他不想看到冰冷的许濯。

他想看到温暖的许濯。

演出结束后，台上开始致辞谢幕。林星遥伸了个懒腰，猫着腰起身，偷溜到门边准备下楼。结果他拉了下门把手，发现门被锁了。

原来是演出中途有工作人员过来检查，发现一楼到二楼的门没有锁上，以防有人跑到二楼，工作人员把门锁上了。锁之前工作人员还特地到二楼看了看，然而林星遥个子偏小，坐在一堆器材后面的角落里，光线又暗，工作人员没看到人，便放心地锁了门。

被遗漏的林星遥对着门干瞪眼，尝试了几下没能打开门，只好又回去坐下。

他的第一个念头就是给许濯打电话，可这会儿晚会还没正式结束，林星遥只得干巴巴地等着。等到致辞环节结束，所有人上台谢幕、拍照，大合照拍完后又要各自拍照、和朋友拍照。

一堆人想和许濯合影，林星遥百无聊赖地坐在二楼，看着许濯好脾气地一个个与人合照，心中十分不平衡，也想合照。

他硬生生又等了半个多小时，直到晚会厅里的人都快走光了，才等到许濯终于从人群中离开，往后台走去。

林星遥忙拿出手机给许濯发消息：我被困在晚会厅二楼了！

他攥着手机，看着许濯那边一直显示"正在输入中"。他猜许濯应该是消化了半天自己的消息，总算理解过来才回复：你一个人？

对。

林星遥回道，还附了一个"卧倒"的表情。

许濯：我去找老师拿钥匙。

林星遥赶紧回复：好的。

他没等一会儿，就看见许濯从后台出来。白色西装换成了厚卫衣，他外面套一件宽大的羽绒服，一路走过来的时候还抬头往林星遥的方向看了眼，眉毛一挑。

林星遥十分尴尬，一边到门边等人，一边拍着自己屁股和腿上的灰。

许濯很快上来打开门，两人一句话还没说，林星遥立刻往许濯背后跑去："我去厕所！"

林星遥喝了一大杯奶茶，憋得难受，急急忙忙跑下楼去找卫生间。

旁人见他从二楼跑下来都露出不解的神情，还是慢悠悠地跟在后面下来的许濯帮他解释："他觉得二楼视野更好，跑二楼去看演出，结果不小心被关了起来。"

旁人笑道："你朋友真可爱。"

许濯也笑起来："的确可爱。"

林星遥从晚会厅出来的时候，见许濯就在楼梯下等他。楼梯扶手上挂着一节一节的串灯和彩带，灯还一下一下地闪着。

学校里已变得空荡荡的，路上也很安静。

林星遥跑下楼梯，许濯逗他道："怎么一个人跑到二楼去了？"

林星遥今天尴尬事做尽，还要强撑面子说："你还说！今天晚会的票根本抢不到，我实在没办法，只能偷溜进来的了。"

"你不是不喜欢凑热闹吗？"

林星遥偏过脑袋嘀咕："还不是为了看你，不然谁特地跑过来。"

许濯看着林星遥，有片刻移开视线，没有说话，不过他很快就恢复了表情，看起来有些无奈的样子："你可以跟我说，我有票。"

"你的票应该有预留给别人了吧？"林星遥作满不在乎状，"没什么，我自己能想办法，今天算是个意外。"

"我预留给谁？"

"我怎么知道？！你那么多朋友，票怎么可能够？"

"是吗？"许濯从羽绒服口袋里拿出一张完好的票，晃了晃，"我只有一张票可以送人，可惜到现在都没人要呢。"

林星遥瞪着那张票："没人要……你怎么不给我？"

许濯无辜地看着他："你也没找我。"

两人站在路灯下你看我，我看你。

林星遥首先泄气，眼巴巴地伸出手："那……你现在给我吧。"

许濯今天不知哪来的好兴致，逗他逗个没完："演出都结束了，还要这个做什么？"

"我……留作纪念不行啊？！"林星遥话说出口了才感觉有歧义，忙红着脸补充，"作为我第一次看学校晚会的纪念。"

"还有呢？"

"没有了！"

"那不给你了。"

林星遥终于被逗炸了毛，伸手要来抢："不行，必须给我！"

许濯一抬手，林星遥就够不着了，他铁了心要那张票，绕着许濯兔子似的蹦："反正……现在……晚会也结束了！"

他听到许濯轻笑一声，视线转过去时，正好瞧见许濯偏过头勾起的嘴角。

林星遥心中一跳，忽然感到那笑好像和从前都不大一样。

但下一刻他就被挡住了视线——是许濯把票轻轻放到他的眼前。

林星遥不动了。

"不闹了。"他听到许濯的声音低低响起，"给你。"

票终于到了林星遥的手里。闹腾过后安静下来，林星遥才迟钝地开始感到丢脸，觉得自己刚才简直像小孩闹着要糖似的。许濯意外地没有多说什么，两人并肩走在出校门的路上，好一阵儿谁都没有说话。

许濯在想什么？林星遥揣着兜，把自己的脸埋在围巾里，脑子一团乱——他会不会觉得自己很幼稚？

"你的钢琴弹得真好。"林星遥主动开口，"是从小就在学的吗？"

许濯答："是。"

"之前都没听你提起过。"

"不是什么值得提起的事。"

许濯语气平淡，林星遥却没听明白，刚想问，许濯却停下了脚步。

"我想起来我有东西忘在了教室。"许濯说，"我现在去拿，你先回去吧。"

林星遥抬起头："我可以等你。"

"你回去太晚，外婆会担心。"许濯笑着，那笑在林星遥的眼中，又恢复了从前的样子。

可林星遥忽然有一点点不大喜欢这样的笑了。

"听话。"许濯温和道，"路上注意安全。"

林星遥只好乖乖转身，去车棚取自行车。夜里寒风萧瑟，林星遥怕冷，包着围巾，戴着帽子，裹一身厚厚的羽绒服，毛绒球一般晃晃悠悠地骑着自行车渐行渐远。

许濯就站在原地，看着林星遥渐渐远去的身影。

直到林星遥的身影消失，他才漠然地收回视线，转身离开。

是否
真心总不金贵

　　周末林星遥去医院给外婆拿药。元旦过后，天愈发冷。昨夜里下了一场小雪，今天仍有细小雪粒飘飞。街上四处覆着薄薄冰霜，行人匆匆。

　　有时候外婆需要用打火机来烧棉线，家里没有打火机了，林星遥就在医院附近寻了家便利店，把自行车停在旁边，进去买打火机。

　　他刚付完钱，听见身后传来一声略沙哑的女声："来瓶啤酒。"

　　林星遥转身准备出去，在看见那人的时候愣了一下——

　　是那个女孩。

　　她似乎刚从医院出来，长发散乱，看起来好几天没洗了。红色的蝴蝶结发卡被她随意卡在头发上，一副摇摇欲坠的模样。女孩还是穿着短裙，单薄的长袜和皮鞋，和她进医院当天一样。这次林星遥终于看清了她的长相——一张了无生气的"厌世脸"，洋娃娃一样的大眼睛，瞳孔黑而无神，下巴尖瘦，脸上没有一丝血色。

　　她的脖子侧边还贴着一大块纱布。

　　便利店老板怀疑地打量着女孩："小姑娘，我们这儿不给未成年卖酒。"

　　女孩不耐烦地拿出身份证亮给老板看，老板见她成年了，这才把酒

拿给她。

女孩接过酒，皱眉发出"啧"的一声。

她看到林星遥，瞥了他一眼。

"帮个忙。"女孩说。

林星遥"啊？"一声，下意识看了看她脖子上的纱布。

女孩面无表情地说："帮我开一下酒。"

林星遥："……不帮。你脖子上还有伤。"

女孩似乎没想到自己会被拒绝，她终于抬起头，正眼端详林星遥。

"有伤和喝酒有什么关系？"女孩冷冷道，"你不想帮就直说。"

她说完转头走了。

林星遥简直没法理解，悻悻地揣着兜往医院走。他本来以为她是个柔弱的女孩，没想到脾气这么大。

林星遥买完药回到家，又被外婆拖出门买东西。

老人李茹仙如今不爱闲着，除了住院检查的那几天，平时没事儿都要出去走走。

除此之外她还找了个照顾医院病人的活儿。

她只接短期的，比如那种刚从手术台下来的病人，就头几天不能动弹，她就帮忙照顾一下；还有那种有点儿痴呆倾向的老人住院，家里人忙，她也接。

李茹仙早在年轻时就买了保险，多年来积攒下了些，如今生活才不至于太过拮据。但她总想着能给家里小孩多挣点儿就多挣点儿，因此总在干活儿，总在忙碌。如此下来，她虽是得了病的身子，但看上去却仍有精神。

周末外婆要给林星遥烧鱼吃，祖孙俩逛超市，老人在前面挑，林星遥在后头无聊地推车。他把推车里的东西拍了张照片，发给许濯看：今天吃大餐。

许濯回复：这么能吃？

林星遥：我在长身体！

许濯：嗯，要努力长高。

林星遥嗒嗒地摁手机：你是不是吃不到鱼，在这儿酸我？

许濯回他：是。家里没人，我没饭吃，好可怜。

林星遥怀疑地看着手机，打字：真的？

许濯：真的。

许濯的回复在林星遥眼里莫名带了点儿可怜的意味。外婆的确跟他说过许濯的父母都是医生，工作很忙，平时家里没人应该也是正常情况。

林星遥想了想，打字问：我让外婆多做点儿，你过来吃？

这回许濯过了一会儿才回复：下次吧。这周有点儿忙。

林星遥一想两人住的地方离得那么远，来回一趟也够费劲的。

于是他回复：那我给你送过去，反正我下午没事。

林星遥等了两分钟，等到许濯回复了两个字：好啊。

林星遥把手机一收，颠儿颠儿地推着车去找外婆："外婆！今天多买点儿菜！"

中午午餐很丰盛，林星遥先把饭菜都装在保温桶里放好，自己快速扒拉了几口饭，起身就要走，却被老人一把按住："好好吃完再走！"

"我过去还得好久呢，万一许濯等饿了怎么办？"

外婆没好气道："你也知道过去要好久！你急巴巴地跑去给人送饭，不知道的还以为你是人家花钱雇来的保姆呢！下次不许再这样了，听到没有？"

林星遥丝毫不觉这么做得有什么不好的："你都说他爸妈忙，没人照顾他，我给他送个饭怎么了？"

外婆很是头疼："那也轮不到你来照顾，你们俩才认识几个月？你这么上赶着对别人好，别人指不定还不领你的情。"

林星遥不吭声了，老人看他这样就知道小孩不高兴了，心中无奈。

她本是担心星遥对别人这么热情，好意反而不被珍惜。毕竟人就是这样，越是唾手可得得，就越是弃之如敝屣。

然而她又如何不知道自家小孩的心情呢？面对那些误解他、不喜欢他的人，星遥从来没有好脸色；可对待任何一个对他释放好意的人，他都会迫不及待地回报以十倍的亲近。

他就像一只小兽，有人试图伤害他，他就参着毛、龇着牙低吼，不许危险靠近；可若有人想抚摸他，他就乖乖趴着，随那人摸他的脑袋，揉他的爪子。

这样的性情会让他无法保护好自己，他只会被有心人轻易看穿，然后拿捏痛点。

李茹仙宠爱自家外孙，不愿阻拦他与喜欢的人交朋友，只能暗自盼望星遥能遇到真心对待他的人。

至于许濯——目前根据她的了解，这个孩子还是不错的。

"好了，看你那嘴嗷的。"老人思前想后一番，最后还是说，"去吧，别玩得太晚，早点儿回家。"

林星遥本来正郁闷着，闻言眼睛一亮，拎着保温桶噔噔噔地跑到玄关换鞋开门："那我走啦。"

门砰地关上，林星遥跑下楼，刚出楼道就被楼外的寒意冻得一哆嗦，赶紧捂好围巾，拎着保温桶往小区旁的公交车站小跑。

如果骑自行车的话，从他家到市中心有小路可以穿，能节省不少时间，但林星遥拎着保温桶，只能老实坐公交车。他抱着保温桶坐在车后排，把袋子的口系紧了，怕热气散出去。

公交车晃了半个小时，晃到中心医院门口。林星遥下车的时候又被迎面一阵冷风吹得一激灵，抱着保温桶快步进了医院附属小区。

小区很大，人少安静，绿植略显茂密，林星遥有点儿找不着路。他按照许濯发给他的门牌号在楼栋间绕来绕去，喝饱了冷风，总算找到许濯住的那一栋。

他按响门铃，门铃响了一会儿，铃声停下，接着大门"哒"的一声打开。

林星遥冷得不行，赶紧一头钻进了大门。

他第一次来朋友家，看着电梯楼层一层一层往上升的时候，心脏怦怦跳：也不知道许濯一个人在家做什么，肚子饿了没有？不知道他喜不喜欢这次送来的饭——那份小炒肉还是自己亲手做的。

许濯的家住在顶楼。出电梯的时候，林星遥找到许濯家的门牌，见门紧闭着，抬手按门铃。

门铃"叮叮咚咚"地响着，林星遥提着保温桶，一手揣着口袋，脸缩在围巾里安静等待。

忽然他顿了一下，感觉有人在看他。

林星遥茫然抬头。左右都是墙，他心里感觉怪怪的，转头往后看，只看见走廊另一边住户的对门。

就在这时，许濯家的门打开了。

林星遥马上回过头，心里那一点点毛毛的感觉散去。许濯只穿着一件白色单衣，套着休闲裤，一副居家的打扮，看上去十分闲适。他看到把自己包成一个球的林星遥，笑了一下："冷吗？快进来。"

许濯家里开着暖气，非常温暖。林星遥一进屋就舒了口气，把手里的保温桶递给他："快吃快吃，等这么久，饿了吧？"

许濯接过袋子："还好，你来得比我想象中的快多了。"

他转身去放保温桶，林星遥这才抬起头，看清这个家——很高的架空，双层楼，浅色调的家具和装饰，深色木质栏杆与楼梯。

房子的空间很大，家具不多，所有东西都摆放整齐，地面几乎一尘不染。

一个干净而漂亮的家。

林星遥的表情是毫不掩饰的惊叹和羡慕，他环视四周，感叹道："你家真好看。"

许濯正把保温桶里的饭菜一层一层拿出来放在餐桌上，闻言笑道："好看吗？没什么东西，挺空的。"

"空才好呢，我家东西可多了，我都嫌挤得慌，可是外婆一个都不舍得扔。"

林星遥晃到餐桌旁边，和许濯一块儿坐下，一脸期待地看着他："快尝尝味道。"

许濯挽起袖子，拿筷子尝了口菜，点头："很好吃。"

许濯上衣有毛绒的材质，看起来亲肤而温暖。林星遥坐在许濯旁边，才注意到许濯的脖子十分白净，可以隐隐看到皮肤下的静脉。许濯吃饭的时候也很优雅，安安静静，细嚼慢咽，他的侧脸挺拔俊秀，睫毛纤长如羽。

林星遥出神地看着许濯，直到许濯转过头，他才急急忙忙收回视线，手猛地攥成拳缩进袖子。

"你吃过了吗？"许濯转头问林星遥，却见他掩饰性地低下头，问，"怎么了？"

林星遥立刻答："没事！我吃过了。"他顾左右而言他，"你……你爸妈呢？不在家吗？"

许濯答："他们出差了，一个月以后才回来。"

林星遥有些惊讶："这么久？那你吃饭怎么解决？"

"我平时都在医院食堂吃。"

"那你要是有空儿的话，周末也可以来我家吃饭嘛。"

许濯笑着："心领了。可惜我这个月要准备'商赛'，暂时空不出时间。"

林星遥再次被拒绝也没灰心，点点头："比赛重要。"

两人就坐在餐厅，大多时候都是林星遥说，许濯听。

许濯吃饭慢条斯理，吃完饭后收拾餐桌，把保温桶洗干净，装回袋子。

林星遥接过袋子，踌躇了一会儿，试探着说："那……我走啦？"

许濯抱歉地看着他："我家从来不开火，零食这些也没有，都没东西招待你，对不起。"

林星遥很大度地说："这有什么？跟我就别这么多客气啦。"

"嗯。"许濯笑眯眯的，站在林星遥面前，没动，"我送你到楼下？"

林星遥听到这话心里就有点儿蔫了，但表面上仍装作无所谓的样子："不用，坐电梯有什么好送的？我走啦。"

两人走到玄关处，许濯为林星遥打开门，在林星遥穿好鞋起身时抬手给他整理了一下脖子上的围巾，声音很温柔地说："路上小心，别着凉了。"

林星遥傻乎乎地"嗯"了一声，和许濯说了"拜拜"走了。

门在林星遥身后安静地关上。

他原本挺期待可以在许濯的家里四处走一走。

他不会乱动任何东西，只是想看看许濯平时住的是个什么样的地方。他最想看的就是许濯的卧室，好奇许濯的卧室是否如他这个人一样：或许有很大的书柜，里面摆满了书；应该也有很大的书桌，不知道床上会不会放娃娃？

对林星遥而言，这种行为就像一种交换——许濯来到他的家，他邀请许濯进入自己的卧室，意味着他把自己真实的一面和对待朋友的真心交给了许濯。那么他来到许濯的家，自然想得到同等的待遇。

但是许濯没有与他进行交换，拒绝了他。

林星遥拎着空空的保温桶，垂着脑袋慢吞吞地走在路上。

他心想是不是自己的想法太幼稚了？即使他对别人好，那也都是他自己的事，以此要求别人也对自己好，那是没有道理的。

而且许濯对自己本来就很好，他只是没有带着自己在家里看看而已，万一许濯本来就是一个注重隐私感、不喜欢向外人展示秘密的人呢？

这么一思考，林星遥渐渐想通了。他觉得自己好像又了解了一点儿许濯，许濯很温柔，但会与朋友保持距离；许濯是个彬彬有礼的人，从不打探别人的隐私，也保护着自己——

他有点儿像那种用尾巴护着肚皮的猫……

"嘿。"

林星遥正神游天外，冷不丁被人从背后叫一声，吓得迅速转身，看见人后，他露出吃惊的表情。

竟然又是那个女孩。

女孩不知何时跟了在了林星遥的后面，长发依旧散乱着，白着一张小脸，脖子上的厚纱布换成了敷料贴。她盯着林星遥，忽然抓住他的手，把他往小区外拽。

"欸，你……"林星遥不好和一个女孩争执，硬着头皮被她拽到小区外头，进了路边拐角的一条小巷。小巷里没什么人，就是风一阵阵地灌，吹得林星遥脑仁疼。

女孩松开林星遥，问他："你叫什么名字？"

林星遥皱眉看着她，不说话。

女孩观察他的表情，牵起嘴角一笑，半真半假地说："我叫夏若美。"

接着她又问："你叫什么名字？"

林星遥只好报上姓名："林星遥。"

紧接着女孩就问："你和许濯是什么关系？"

林星遥觉得这个女生很奇怪，他没有心情交谈，敷衍地道："就……同学。"

"同学能进他家？"女孩笑嘻嘻地问，但很快她就不笑了。

她似乎想起了什么，看着林星遥："你之前是不是叫林云星？"

林星遥攥紧了手指。

这种事没什么不好承认的，尽管他的心情一下变得很差，但他仍然坦白回答："是。"

那一刻夏若美的表情变得非常复杂。她死死地盯着林星遥，盯得林星遥恼火又不堪，倔强道："你看我做什么？没见过罪犯的儿子吗？"

夏若美听了这话，脸上复杂的表情消失，"噗"一声笑出来。她似乎觉得很有意思，重复了一遍："罪犯的儿子。"

"许濯怎么会和你这种人在一起？"夏若美像是自言自语道。

林星遥已经很不想和她说话了，闷闷道："如果你没有什么要紧事，我就走了。"

夏若美却再次拉住他。女孩的手指细而冰凉，像贴上来的冰，冷得林星遥的手腕泛起一点儿鸡皮疙瘩。

她说："我知道许濯的好多秘密，你要不要听？"

林星遥说："我不想听。"

夏若美完全没想到他会这样回答，呆愣了片刻："啊？"

林星遥认真道："如果他自己想跟我说，我会听。至于别人怎么说关于他的事，我不在意。"

夏若美愣了一下，表情渐渐冷淡下去。

"无聊。"女孩冷冷地嘲讽，"你以为你对他一片真心，他就会回报你？"

这话刺得林星遥心头不快，他不喜欢听到许濯被这样形容，开口反驳道："你没有搞清楚，是许濯愿意和我做朋友。要说回报，也是我回报他才对。"

夏若美像看神经病一样看着他："你都成年了，还玩这种老掉牙的朋友游戏？"

林星遥虎着脸瞪她："我没有在玩游戏。"

"你觉得你这种人能交到朋友吗，'罪犯的儿子'？"夏若美毫不留情地戳林星遥的痛处，露出不可思议地看笨蛋的表情，"你怎么这么天真啊？"

林星遥深吸一口气。如果夏若美是个男生，此时林星遥可能已经一拳揍上去了。他强忍住怒火，不想和一个还受着伤的瘦弱女孩计较，一句话不说转身就走。

夏若美在林星遥的身后无所谓地笑，那笑声冰冷无情："林星遥，我认识许濯十年，你呢，你们认识了几天？"

"别怪我没提醒过你……

"许濯就是个混蛋！"

手机里的枪声激烈，大老板"水底沙"的声音从耳机里传来："怎么感觉你今天火气挺大？"

林星遥黑着脸用力摁屏幕："哦，和一个不认识的人吵了一架。"

大老板笑："和不认识的人也能吵起来？"

"就当我遇着神经病了。"

"大过年的，别和神经病计较。"

这么一说，林星遥想起下月月初就要过年了。往年过年他都是和老人一起过，从前外公还在的时候，两位老人都会在年前备好年货，除夕那天一早便开始准备年夜饭，给家里打扫卫生，布置得很温馨。

外公特别会腌腊肉，做的腊肉咸香可口，肉挂在阳台上，香味能飘出老远。外婆总是拿来切一点儿用来炒蒜苗或者下豆糕，好吃到能让林星遥吃好几大碗饭。

后来外公走了，外婆也没让家里变萧条，依旧热热闹闹地买年货，做汤圆和年糕，给林星遥买新衣服新鞋，晚上祖孙俩就一边吃热腾腾的年夜饭一边看春晚。林星遥打小喜欢放烟花，等吃完年夜饭，过了十一点，外婆就会和林星遥下楼把买来的烟花玩具放了。

林星遥想着马上就要放寒假，心情又变好，和大老板打电话聊天："你之前不是说过年想出去旅游吗，计划好去哪儿了吗？"

大老板似乎苦笑一声，答："还旅什么游？家里人生病了，今年过年哪儿也别想去。"

"啊？怎么生病了？"

"哎……也不是什么大毛病。"大老板长叹一口气，没有想细说的意思，反过来问林星遥，"你呢，在家过？"

"嗯。"

大老板忽然开玩笑道："要不过年咱俩约个时间一起吃个饭吧？我记得之前听你提过你也住在江州市。"

林星遥想也不想就拒绝："不行，我不和网友见面。"

大老板捂心口："原来我们认识这么久，在你眼里也不过是区区网友。"

"我也不是这个意思。"林星遥听这话挺不好意思的，解释，"我现在还是学生，和你见面不合适。如果等我毕业了我们还有联系，见面是可以的。"

"意思是毕业之前无论如何都不行了？"

林星遥坚定道："不行。"

"给你发个六百六十六的红包也不行？"

……

大老板在电话那头笑起来："行行，不逗你了，你要是不想就不见，都听你的。"

林星遥松一口气，他刚才差点儿就为钱财屈服了。虽然他挺喜欢大老板，但对方突然要说见面，他心里头还是相当别扭。倒不是担心大老板的为人，林星遥只是单纯觉得以自己极度贫乏的交际能力来讲，和一个比自己大许多的网友见面，尴尬程度大概不逊于过年和从没见过面的亲戚坐在一桌吃饭。

两个小时的单子结束后，林星遥和大老板说拜拜，退出游戏下线，他打个哈欠，转头看外头，天已经黑了，厨房里传来碗瓢盆碰撞的声音，是外婆在做晚饭。

南方的冬天冷得难挨，外婆知道小孩怕冷，就买了个电暖片放在他的屋里，就搁在书桌旁边。

林星遥蹲在椅子上一动不动地烤电暖片，点进微信，再点进和许濯的对话框，手指划来划去，看两人的聊天记录。

最近一次的聊天就在今天，他和许濯发消息说自己去给他送饭，许濯说"好啊"。

林星遥低头慢吞吞地打字，打了一行，又删了。

他琢磨半天，很是苦恼。

他心情有些烦闷，忍不住想找许濯聊天，想了半天终于想出个由头，赶紧打字：我外婆的手艺怎么样？

过一会儿，许濯回复过来：很好。羡慕你能天天能吃到好吃的。

林星遥挺得意：我外婆这两天做了汤圆，下星期一我可以给你带一点过来，你拿回去吃。

许濯那边输入了一会儿，发来消息：抱歉，我下周要去首都参加商赛，不在学校。

林星遥顿时没了兴致，蔫巴巴地问：什么时候回来？

许濯：三天左右。

林星遥像一团化了的年糕瘫在椅子上：没劲，知道了。

许濯：回来带你去买奶茶喝？

林星遥这才恢复了点儿精神，坐起来打字：好。祝你比赛顺利。他还附了一个"加油"的表情包。

许濯看着对话框里弹出一个小人举着"加油"的牌子左摇右晃的表情包，手机屏幕的光打在他的脸上，他垂着眸，没有表情。

家里没有开灯。

黑暗中许濯一个人坐在飘窗上低头摆弄手机。窗外夜冷星寒，灯火静谧。

这时他的手机振动起来，屏幕上显示是父亲的来电，许濯接起电话。

"爸。"

电话那头有些嘈杂，父亲似乎是百忙之中抽出空儿给他打电话："听你的班主任说，明天你要去首都参加商赛？"

"是。"

父亲"哦"了一声："写小组论文？还是只有报告？"

"都有。"

"你以后再不必参加这种比赛，含金量不高，论文质量低。"男人在电话里给出建议，"回来后我抽时间带你和一位生物医学方向的教授见一面。你已经高三了，可以开始接触研究性论文的独立写作和发表了。"

许濯平静地回答："好的。"

父亲接着问："今天看书了没有？"

"看了。"

"你这么聪明自觉，不需要我和妈妈多操心。"男人的声音隔着遥远的距离，听上去略微失真，带着冰冷的感觉，"我和妈妈晚点儿还要开会，不多聊了。"

许濯温和地说："好，您去忙。"

父亲挂了电话，家里重新变得安静。许濯坐在黑暗的卧室里，一条腿曲着踩在飘窗的毛毯上，看上去慵懒困顿，好像对一切都毫无兴趣。

手机又振动了一下。许濯点亮屏幕，之前的那个对话框他还没退出去，此时弹出一条新的消息。

——你吃晚饭了吗？

许濯沉默地看着这条消息。大概是等了半天没等到回复，对方又发来一条：你爸妈不在家，你不会连饭都不吃吧？

许濯笑了一下。那笑未达眼底，冷淡得极具讽刺意味，而他用手指打下的字却传递着暖意：怎么会，在你眼里我难道是个小孩子？

林星遥回复他：那就行，我还担心你一个人不会好好吃饭，这样对胃可不好。不要光顾着学习，身体才是最重要的！

林星遥发来一大堆话，叮嘱许濯要按时吃饭、注意身体云云。明明林星遥自己也不过是个身板丝毫不强壮、怕冷怕得要命、不爱运动的小孩罢了。

许濯脸上的表情淡了。他漠然地扫视林星遥发来的消息，随手把手

机扔在一边，不再理会。

马上要到期末考试了，课间又是一堆模拟试卷发下来。卷子上哪儿哪儿都是错，哪儿哪儿都不对，林星遥看得头疼，把卷子一卷塞进抽屉。

今天是许濯离开的第三天。这三天林星遥都不敢和许濯发消息，生怕打扰他准备比赛。

许濯不在学校，林星遥上学都提不起劲儿，重新回到了高一那会儿恹恹的状态。

奇怪，两人明明不在一个班，平时也不经常碰见，可自从林星遥认识了许濯，他好像只要知道许濯就在楼上和自己一样坐在教室里，心情就会变得雀跃。

林星遥数着天数，觉得许濯也该回来了。

要不放学后给许濯发个消息？或者自己直接等在许濯家的小区门口，给他一个惊喜？

林星遥打定主意，放学后拎起书包兴冲冲地跑下楼，准备骑上自行车直奔许濯家门口。

在这之前，他给许濯发了消息，但许濯没有回他。

最近许濯总是不大回他消息。林星遥没有多想，觉得许濯是在忙着准备商赛的事情，又不像自己天天除了上课打瞌睡就是打游戏。许濯很忙，有许多正事要做，偶尔不回消息也很正常。

林星遥从车棚取出车，刚骑上、蹬出校门，冷不丁斜刺里跑出来一个人，往他的车头撞来。

林星遥吓得猛地刹车，整个人从车座冲到车杠上，定睛一看，挡在他前面的竟然是夏若美。

"你！"林星遥气坏了，"你也不怕我撞到你？"

夏若美依旧披头散发，穿着一身肥大的黑外套、短裙长靴，斜挎个毛绒小斜包，书包都没背，她冲林星遥一笑："我等你好久了，骑自行车干吗？不上晚自习？"

林星遥前几天才和她闹不愉快，这会儿没好气地回她："不关你的事。"

"正好我也不上晚自习。"夏若美仿佛全然忘了前几天小巷里发生的事，她似乎心情不错，绕过来，一副要坐自行车后座的样子，"走，咱们俩玩去。"

林星遥眼疾手快拽住她的包带："谁要跟你玩？我回家了，再见。"

他踩上车蹬就要走，却被女孩按住车头。夏若美说："你要是不答应，我就告诉许濯我们两个在谈恋爱。"

林星遥登时涨红了脸："他才不会相信。"

"我和他从小一起长大，他不信我信谁？"

林星遥被噎住，不吭声了。

夏若美见他真被唬到，偏头小声嘟囔一句："真好骗。"

林星遥没听清。

他不情愿地跟在夏若美后面，夏若美似乎心情不错，晃来晃去地与他说话："你为什么不上晚自习？"

林星遥心情不佳，随口答："我是差生，不爱上学。"

"好巧，我也是差生。"夏若美远远指着七中斜对面另一条街上的学校给林星遥看，"喏，我是艺术生，就在你们隔壁的外校，之前还因为成绩太差留了级哈哈哈……我就从来不上早晚自习。"

林星遥都不知道这事儿她有什么好得意到哈哈大笑的。

他本就对这个女孩没有好感，只不过因为她是许濯的朋友才多了些耐心。否则，像夏若美这样当着他的面说他是罪犯的儿子的人，不仅得挨自己一顿揍，而且从此跟她老死不相往来是肯定的。

现在林星遥对夏若美的感观又发生了一点儿变化。他觉得夏若美有点儿任性，好像又有点儿敏感，让人捉摸不透。

"你为什么在学校门口等我？"林星遥疑问。

夏若美坦然地答："因为我没朋友啊，正好最近认识了你，就来找你了。"

林星遥一怔："许濯呢？"

夏若美嗤笑："他才不是。"

林星遥完全不能理解夏若美对待许濯的态度。她一边说两人是青梅竹马，一边又表现出很讨厌许濯，可那天自己在小区门口明明看到夏若美拉着许濯不松手。

许濯对待夏若美的态度，林星遥同样不懂。

有时他觉得许濯有些冷淡，可有时他又想：或许许濯只是比他们都成熟得多，所以许濯表现得更加冷静而已。

林星遥再好奇，也不会打探他们之间的私事。虽然他总觉得心里像卡着根刺，刺得胸口不舒服。

夏若美带着林星遥穿过大街小巷。深冬里天黑得快，夏若美不知道带的什么路，两人钻进一片老街区里七弯八拐，转得林星遥都快找不着方向。

"喂！你到底要去哪儿？"

他早就失去耐心想走了，可夜幕降临，夏若美一个瘦瘦弱弱的女孩子在外面他又不放心，于是他把人喊住："很晚了，我要回去了。"

但夏若美很快在一家酒吧停住，对林星遥说："到了。"

酒吧的招牌上彩光闪烁，门口积了些污水渍，两边墙上贴着广告。这里乍一眼看上去像个无人问津的老洗发店。

林星遥觉得有些无语："你跑这儿来吃饭？"

夏若美点头，说了声"走吧"，转身径自下楼。

林星遥虽已成年，但一次都没进过酒吧的门。

他见夏若美一个人走进去，也没时间再犹豫，把自行车停好，跟着她进了门。

夏若美拉开门，林星遥落后她一步进去，里头是一条走廊，很窄，光线昏暗发红，混着暗淡的黄光，墙壁一股斑驳的霉味。林星遥听到墙的另一边传来闷闷的音乐鼓点声，混着杂乱的人声，走廊的尽头还有一扇门。

夏若美走到门前，抬手推开了门。

强烈的音乐轰鸣声与喧闹声如浪涌般淹没了林星遥。门里一片昏暗，只见外面一圈形形色色的人或坐或站，喝酒笑闹，摇摆的炫光扫过舞池中群魔乱舞的人。沸腾的音乐几乎要掀翻屋顶，男男女女从林星遥的身边经过。

林星遥的脑子都要被音响轰得爆炸，他想甩开夏若美："松开，我回去了！"

夏若美抓紧他，转头朝他喊："我带你玩！"

林星遥抓狂："我不想玩！好吵！"

夏若美咧嘴笑："没事，习惯就好！"

沟通失败，林星遥反手握住夏若美的手，想把她拽去一个安静地方再说。夏若美却游鱼般一转，在舞池边缘找到一个空的小沙发，拉着林星遥一屁股坐下。

"林星遥，你渴不渴？"夏若美趴在林星遥的耳边大声地问。她笑嘻嘻的，缺乏气色的脸在舞池的灯光下看起来很苍白。她的情绪似乎随着周围的气氛变得高昂，一双没精打采的黑瞳闪烁出异常的光彩来。

林星遥被吵得头疼，没好气地甩开她的手："我不渴。"

"跳舞去？"

"不去！"

"那我自己去，不管你了，拜拜。"

"夏若美！你——"

一只手伸过来，抓住了夏若美的手腕。

两人转过头。

许濯不知什么时候来到他们身后，居高临下地看着他们，酒吧炫目

的灯光闪过许濯的脸，映出他淡漠的神情。

林星遥第一眼差点儿以为自己看错了。

许濯拉开了夏若美的手。

他似乎也是半路过来的，身上还穿着长款的厚羽绒服，里面是简单的白色卫衣和牛仔裤。

许濯个子高，站在两人面前像是来捉淘气的弟弟妹妹回家的哥哥，这样的认知让林星遥心里一阵紧张，仿佛自己做错了事。

许濯没说话，只转而握住林星遥的手臂。林星遥被他从沙发上拉起来，许濯有点儿用力，林星遥黑暗里又看不太清，林星遥不辨方向，差点儿撞进许濯的怀里。

许濯把林星遥拉到自己的面前，两人挨得很近。

喧嚣中林星遥听到许濯在他的耳边问："谁带你走你就跟谁走吗？"

温暖熟悉的气息拂到林星遥的脸颊上，他的耳朵里全是音乐的轰鸣声，没听清许濯说了什么。

许濯也没有要听林星遥回答的意思，抓着林星遥转身就走，林星遥反应过来，忙转过头："等会儿，还有夏若美。"

林星遥只来得及看到夏若美一个人背对着他们坐在沙发里的身影，就被许濯轻轻扳回脑袋，带出了酒吧。

空气一下变得清新，世界回归安静。林星遥呼了一口气，舒服多了，但夏若美还在里面……

他看一眼许濯，带着七分高兴，三分疑惑。

"我们把她一个人留在里面可以吗？"林星遥问。

两人走上楼梯，许濯闻言一笑："这么关心别人？"

林星遥红着脸说不出话。

许濯逗他："你怎么这么容易被带跑，我可不是每次都能找到你。"

林星遥撇嘴："还不是因为她是你的朋友。"

许濯微微一怔。

"我去把她也叫出来吧。"林星遥停住脚步，"这种地方太不安全了。"

许濯说："不用，她自己会出来。"

他拿过林星遥手里的钥匙解开林星遥的车锁，顺手推着自行车往前走，林星遥只好跟上去。

林星遥边走边忍不住回头看，仿佛为了印证许濯的话，两人渐行渐远后，林星遥终于看到夏若美从酒吧里跑出来。

她没看到人，在酒吧门口站了会儿，然后在路边拦了辆出租车，坐上车离开了。

"放心了？"许濯说。

林星遥点头。他这时才想起一个问题，好奇地问："你怎么知道我们在这里？"

许濯答："若美发消息给我，说你在这里。"

他把手机拿出来给林星遥看，原来夏若美在来酒吧的路上就给许濯发了消息。可她为什么要这么做？

"她到底想干吗？"林星遥已经彻底糊涂了。

自行车车轮骨碌碌地滚过地面，一阵短暂的沉默后，许濯开口："若美的性格不大好相处，所以她的朋友不多。她会找上你，或许也是想和你做朋友，只是用错了方式。"

林星遥想了想，问许濯："那你算是她的朋友吗？"

"我更多是把她当作妹妹看待。"许濯看了林星遥一眼，打趣道，"以防某些人误会，事先说明，我和若美从来没有过恋爱关系。"

林星遥咳了一声，含糊道："我也没问……没想那么多。"

心里的刺终于被拔出来，林星遥浑身舒畅，心情大好，把刚才关于酒吧的糟心事全都忘到一边，他蹦过来拉着许濯的衣袖："走，请你吃饭去。"

许濯由他牵着，一手握稳自行车车头，看着林星遥笑："这么大方？"

林星遥得意："本来就是想等你回来请你吃饭的。我最近赚了钱，

请你吃好的。"

"遥遥对我真好。"

"那可不，一般人我可不对他这么好。"

许濯嘴角噙着笑，听林星遥聊家里的趣事和打游戏碰到的各种各样的老板。

好像许濯一回来，林星遥才终于打开了话匣子，有了表达和分享的欲望。

随着声音远去，两人的背影渐渐消失在路的拐角。

虽说是林星遥请许濯吃饭，但最后却还是变成了按林星遥的意思，选了一家他自己喜欢的羊肉汤店。

冬日天寒露重，林星遥喜欢吃饭时喝热汤，让手脚变得暖热。外婆了解他，一入冬就总在家里煲汤，就算林星遥在外面玩，回家晚了，汤也总被放在罐子里用细火慢慢热着。

桌上是两碗羊肉汤，一盘薄饼，一盘白胖的饺子。林星遥饿得前胸贴后背，埋头苦吃。店里闹哄哄的，许濯还没动筷子，坐在林星遥的对面低头发消息。

林星遥看他不吃，问："你不喜欢吃这些吗？"

"没有。"许濯放下手机，"我刚比完赛回来，老师要看我们组的数据汇报，还有小组论文的初稿。"

许濯这么忙还大老远地来找他，陪他吃晚饭。

林星遥心里过意不去，把盘子推到许濯的面前："那你快吃，吃完了早点儿回去。"

许濯笑道："没事，好久不见你了，多和你待会儿。"

林星遥不知道许濯和别人说话是不是这样，一想到许濯对每个人都这么温柔，林星遥的心里头就不大高兴。

尽管许濯就是这样的性格，可林星遥仍希望许濯能够对他特殊一点儿。

因为许濯对于他而言，是唯一的，特别的存在。

"我们班已经在商量开学后的小旅行了。"许濯忽然想起什么，说，"目前先定了几个地方，具体行程还没安排。你们呢？"

七中每年都会举办集体的出游活动，地点大多选在市区周边的山庄或湿地公园，两天一晚，也被学生们称之为"小旅行"。小旅行的地点是由每个班自己组织选定的，但实际上班和班之间经常会结对出游，这样能省去不少在路线和住宿规划上的麻烦。

林星遥说："不知道，我从来不参加这些，去年的小旅行我也没去。"

许濯仿佛是不经意地提起："是吗？我今天回来的路上听到李老师说，今年我们班的小旅行打算和你们班一起，这事之前还和黄老师一起商量过。我们班不太会组织这种活动，但是你们班的老师组织能力很强，所以才想和你一起合作。"

李老师是许濯的班主任，黄老师是林星遥的班主任。

林星遥一听，顿时来了精神："你去吗？"

许濯笑："去年我们两个班就是一起的，你不知道？"

林星遥顿时后悔死了，懊恼自己去年干吗不参加小旅行？不然不就能早点儿认识许濯了。

"林星遥马上说："要准备什么东西？"

"照两位老师的意思，位置大概是定在城郊的白兰湖山庄。山庄里吃喝玩乐的都有，很方便。"

白兰湖山庄坐落在城郊的一处风景区里，景区内湖光山色相映，一条平路接着高速，直通景区内的度假山庄，交通十分方便，游玩者络绎不绝。

林星遥来劲了，追问许濯到时候他们如何一起去，可不可以坐一辆车，在哪里吃饭，晚上住宿可不可以自己选房间等等。

许濯被他问得笑起来，逗他："你想选什么样的房间？"

　　林星遥小孩似的："我想和你住一间。"

　　他话说完了才想起来自己只顾兴奋，没问人家乐不乐意，试探问："可以吗？"

　　许濯露出遗憾的表情："我们不在一个班，大概没法被分在一个房间。"

　　林星遥顿时失落："好吧。"

　　许濯很自然地靠近过来，在周围喧闹中低声说："白天的时候我们可以一起。"

　　林星遥好奇："我可以到你们班找你玩吗？"

　　"当然。"许濯仿佛在温柔地哄慰他，"我会等你来找我。"

　　回家后林星遥还在为下学期的小旅行而感到期待不已。

　　他从小到大极少参加学校的集体活动，因为身边没有朋友，即便是集体出游，他也无人一同玩乐，自然觉得没有意思。可这次许濯说会陪他，那游玩的意义便截然不同起来。

　　林星遥洗完澡趴在床上一边陪大老板打游戏，一边兴致勃勃地把这件事分享给了大老板。

　　大老板一边在他的掩护下笨拙地捡装备一边乐："两个月以后的事都能把你高兴成这样。"

　　"因为我是和朋友一起去玩，和他在一块儿我就开心。"

　　"就是那个成绩很好的男生？"

　　"对。"

　　"你们打算去哪里玩？定下来了吗？"

　　林星遥专心打游戏，顺口就答："听我朋友说大概是白兰湖山庄，你去过吗？"

　　"城郊的白兰湖休闲山庄吗？我去过一次，风景好，酒店也不错。"大老板说，"湖边有很片很大的森林，没怎么经过人工建设，白天很适合野营。"

听大老板这么一描述，林星遥更加期待这次小旅行了。

接着大老板又说："不过你到时候记得跟紧大部队，或者让你朋友带好你。那山庄被森林围着，一个人在里头很容易迷路。"

林星遥说"知道了"。

两人又打了一个多小时游戏，之后大老板下线，林星遥退出游戏，才看到有人给他发了消息。

他以为是许灈，期待地点开，却看到消息是夏若美发来的，她问他在做什么，发了一堆表情，要他回消息。

林星遥打字：刚才忙去了。

夏若美立刻回：哦，我还以为你不愿意搭理我了呢。

林星遥心想：我早不想搭理你了，这么明显你都看不出来？紧接着手机就弹出来一条夏若美的消息：你知道许灈为什么知道你在酒吧吗？

林星遥：为什么？

夏若美：我去酒吧之前和他发了个消息，说你和我在一起。

夏若美打字打得飞快，消息一条一条地弹出来。

结果他还真跑来找你了。

原来他这么在意你？

林星遥心里很高兴，但还是装作无所谓地打字：不关你的事。

夏若美：林星遥，你现在很高兴吧？

林星遥：高兴怎么了？！

夏若美：你就是个大傻子。

林星遥想把手机扔了，和夏若美聊天能把他气死。

夏若美的消息又弹出来：明天你陪我去医院。

林星遥疑惑：你怎么了？

夏若美：脖子上的伤没恢复好，要去拿药。

林星遥憋半天，回：找你爸妈去。

夏若美：我没爹没妈，好可怜哦。

林星遥被夏若美弄得云里雾里，不知道她说的哪句是真话哪句假话，但他一想到那次看到她被推进医院时身边无人陪伴的孤零零的样子，本来十分抗拒的心又莫名软了下来。

最后林星遥还是答应了夏若美陪她去医院。

反正两人都不上晚自习，第二天放了学，夏若美就来林星遥的学校等他。

林星遥骑着自行车，夏若美也不客气，拎起包一屁股坐在后座上。

骑车一路到中心医院，林星遥停好自行车，跟着夏若美进了医院。外头风大，他想进大厅坐着暖和暖和，等夏若美拿完了药他就把人直接送回去。

谁知夏若美把林星遥一拽："等一下，我补个妆。"

她从包里翻出小镜子，把长发扎起，将刘海别到耳边，打开小镜子，拿粉饼给自己拍脸。

林星遥站在一旁感到有些生无可恋，然而当目光无意扫过夏若美的脸时，他一时怔住。

夏若美的额上有一道疤。

他平时极少注意夏若美的脸，现在夏若美把刘海别起来，林星遥才看到她的额头上有一块硬币大小的旧疤痕。疤痕虽然淡了，却在女孩白皙的皮肤上显得很刺眼。

夏若美察觉到他的目光，挑眉："现在才看到？"

林星遥尴尬地移开目光，夏若美边补妆边漫不经心道："想问什么就问，也不是不能回答你。"

林星遥确实有些好奇，问："小时候磕着脑袋了？"

"不是，我被人欺负的。"过了好一阵，夏若美没听到林星遥的声音，她看向林星遥，觉得他的表情很有趣，"吓到了？"

林星遥憋了半天，闷闷道："谁欺负你了？"

夏若美顿了一下，沉默片刻。她把粉饼放进小镜子里，合上装进包里。

再次看向林星遥的时候，她仍做出无所谓的样子："怎么，原来你没听说过辛立？"

"谁？"

晚上十点半，林星遥回到家，外婆已睡下。

他洗完澡回到自己房间，爬上床窝在被窝里，翻来覆去好一阵儿，拿过手机。

他打开浏览器，在搜索栏里输入"辛立"，紧接着就跳出一条条新闻。林星遥点进第一条江州市当地新闻，亮起的荧幕上映出他略带紧张的双眼。

辛立曾因伤害罪被警察通缉，新闻没有详细描述此事经过，只寥寥几句便收尾。

林星遥皱起眉，退出新闻界面继续往下翻。

浏览器的前几页皆是相似的新闻报道，内容都是对事情的大体概括，没有任何细节。

林星遥翻来翻去没翻出个名堂，呼了一口气躺在床上，心里乱乱的。仿佛是响应他的心思，手机响了一声，林星遥点亮屏幕，上面显示夏若美发来一条消息：想知道经过，你可以问问许濯。

林星遥怔愣地看着这行字，仍未领会其中的意思。

这件事和许濯有什么关系？

期末考试最后一门结束，林星遥背着包一溜烟儿地跑下楼，张望着等人。

外婆从衣柜里翻出一项旧绒毛帽子给他避寒，他戴着像只毛茸茸的小老虎。林星遥晃来晃去等了半天，终于在离开教学楼的人群中看到许濯的身影。

许濯身边有不少人，一群人似乎在边走边讨论这次考试的题目。许

濯个子高，容貌出众，众星捧月一般被簇拥着。

林星遥看见他本来要上前打招呼，但是见到这个场景，脚步又迟疑地停下。

林星遥想，许濯不在意他林星遥身上的流言蜚语，不代表别人不在意。如果教人知道他和自己走得近，指不定流言又要沾到许濯身上去了。

林星遥不在意自己如何被人说道，却不愿让许濯沾染上这些乱七八糟的东西。他眼睁睁地看着许濯在人群中走远了，只得远远地跟在后面，等着看那群 1 班的尖子生什么时候能讨论完题目。

直到他们走出校门，大家分道扬镳，围着许濯的人才渐渐散去。林星遥忙从车棚推出自行车，小跑到许濯面前："许濯！"

许濯回过头，看见他便露出了笑容："好可爱的帽子。"

他摸了摸林星遥帽子上的绒毛，林星遥看见他温柔的笑容，心中想起夏若美发给他的那条消息。

想知道经过，你可以问问许濯。

这条消息对林星遥而言充满了冲击性，那天他一晚上没睡好觉，可现在看到许濯的笑容，他又感到夏若美的话太过荒谬了。

那种残酷的事情，和许濯怎么可能扯上关系？

"许濯，你……"林星遥心里装着事，说话也有些犹豫，"你放假有什么打算？"

他想问问许濯关于辛立的事，想亲耳从许濯的口中听到解释，旁人的话，他不愿轻信。

许濯说："明天我就要出省参加一个冬令营项目，大概两周后回来。"

"两周？那不是要过年你才能回来？"

"嗯。"许濯很抱歉地看着他，"这两周我不在江州市，不能陪你了。"

林星遥顿时遭受打击，整个人蔫了，垂头丧气地说："哦，没事。"

"星遥……"

"我等你回来。"林星遥勉强打起精神，反而安慰起许濯，"过年你爸爸妈妈在医院一定很忙，你回来以后就来我家，我外婆给你做好吃的。"

林星遥的眼睛很亮，他虽然为暂时的分别心生委屈，却已然在盼望许濯归来——他的在意和信任没有任何遮掩。

许濯注视着他的眼睛，片刻后移开视线。那一刻许濯仿佛走神儿了，柔和的眼眸不知看向何处，纤长的睫毛垂落，情绪如雾般凝结。

"许濯？"

许濯的目光重新落在林星遥的身上，他低声说："好。"

林星遥笑起来，将车龙头晃了晃："一起回去吗？"

许濯也弯起嘴角："抱歉，我要回去收拾行李，今晚就坐飞机出发。"

林星遥只好站在路边望着他："那你路上小心。"

"好。"

林星遥冲他比了个"打电话"的手势："你回来了就和我发消息。"

"嗯。"

林星遥看着许濯上了出租车，小声叹了一口气，骑上自行车离开。

七中历年的寒暑假作业不多，学校以"减负"和"重视素质教育"闻名，假期时更多的是鼓励学生参加课外活动和小组户外活动等。

不过对于林星遥来说，一切集体的活动都与他无关。寒假来临，他乐得不用去学校，唯一的活动就是抓紧时间在网上接单赚钱。外婆还想给他报补习班，林星遥闹着不愿意去，老人也没办法。

他喜欢远离学校和人群的生活。但如今却有一点让他苦恼，那就是一旦放假，他和许濯的联系好像也变少了。

许濯很忙，除开学校的课业，他还有自己额外的学习进度。一次林星遥无意间听到许濯和老师的电话对话，才知道许濯已经在学习大学的知识内容，并且在写那种专业的论文。此外许濯还要参加各种比赛，做实验，学钢琴……

林星遥觉得许濯很厉害，又觉得他很累。他有时候想许濯再怎么聪明再怎么有天赋，也还是个人，这样不停地学习、念书，把自己弄成三头六臂，总会疲惫。

林星遥从没见过许濯疲惫。许濯好像永远都不慌不忙，沉稳温和，把一切都处理到最好。

面对这样优秀、完美、滴水不漏的许濯，林星遥有时会好奇地想象他的童年——不知道许濯从小如何长大，他小时候是否和其他小孩一样，也曾有无忧无虑的时光？

林星遥：在吗？

许濯：在。

林星遥：还没睡觉？

许濯：你还不是？

林星遥：我打游戏赚钱去了。

许濯：我刚刚和导师聊完，现在准备改论文。

林星遥抱着手机在床上滚了一圈，躲在被窝里打字：这么晚还改什么论文？快睡觉。

许濯就回复了一个字：好。

一看就是在敷衍。林星遥本想再和许濯聊一会儿，可又不想打扰他学习，只能恋恋不舍和地许濯说晚安，放下手机睡觉。

不知是不是因为太忙，不见面的时候，两人总是很少联系。林星遥很少能得到许濯的回应，但因为每次的回应都亲切和温柔，所以距离感便不曾扩大。

至少对林星遥来说，许濯仿佛一直都离他很近。

除夕那天，林星遥在医院陪外婆。

老人要是定期检查，不得不来。祖孙俩心态好，晚上就在医院吃，准备年后回家再补上一顿。

医院食堂为值班医生和住院病人准备了简单的年夜饭，大年三十里回不了家的人挺多，大家三五成群地聚在一起，墙上的电视放着春晚，所有人边吃边看电视，倒也热闹。

外婆吃完饭还要回病房打吊针，林星遥吃完一份饭，又揣了俩包子打算做消夜。

外婆让他就在食堂坐着看电视，正好人多，好歹有点儿过年的气氛。

林星遥不答应，跟着老人一起上了楼。

住院楼层很安静，与楼下食堂像两个世界。走过长长的走廊，脚步声回荡，林星遥跟在老人身后左右看看，每过一道门，都只见白色的病床、墙边的折叠床和水盆、斑驳的墙壁。

"遥遥。"

外婆伸手过来把林星遥牵着："晚上回去睡吧，这里太冷清。"

林星遥摇头："不。"

祖孙俩回到病房，林星遥拿出平板电脑，准备继续看春晚直播。平板电脑很小，八寸的屏幕，是姨妈家的小孩用旧了换下来的，被姨妈拿给林星遥他们用。

老人靠在床头打针，林星遥就拖出个从家里带来的小凳子趴在床边，支着架子看直播。

他注意力不集中，时不时就点亮手机看一下，每次看时都露出微微失落的表情。

除夕了，许濯还没有联系自己。他是还没回来吗？可两个星期的时间已到，明天就是新年，他总该回家了。

林星遥点开和许濯的对话框，打字：回家了吗？

林星遥看完了一个小品、一个相声，打开手机，没有新消息。

时间越来越晚，林星遥越发兴致缺缺。八点发出去的消息，十一点还没收到回复。林星遥没心情看直播了，胡思乱想：许濯的手机静音了？他在飞机上？人还安全吗？

他明明记得那天他叮嘱许濯回来后就给他发消息，许濯是答应了的。

临近十二点，屏幕里传来热闹的欢庆声。林星遥再也坐不住，揣着手机走到外面走廊，给许濯拨去了一个电话。

电话通了，"嘟嘟"声有节奏地响着。林星遥靠在墙边听手机里传来的声音，感到等待的漫长。

仿佛过了很久，就在电话快被自动挂断时，对方接听了电话。

林星遥顿时来了精神："许濯？"

他还未来得及听到许濯的声音，就听到阵阵风声。接着许濯的声音响起，低低的："星遥。"

一句"新年快乐"堵在喉咙，林星遥疑惑地问："你还在外面吗？好大的风声。"

许濯短暂的沉默了一会："嗯。"

"你一个人吗？"林星遥听力好，隐隐还听到水浪的声音，很是不解，"你在哪里？怎么这么晚还没回家呢？"

"有什么事儿吗？"

不知是风声太大还是信号不好，许濯的声音听起来低而冷淡，还有一丝疲惫。

林星遥被他问得一愣："没事，就是想和你说'新年快乐'……"

又是一阵沉默，接着许濯说："嗯，新年快乐，星遥。"

林星遥又问了一遍："许濯，你一个人在外面吗？"

他们的信号好像很弱，过了很久，许濯才回答他："是。"

"你在哪儿？"林星遥追问。他察觉到许濯的不对劲，渐渐担心着急起来："你回江州市了吗？"

"回了。"

"我来找你，告诉我，你在哪里？"

许濯好像很轻地笑了一声："你来找我做什么？"

新年的前夜，许濯却一个人在外面。林星遥想起他工作繁忙的父母，这才迟钝地意识到看起来光环笼罩的许濯，或许经常会感到孤单。

林星遥认真道："我来陪你过年。"

几分钟后，林星遥探头往病房的门里望。

平板电脑的屏幕上里还在放晚会直播，外婆却已经靠在床头睡着了。

护士已经过来拔过针了，林星遥赶紧过去把平板电脑收起来，调低床头，拉过被子给外婆盖上。外婆被动静弄得半醒不醒，含糊叮嘱："遥遥早点儿睡觉。"

林星遥有点儿心虚，把外婆这边的灯关上，小声答道："我这就睡了。"

江水的尽头穿过整个江州市，沿岸灯火万千，楼宇高低林立。寒夜之下，涌动的浪潮折射出遥远的霓虹灯光，为漆黑的江面点缀点点光芒。

风在夜空中呼啸，淡香的电子烟的烟雾散于风中。

许濯坐在台阶上，他身后的游船中心顶部大灯朝江滩投射下巨大的白光。

长长的岸线上几乎没有人，游船停泊在码头，只剩一轮安静的黑色轮廓。

许濯坐在光照不到的地方，风吹得他耳朵通红，他恍若未觉。

现在是晚上 23：52。

一个远远的声音穿越夜幕与寒风，呼唤许濯的名字。许濯如梦初醒，转过头去。

林星遥像只颠颠儿跑的小熊，不知怎么隔老远就看到坐在黑暗里的许濯，拔腿朝许濯飞奔过来。许濯顿了一下，慢慢站起身。

林星遥裹着厚厚的大棉袄，围巾和帽子快盖住脸，他气喘吁吁地跑到人面前："许……咳咳……"

林星遥本想叫人，不料一路上被冷风灌了嗓子，张口就咳。大年三十晚上连辆出租车都拦不到，他硬是蹬着自行车跑到江边来了，一张

脸被风刮得通红，眼睛也泪汪汪的。

"这里……这么冷，你傻坐着干什么？"林星遥冷得说话都打战，哆嗦着缩在围巾里，"冻死我了。"

许濯站在林星遥的面前，高高的身影无形中为眼前这人挡去了些许寒风。他像是在观察林星遥，难得流露出不太明白的神情："我以为你不是真的要来。"

林星遥"哼"了一声："君子一言，驷马难追。"

他忽然想起什么，赶紧拿出手机看一眼，立刻拉下挡住脸的围巾："新的一年到了，新年快乐！"

时针指向零点。

江岸的那一头，摩天大楼上的灯光倒数结束，伴随遥远悠扬的音乐，"新年快乐"四个大字在大楼中央闪烁跳跃，映亮漆黑的夜空。

林星遥站在他身边，小孩似的抬手指向对岸："许濯你看，那个好漂亮。"

"我还是第一次在这里看灯光秀。"林星遥心情很好，转头问许濯，"你该不会是特意跑来这里看这个的吧？"

许濯本来随着林星遥指向的方向安静地看着远处的大楼，听到这句话，他收回目光。

"没有，我只是不想待在家里。"许濯低声说道。

林星遥感觉今晚的许濯有些不一样，好像外层完美柔软的表面破开了一个小口，无意中让自己窥见了内里脆弱的一角。林星遥没有多想，抬手拉住许濯的手腕。

"那就去我家。"

林星遥手比脑子快，牵着许濯想往前走，没拉动他，才停下脚步回过头。

光影从两人面前一分为二。许濯站在原地，避开了林星遥的眼睛："星遥，你自己回去吧。"

林星遥却固执起来："不行。这里好冷，你会冻病的。"

他拉着许濯的衣袖晃了晃："走啦。"

许濯终于动了。

他任由林星遥牵着自己往前走，白光照得他微微不适地眯起眼，浪潮的声音在他的耳边起伏。

林星遥的手很冰。他走在许濯的前面，帽子上的绒毛迎风飘飞，短发从帽檐底下钻出来翘着，看起来有些可笑。

许濯看着林星遥的背影，那一刻他忽然想闭上眼睛。

门轻响，林星遥轻手轻脚地进门，身后许濯跟着他走进门。

他打开灯，给许濯找来拖鞋，取下自己的帽子和围巾，推着许濯往自己的房间走去："我房间里有暖气，你先进去。"

许濯一身寒意迟迟不散，他明明手冻得青白，却不作声。

林星遥打开自己房间里的电暖气片，从衣柜里翻出被芯和被套正要铺，想起什么，转头对许濯说："你先去洗澡，我把被子铺好。对了，你吃了吗？"

许濯说："没有。"

林星遥想了想，说："我给你下碗饺子。"

家里有外婆前阵子包的饺子，老人亲自剁馅擀皮，一个饺子捏出六个对称的褶儿和一个圆鼓鼓的"肚子"，白胖美味，林星遥从小爱吃。

他进厨房打开排气扇，起火烧水，从冰箱里拿出饺子，一个一个往外数。

厨房里很冷，林星遥冻得脸发白，呼吸时呼出微微白雾。

他刚拿好饺子起身，就见许濯不知什么时候也来到厨房，站在一旁看着。

"你可以先去洗澡。"林星遥说，"洗完就可以吃了。"

许濯的目光落在他瘦削泛红的手指上。林星遥似乎有些被冻感冒了，

老吸鼻子，声音也有点儿哑。

林星遥见许濯不动，推推他："我给你拆了新毛巾和牙刷放浴室台子上了，快去，不然饺子煮好一会儿就凉了。"

许濯被他一推，进了浴室。

老旧的房子，一个狭小的浴缸卡在墙角。地瓷砖没铺齐，线歪歪扭扭，露出底下的水泥。

许濯打开浴室的灯，看见面前镜子里的自己——镜子里的他没有表情，像个刚出厂拆封的机器人。

从刚才见到林星遥的那一刻起到现在，他竟然都没有管理自己的表情和情绪。许濯感到一丝荒谬的可笑。

但这似乎也没有那么重要了。

因为林星遥如此信任他，对他没有任何猜疑。

洗漱台上放着新拆封的毛巾和牙刷，看上去是小孩用的样式。许濯都不需要猜，就知道这是家里的老人给孩子买的过年的新货，毛巾上还印着红色的小灯笼。

他拆了包装，脱下衣服。许濯皮肤白皙，浴灯在他的身上落下暖色的光晕。他身形高且瘦劲，肩宽腰长，站在镜子前，额头都超出了镜子的范围。

这个浴室比许濯家浴室的一半还要小，墙上的架子摆满了东西，角落还放着一个拖把桶。许濯还得留神脚下，避免转个身就踩进浴缸里。

那一瞬间许濯有些茫然。直到花洒的热水洒在他的身上，水哗啦啦地落下，门外传来抽油烟机"呼呼"的声音，碗筷磕在一起的声音，还有脚步声。

已经有很多年，许濯的家里没有这样的声音，或许一开始就没有。家里没有人做饭，厨房是漂亮的摆设。即便是过年，也没有人回家，除了他自己。

因此他才对林星遥家里的这些"声音"感到陌生，以致出神。

　　林星遥把煮好的饺子捞进碗里，切点儿葱花撒上，端着两碗饺子放上餐桌。这时许濯也洗完澡从浴室出来，他的头发还有些湿，身上穿着自己的毛衣长裤，棉袄挂在门口的衣架上。

　　林星遥招呼许濯："快来吃，热乎的。"

　　许濯坐到林星遥对面。

　　他好像终于恢复正常，对林星遥笑笑："谢谢你，星遥。"

　　"跟我客气什么？"

　　两人对坐在桌前，灯照亮这一方小小的餐桌。饺子汤腾着热气，林星遥一边吃一边和许濯聊天："你看春晚没有？"

　　"没有。"

　　"我跟你说，有一个小品特别好笑……"

　　林星遥开始给许濯讲晚会的节目笑点。他自己也没有认真看，只能搜肠刮肚地回忆内容，再添油加醋地加一半自己的胡诌。

　　许濯一边慢慢吃一边听，他吃相斯文安静，相比之下，林星遥活泼得像个定不住的弹簧。

　　夜深，新年的喧嚣尽散，万籁俱寂。

　　"许濯。"

　　"嗯？"

　　"你今天怎么不开心？"

　　黑暗中，只听得到平稳的呼吸声。

　　林星遥看不见许濯的表情，只听他低声开口："为什么认为我不开心？"

　　"你一个人大老远地跑到江边坐着不回家，不是不开心是什么？而且你今天都不怎么说话，也不笑。"

　　许濯像是逗林星遥般地说："有时候笑也不一定代表开心。"

　　林星遥努力琢磨他的话："你的意思是，其实你平时都是不开心的

吗？"

许濯沉默片刻，温声答："和你在一起的时候我都是很开心的。"

林星遥却问："真的吗？"

许濯微微一顿。

林星遥认真地说："你总是笑着面对所有人，我不知道你的心里究竟是高兴、生气还是难过，也不知道你的每一句话是不是都是真心话。"

"是不是因为你从小被教育要做那种很优秀、很完美的人，所以你才会这样……"林星遥试着寻找合适的话语形容，"……隐藏自己的真实情绪？"

许濯轻声问："遥遥，你觉得我在骗你吗？"

"不，怎么会？"林星遥着急解释，"我只是觉得你对自己太严格……我是说，你已经很好了，其实你可以放松下来，想做什么就做什么，想说什么就说什么。"

林星遥还给许濯举例："比如说，你有什么不开心的事，可以和我聊聊呀，我会很认真地听你说的，也会和你一起想办法，你就不用一个人把心事憋在心里了。"

他说了一堆，许濯那边却没有回应。他以为许濯睡着了，小声叫："许濯？"

"嗯。"许濯应了一声。温暖黑暗的房间里，许濯的声音低缓好听，催人入梦，"往后……如果有机会，我会说的。"

"太晚了，睡吧。"许濯轻道。

林星遥乖乖地说"好"，闭上眼睛。黑暗之中，他却感到心脏跳动如擂鼓。

他因许濯的到来兴奋到大半夜，直到此刻都不能平静。能够与他认定的好友畅聊到深夜，于他而言就像一种交心的仪式，昭示他与好友之间关系的更进一步。

每次举办一次"仪式"，他们都能在对方的心中变得更加特别。

林星遥想要这种独一无二。

清早,林星遥在卫生间洗漱,接到外婆的电话:"喂,外婆……"

"我昨天半夜睡折叠床睡得太冷了,就跑回来睡了……"

外婆在电话里说自己已经准备回来了,林星遥要去接她,老人拒绝,得知许濯现在在他们家,赶忙叫林星遥去菜市场买点儿菜,等她回来做饭一起吃。

林星遥小声讲完电话,挂断电话后洗把脸,回到卧室。

他原本怕吵醒许濯,现在看来,许濯的睡眠质量还挺好。他犹豫着要不要叫醒许濯起来吃早饭。

早晨的阳光里,许濯侧卧在被子里,呼吸清浅平稳。刚才林星遥进进出出,也没有把许濯闹醒。

林星遥蹲下来,趴在床头小声开口:"许濯。"

他一出声,许濯的呼吸便一顿,接着他睁开了眼睛。许濯难得露出睡迷糊的样子,他睁眼看见林星遥,反应了两秒,清醒过来。

"抱歉……几点了?"许濯从床上坐起来,显然注意到窗外明亮的天色,一时眼中闪过些许困惑。

林星遥答:"九点。我就是想问你早上想吃什么?我现在出去买菜,可以给你带早饭回来。"

"我现在起来。"

许濯感到一丝不可思议。

他站在镜子前洗了把脸,直起身看向镜子里的自己。他的大脑在睁眼看到林星遥的那一刻彻底清明,而当他意识到自己差点儿在别人家的床上睡到自然醒的时候,感觉到了自己的异常。

只有他自己知道,睡眠对于他而言有多困难。无数个夜里,许濯睁眼到天明。即使闭上眼睛他也只能进入浅眠,一丁点儿动静都会结束他的睡眠。

唯一庆幸的是，那个偌大的家常常都是静谧的。

可林星遥的家并不是如此。这个家所在的小区临近街道，即使到深夜也偶尔能听到窗外传来街上的声音。

"许濯！"林星遥从门边探出脑袋，"中午你就在我们家吃吧？外婆听说你在家里，要我现在出去买菜，等她回来给我们做饭吃。"

林星遥已经穿戴好了，毛绒帽也戴在了头上，手里拿着钥匙和手机，兴致勃勃地望着许濯，一脸等着他点头说好的期待表情。

许濯移开视线，他认为自己应该拒绝："我打扰你们家太久了……"

他的话都没说完，林星遥立刻道："什么打不打扰的，过年不就是人多才热闹吗？反正你回去了家里也没人，我家也只有我和外婆，我们正好一起过。"

林星遥生怕许濯要走，杵在浴室门边不走："你早饭想吃什么？快说，我给你去买回来。"

许濯被林星遥堵在门里头，他那架势仿佛一个小地痞堵着刚放学的好学生要保护费，小地痞还比好学生矮半个头。两人你看我我看你，许濯终于偏过头笑了一下。

"好，我不走。"许濯很温柔地笑了笑，"我陪你一起出门，行吗？"

林星遥就差欢呼一声了，高高兴兴地转身跑了。

许濯看着他跑进卧室不知捣鼓什么去了，半晌，许濯低下头，脸上的表情淡了。

林星遥去给许濯找了一条围巾。许濯刚换好衣服，林星遥就抱着围巾出来，抬手就给许濯围上："这是我外婆以前织的一条，外头好冷，你先戴着，挡风。"

那围巾是米白色的，针织得很密，挺厚的一条，围在许濯的脖子上，除了有点儿毛躁，看着也没那么违和。

许濯没有拒绝，戴好围巾和林星遥一起出门下楼。外面果然寒风萧萧，林星遥被风吹得打了个喷嚏，鼻子直吸溜。

许濯轻轻拉一下林星遥的毛绒帽盖住他的耳朵："感冒了？"

林星遥清清嗓子："还成，就是嗓子痒，回家我喝点儿热水就行。"

他兴致很高，拉着许濯往小区临近的商场去。大年初一，街上的商铺全关了门，家附近只有这家商场还开着。年初一上午人还不少，两人下到地下一层进超市，超市也是刚开的门，里头有不少老人在逛，全是来买菜的。

"许濯，你想吃什么？"

"我不挑，买你和外婆喜欢的就好。"

林星遥想了想，想起来什么："我知道，你喜欢吃肉。"

许濯一挑眉："你怎么知道？"

"之前你请我吃面条，我看见你把肉都吃了，面条剩下不少。"林星遥给许濯细数，"上次我们一起喝羊肉汤的时候，你把羊肉都吃了，汤和饼都没怎么动，饺子是韭菜鸡蛋馅的，你吃了两口就不吃了。"

末了林星遥还像模像样地教育他："爱吃肉是很好，但是也要荤素搭配。"

许濯看着林星遥，半晌没说话。林星遥被他看得有点儿不好意思，不自然地转身低头挑菜："今天就……买条鱼回去吧，我外婆做的红烧鱼特好吃。"

他刚要推着小车去拿网捞捞鱼，忽然感到许濯从身后靠近了他。

嘈杂的背景人声里，林星遥听到许濯在他的耳边说："遥遥观察我这么仔细，是不是总在看我？"

超市里的人来来往往，与他们擦身而过。

林星遥僵硬得头也不敢回："我没有……总是看你，只是偶尔，不小心注意到。"

"是吗？我都没有注意过遥遥喜欢吃什么，抱歉。"

二人的距离霍地被拉开，空气重新开始流动。许濯神态自然，若无其事地退开一步，拿起推车里的一包薯片："遥遥，爱吃零食可长不高。"

林星遥竭力掩饰自己绯红的脸颊，磕磕巴巴地开口："哦，那个……我就拿一包，我们可以一起吃。"

他说完就慌忙推着车跑开。许濯跟在林星遥的身后，看着他低头挑鱼，毛绒帽盖着他的发尾，里头钻出一点耳朵尖尖的红。

海底有很多生物与陆地上的不同，它们免于阳光的照射，为了与黑暗的环境融为一体，身体呈现出奇异的透明感。血管，脊椎，分布的器官，有的就连大脑都被一览无余。心脏的搏动，连接器官的血管的细微震颤，在深海中游动时伸缩的透明躯壳，若被有心之人在暗处观赏，它们暴露无遗。

许濯没想到，竟然会有人也像这种深海动物。

上午十点，老人李茹仙从医院回来。她有些气喘，被林星遥扶着上楼，见小孩担心地看着她，说："爬楼梯嘛，哪个老人不喘？"

林星遥疑惑："外婆，你是不是又瘦了点？"

"我成天医院家里来回跑，还那么多忌口，换谁不掉两斤肉？"外婆看傻子一般看着他，"还说我，你看看你自己，一点儿肉不长！今天中午多吃点儿饭听到没？许濯是不是还在家里头啊？"

林星遥答："在呢。"他拿钥匙开门，把老人的东西拎进家。

许濯正在厨房烧热水，闻声走出来，笑眯眯地说："新年好，大年初一打扰了。"

林星遥指着放在地上的一箱牛奶和一箱水果："许濯去超市买的，说给我们的登门礼，我说不用，他非要买。"

"哎呀，小许买这些做什么？你还是小孩呢，什么时候想来找遥遥玩直接来就好了，不需要讲这些礼的！"

"过年还是要的。"

"好，好。"老人很高兴，一边麻利地换下衣服一边往厨房去，"你们两个小孩先玩一会儿，我现在准备午饭，小许也不用回家去了，就在我们家里吃。"

林星遥"哼"了一声："他家里没人，也没看他爸妈给他打电话过来。"

他那语气颇有不满。

李茹仙瞪林星遥一眼，示意他闲话少说，林星遥就闭上嘴，老老实实地不再多话。

许濯倒全然不在意的样子，笑道："嗯，过年我爸妈总在医院值班，家里老人家又不在本市。遥遥听说我一个人在家，马上就把我拉过来一起过年了。"

李茹仙听着心疼，便说要给他俩做好吃的，进厨房就开始忙活。李茹仙年轻的时候，年年家里的年夜饭都是她一手操持，那会儿她上有老下有小，亲戚过来家里一起过年，她忙活一天，一个人能变出一大桌菜来。现在她虽年纪大了，给两个小孩做一顿丰盛的饭菜的精力还是绰绰有余的。

林星遥也在一旁帮忙。

许濯本来也想帮，然而厨房不大，两个人再挤进一个就实在转不开身，加之许濯半点儿家务活儿没干过，进来也帮不了忙，遂被林星遥赶进卧室吹暖气。

许濯坐在林星遥的书桌前，低头看桌上摊开的作业本。

林星遥的作业本比他的草稿本还空，做一题空两题，一面的题能空一大半去。

作业本下面垫着的草稿本上倒是内容丰富，有乱写的计算公式，有歪歪扭扭的字，还有画的小人。

小人们蹦蹦跶跶，从纸的顶端一直画到底边，小人姿态丰富、神态各异，看来某个人的确是完全不想写作业。

他正看得专注，手机响了一声。许濯拿出手机滑动屏幕解锁，是之前母亲介绍给他的那位医学教授发过来的消息，内容是他的论文修改稿。

教授是海外华人，目前在国外一所名牌大学任职，与许濯见过几次面后，对许濯颇为欣赏，还开玩笑问他毕业后要不要考去自己任职的那所学校念大学。

许濯的父母早已为许濯精心安排好了未来——照许濯目前的专业成绩和参加过的项目经历，他可以被保送到国内顶尖的医学院；五年本科读完后，再申请海外的硕博研究生连读。那教授与许濯的父母是好友，所任职的大学也在两位家长的考虑范围之内。双方一商量，一致认同让许濯提前接触大学的科研课题，跟着教授上课做实验，并尝试完成一篇研究性论文。

许濯没有任何意见。

无论谁来与他说，他都笑着说好，然后按照父母的安排去听课，看文献，写论文。

他的确完成得很好，无论什么知识都一点就通，论文也渐渐成型。许濯看教授的意思，是建议自己再改一稿给他过目，就可以试着投刊发表。

许濯打字回复教授，表达谢意。他神色平静，看不出任何喜悦或激动，仿佛此事根本与他无关。

"许濯！"林星遥在外头敲敲门，推门进来，"吃饭啦，我外婆做了好多好吃的。"

许濯放下手机起身，笑："来了。有什么好吃的？"

"快来看。"

林星遥拉着他到客厅，一个一个给他指："红烧鱼，我外婆的拿手菜。酱牛肉，外婆年前就卤好的，特别香、特别好吃！丸子心肺汤，鱼丸和肉丸是我姨妈送来的，也是她们家自己做的，里面还有粉丝。还有这个，凉三丝，我拌的！"

外婆端着饭过来，闻言乐了："三丝我都切好放钵里了，酱料也是我调的，你小子就拿筷子拌两下，怎么听着好像是你自己做的呢？"

许濯笑道："外婆的手艺真好，难怪遥遥天天夸你。"

"手艺好也没见他多吃点儿，身上不长肉，个子也不长。"

老人坐下来，点点林星遥："你看人家许濯，个头多高，多帅气。"

林星遥对此左耳朵进右耳朵出，已端碗开吃。

李茹仙边给许濯夹菜边和他聊："小许的爸爸妈妈平时都这么忙啊？"

"嗯，他们自己有手术要做，还要带学生，还要经常出去交流学习。"

"哎呀，那他们不是经常不在家？你一个人在家里吃什么？"

许濯笑答："我平时都在医院的职工食堂吃，爸妈每个月也会给我零花钱。"

老人不赞同："老吃食堂也不是个事儿，你还小，身边还是要有人照顾比较好。"

李茹仙说着，却仿佛想起什么走了神，叹了一口气。

林星遥问："你叹气做什么？"

"也不知道你妈妈今年回不回来。"老人说，"我今年特地多卤了些牛肉，想着你妈妈要是得了空能回家一趟，还能吃上我卤的牛肉。你妈妈可喜欢吃这个……"

林星遥把碗筷放在桌上，碗底不轻不重地一磕。他虎着脸，语气硬邦邦地说："她不会回来了。"

老人低声唤："遥遥……"

"她说不定早就嫁人了。"林星遥倔强地皱起眉，"不然为什么这么多年她都不联系我们？"

老人无奈："好了，不说这个了。"

一旁的许濯始终安静坐着，没有说话。

短暂的不愉快过去，吃过午饭后，许濯要准备回家了。李茹仙包了些卤牛肉和小女儿送来的丸子，让许濯带回去吃。许濯提着袋子，林星遥送他下楼。

林星遥的情绪有些低落。

他后悔和外婆生气，又不愿承认自己对妈妈的思念，可妈妈已经不

要他们了，他再想念有什么用？从前他们还有一丝联系，妈妈偶尔还会打电话回来。

不知从什么时候开始，这一丝的联系也彻底断了。

在遥远的另一座城市里，他的妈妈或许已经开始了新的生活。这里虽然是她的家乡，可对于女人来说充满了不美好的回忆。穷困潦倒的家、被判入狱的丈夫、不争气的儿子、满城的风言风语，谁不想尽力脱离这样的人生？

一只手在眼前晃了晃。林星遥回过神儿，抬头见许濯正看着他。

两人已走到楼道一楼，站在防盗门门口。门外冷风萧瑟，门内昏暗静谧。

"一副快哭的样子。"许濯的声音低沉柔和，缓缓抚去了林星遥心口的不平。

林星遥清一下嗓子，摆出无所谓的样子："放心，我也没有很在意。反正……她不想回就不回，我和外婆两个人过得也挺好的。"

许濯收回手，垂手站立。寒冬的天光投射在他的侧脸上，一半清冷的白色光辉，一半暗淡的阴影。空中尘埃浮动，飘过许濯的身体，像拂过空旷的博物馆里一座寂静的白色雕像。

"或许她有难言之隐。"许濯轻声道。

"或许吧。"林星遥低头踢踢地上的小石子，终于还是忍不住小声说出心里话，"我知道她一个人在外面打工很辛苦，可是一个电话也不打回来，短信都没有……算了，如果以后她还回来的话，我也不会真的对她生气就是了。"

许濯笑了笑："这么容易就消气了？"

林星遥轻哼一声："毕竟是我自己的妈妈。"

"那我呢？"

林星遥愣一下："你？"

"如果我让你不开心了，"许濯看着林星遥，那目光像是在随口开玩笑，又含着点儿让人看不明的情绪，"你也会轻易原谅我吗？"

林星遥笑起来。

他是真心在笑，嘴角露出小小的虎牙，眼睛明亮有光。

"你怎么会让我不开心？和你在一起时我最开心。"林星遥有模有样地拍拍许濯，"就算我们以后会闹别扭，你请我喝杯奶茶，我请你吃好吃的，就算和好啦。"

然而，林星遥心里想的是：他这么喜欢许濯这个朋友，如果有一天他们真的吵架，就算许濯不请他喝奶茶，他也一定会原谅许濯。

一片花园
与一把尖刀

过了几天，街上的店铺陆续开了门，天下起了雪。外婆嘴里没味儿，想吃点儿糖麻花，林星遥出门去买。

他撑着伞，靴子踩在雪地上嘎吱嘎吱地响。卖麻花的店里没什么人，林星遥收了伞站在店门口，抖抖伞面。

"你想吃什么味道的？这个店出了个酸奶味的麻花……"

柜台前传来男人交谈的声音。林星遥本不大注意周围，然而这声音传到他的耳朵里，吸引他转头看去。

一个男人背对着林星遥站在柜台前，正在打电话："好好，不吃酸奶味，就普通的吗？要几个？"

"芝麻的，糖的，咸的……你吃这么多，中午还吃不吃饭了？"

林星遥老觉得这声音听得有点儿耳熟，又记不清在哪儿听过。他心中疑惑，但也没有很在意，上前对店员说："糖麻花，一个。"

店员拿袋子给他夹麻花，顺口问："咸的要不要？"

"不要。"

林星遥付过钱，接过袋子，转头就见男人不知什么时候挂了电话，有些迟疑地看着他。

两人你看我，我看你，表情同时渐渐变得不可思议——

"'大坏坏遥'？"

"'水底沙'？"

店员莫名其妙地看着他俩，两人话说出口了才感到出被叫网名的羞耻，连忙同时转身逃出店。

外头落着雪，林星遥站在屋檐下，稀里糊涂地问："你是'水底沙'？"

"水底沙"看起来也挺尴尬的："是我，我来给我女儿买麻花。"

林星遥还不知道他有女儿了，一时又被震惊了。好在"水底沙"还是反应了过来，看看林星遥，笑："原来你还真是个学生。"

"水底沙"长得比林星遥想象中还要英俊得多。原本林星遥以为"水底沙"就是个中年大叔，有点胖，甚至可能有点秃的那种，然而眼前的"水底沙"瘦而有型，皮肤很白，五官优越清朗，穿衣打扮也简单大方，丝毫没有中年男人那种普遍存在的油腻感，反而充满了干净清爽的气息。他乍一看不像叔叔，倒像个好脾气的哥哥。

林星遥万万没想到会和网友偶遇，还是自己的大老板："我说了没骗你。"

"水底沙"促狭地冲林星遥一眨眼："我现在确定你是个老实孩子了。"

"水底沙"还得赶着回去给她女儿送吃的，两人没空儿聊太多。走之前水底沙问林星遥："你家就住这附近吗？"

林星遥点头："就后面的印染小区。"

"我住在中心医院的附属小区。我姓夏，你要是不知道怎么称呼我，叫我夏叔叔就好。""水底沙"冲林星遥摆摆手，"下午有空一起打游戏啊。"

"啊？哦……好。"林星遥与"水底沙"挥手告别，稀里糊涂地转身往回走。

都快走到家门口了，林星遥终于转过弯来。

"水底沙"住在中心医院附属小区，姓夏，还有个女儿。

有这么巧吗？

林星遥揣着一肚子疑惑。下午"水底沙"果然来找他打游戏，林星遥没忍住，开口问："那个，夏——叔叔，你的女儿多大了？"

"和你差不多大。""水底沙"的游戏技术一如既往地差劲，心态也一如既往地悠闲，"干吗？虽然你长得挺帅，但是也别想着撩我家女儿哦。"

"我才没有。"林星遥扶额，"我就是想问问你的女儿叫什么？因为我有个朋友姓夏，也住在中心医院附属小区。"

"是吗？我女儿叫夏若美，你认识？"

竟然真有这么巧！

林星遥一边感叹世界真小，一边答："就是她。"

"水底沙"却有些吃惊："你和若美是朋友？"

林星遥解释："不是，也算不上朋友，就是认识吧。"

"水底沙"的声音却听起来有些失望："啊……这样。我还以为若美交上朋友了。"

林星遥听出"水底沙"轻轻的叹息，心里不知怎么也有些不忍。他自然知道以夏若美那种性格，她大概率是不会有什么朋友的，就像自己一样，而"水底沙"仿佛他的外婆，即使知道他们有多不擅长交朋友，仍固执地期待他们能够融入同龄人的圈子，希望他们被真心对待。

"我们也聊过几次天。"林星遥别扭道，"还算比较熟吧。"

两人于是聊了起来。

"你也在外校念书？"

"没有，我在隔壁七中。"

"哦？那你和若美是怎么认识的？"

林星遥第一次见到夏若美，是她在小区门口牵着许濯的手不放；第二次是夏若美被担架抬着送进急救中心；第三次是夏若美在小卖部买酒。

……好像哪一次都不方便提。

林星遥只好含糊道："好像是一月那会儿，在医院附近……的小卖部认识的。"

"水底沙"沉默了半晌，说："那你知道她为什么住院吗？"

林星遥心情复杂，他后来知道了原因，但是……

"水底沙"忽然开口："你是不是觉得我不是一个好爸爸？"

林星遥一愣："什么？没有。"

他虽然这样说，脑子里却想起夏若美的伤疤，以及当他问是谁欺负她了的时候，她提起的那个"辛立"。

"但是我觉得，你确实应该保护好她。"林星遥说。

"她从不和我聊她的事。""水底沙"苦笑一声。

话题有些沉重，后来"水底沙"显然没心情继续玩，匆匆打完一局就下线了。

林星遥也不知道自己是不是太多管闲事，他只是觉得夏若美的精神状态不太对，希望她的家人能够引起重视，而且他仍无法忘记那天夏若美和他说过的话。

关于那个叫辛立的人，以及和他相关的人。

夜里，林星遥辗转反侧，想给许濯发消息，又怕自己打扰到他。林星遥正纠结，手机振动一声。

他还以为是许濯发来消息，赶紧拿起来看，却是大老板"水底沙"发来的。

空欢喜一场，林星遥失落地点开消息。

大老板：*大坏坏遥这周末有没有空？*

林星遥回：*有，我在放寒假。*

他以为"水底沙"约他打游戏，没想到下一条消息跳出来是：*我想抽空好好和你聊一下若美的事，可以吗？*

林星遥犹豫着，没有立刻回复。

　　"水底沙"继续道：很多次我试着想和她聊聊，可她对我很抵触，我也没有办法。

　　林星遥：她为什么抵触你？

　　"水底沙"那边输入半天，发来一行字：哎，手机里说不清楚。总之是我的错。

　　林星遥想了想，两人认识的时间也不短，相处一直都挺愉快，而且"水底沙"对他挺好，知道他家里条件不大好，还时不时就找借口给他发点小红包，有时候还陪他聊天，听他倾诉学校里的烦心事。

　　林星遥几乎没有朋友，仔细想来，"水底沙"还挺像一个大哥哥的，不远不近地陪了他挺久。

　　林星遥对所有愿意陪伴他的人都小心对待，无法拒绝。

　　他最后还是答应了和"水底沙"见面。

　　从车上下来的时候，许濯接到母亲的电话。

　　他刚从考试中心拿到自己的大学预试成绩，母亲就打来电话询问，想来她是记着他出成绩的日子。也是难为他的父母，忙到把家里当成旅馆，过年都没回过一次家，还如此惦记自家儿子的学习情况。

　　许濯戴着耳机，接起电话。

　　母亲对他接近满分的成绩还算满意。首都大学医学院的入学条件十分严苛，不仅考查高考成绩和理科类单科日常分数，而且每年还会对报名的学生实行三轮预试和一次综合心理测试。预试题目难度之高，每一轮都按1∶30的比例进行筛选。

　　这还是第一场预试。母亲对许濯要求严格，没有夸他考得好，只让他好好准备接下来的两场考试，并询问他教授那边的论文修改得如何。

　　许濯报告了自己的完成进度，母亲听完后，在电话里说："你怎么还没把细胞的实验数据修改过来？我记得上次教授发给你修改稿已经是一周前的事了。"

许濯说："抱歉，被别的事情耽误了几天。"

"许濯，你已经成年了，需要分清哪些事重要，哪些事次要。"女人的话语简单而严厉，"你现在高三了，难道还有多余的时间让你懈怠吗？一周，都足够你的论文再写一篇致谢词了。"

女人说："明早你就把改好的数据发给我，我来帮你看。许濯，你知道我很忙，但我依然会严格要求你，因为我也一直是这样要求自己的，你明白吗？"

许濯站在风里，平静地回答："明白。"

电话被挂断，许濯把耳机摘下。寒风吹落树梢的积雪，前几天下过一场雪，街道上仍残存点点雪景。

许濯抬头去看雪。天仍是淡灰色，还有细细的雪粒从空中飘落，点在许濯的脸上。

他的余光忽然捕捉到了熟悉的身影。

宽阔的马路对面，林星遥走进一家咖啡厅，身旁还有一个男人。林星遥依旧穿得厚实，戴着他那顶颇有些显眼的毛绒帽。

男人则一身风衣黑裤，一边与林星遥说着话，一边为他拉开咖啡厅的门，笑着让他进去。

那家咖啡厅很有名气，就在中心医院附属小区的对面，装潢高级，环境幽雅，消费档次不低。林星遥进门的时候明显有些局促，但男人似乎低头安慰了他几句，于是林星遥没有拒绝，身影与男人一同消失在了门后。

隔着来往的车流之后，许濯站在路边，看着林星遥和男人一同进入咖啡厅的背影。

他的眼眸深邃冰冷如黑夜。

"要不要吃点儿什么，可颂？蛋糕？"

"不用，我就喝这个。"

"水底沙"看了看林星遥手里的美式咖啡，挑眉说道："你喜欢喝这个？看不出来。"

林星遥不喜欢喝这个，他刚才尝了一口，苦得他两眼冒星。

他没喝过美式咖啡，点这个只是因为见过许灈喝这种咖啡，才想自己也试一试，没想到竟然这么苦。他又不好意思表现得太夸张，只好装作淡定："偶尔喝。"

两人坐在咖啡厅的角落。"水底沙"显然有些不自然，看来也是第一次和林星遥这样的小孩约在咖啡厅，多少感觉有点儿怪。

"我叫夏文。""水底沙"先开口，自我介绍道，"我以前在中心医院工作，所以住在中心医院附属小区。只是我已经辞职了，现在偶尔出去讲讲课，赚点儿钱。"

"我叫林星遥。"林星遥比他还别扭，但他听了"水底沙"的介绍，又感到好奇，"你之前是医生？为什么要辞职？"

"我……"夏文十指交握，看起来正在艰难地组织语言。

"我选择辞职，是希望能够陪伴若美。"夏文苦笑，"但我发现这并没有什么用——因为已经太晚了。"

夏文曾是一名医学院的学生，毕业后他进入江州中心医院，成为一名医生。医生的工作很忙，尤其他所在的中心医院是江州市最大的综合性公立三甲医院，附近县市、跨省来的患者络绎不绝。夏文一心扑在工作上，只有周末回家吃饭，晚上常常在医院值班，出差更是频繁。

他的努力没有白费，工作期间他不仅得到领导的赏识和患者的尊重，年纪轻轻就被提拔成为科室副主任。然而就在夏文的事业一帆风顺的时候，夏文的老婆提出了离婚。

她离婚的理由很简单，这个家有没有他都没有任何区别。女人受够了丧偶般的生活，离婚后将女儿留给了丈夫，头也不回地离开了这个家。夏文经历破裂的婚姻，又一个人带小孩，人生大受打击，然而更令他挫败的还在后面。

他发现他与女儿仿佛是陌生人。女儿不愿与他交流，白天不在家，连晚上都不回来。他问她跑去哪里，她只说是去朋友家，又不肯说是哪个朋友，他再问，她就要发脾气，质问"他从前不管她，现在凭什么又来管她"，然后把自己关在房间里不出来。

"直到有一次，若美回到家里，我看到她的额头上有血，是一块被撞出来的伤疤。"夏文苦恼道，"我问她怎么回事，她说是和别人打架。她一个女孩子家家，怎么会和别人打架？我就猜她是不是被别人欺负了，可她什么都不愿意告诉我。"

"从那以后我就辞职了。"夏文叹息，"我已经是个失败的丈夫，不想再做一个失败的父亲。我想留出更多时间陪伴若美，虽然……我真的很不称职，我甚至不能保护好她。"

林星遥心想：她头上的疤难道不是那个叫辛立的人弄的吗？这样看来，夏文可能根本就不知道辛立这个人。毕竟当时的新闻报道得模棱两可，而真正有信息量的帖子又被删了，加之离婚前夏文也不曾细心了解过女儿的学校生活。

他这个时候询问夏文关于许濯的事是否合适？林星遥一直很在意许濯和那个男人的关系，但他转念一想，夏文对女儿的交友情况都不甚了解，如果他这个时候询问夏文，林星遥感觉多少有些唐突。

况且，许濯和夏文是邻居，他们一定认识。如果自己贸然就将许濯和那个罪犯联系在一起，夏文又会怎么看待许濯？

"你从现在开始了解她也不晚。"林星遥最终还是没有问出口，只笨拙地安慰男人。

夏文无奈："所以我想着或许她和你是朋友，可以从你这里了解些什么。如果我去找她的老师和同学问，她一定会生气。"

林星遥想了想，说："我只听她提起过，她曾经很讨厌一个叫辛立的人。"

夏文忙问："那个人怎么了？"

林星遥心想：他果然不知道，看来他从前是真的没关心过女儿……

林星遥心情复杂地看了夏文一眼："具体的她也没有和我说，你最好还是问她本人。反正……你总要和她多聊聊的。我觉得就算一开始她会因为你曾经只顾工作不顾家而生你的气，但是现在你已经明白过来，也选择了辞职陪她，那么只要你能一直有耐心地试着和她沟通，她应该会慢慢接受你的。"

夏文注视着林星遥，神情温和地说："星遥，你很善良。"

林星遥不自然地移开视线："我只是说出我的想法。"

"你这么懂事，你的父母一定很爱你，很关心你。"夏文感叹，"我现在才明白，孩子的性格多少都受到父母的影响，无论是好是坏。"

林星遥沉默。如果真的按照夏文所说，小孩的性格随父母，那么他算什么？一个潜在的犯罪分子，还是一个终究会抛弃亲人和家的流浪者？

林星遥讨厌人们将他与他的父母联系起来。他的父亲从没养过他，母亲抛弃他，养育他的是他勤劳的外婆和温柔的外公，如果除去相连的那一线血脉，他与他的亲生父母之间的关系或许连陌生人都不如。

"他们不在我的身边。"林星遥冷淡道，"把我养大的是我的外公外婆。"

夏文愣了一下，意识到自己似乎说错了话，小心地道歉："对不起，我不该随便猜测你。"

"没事。"

话题不知为何一直有些沉重。夏文决定不再讨论这些，转而问："你说你们学校寒假后有个小旅行，怎么样，确定地方了吗？"

林星遥点头："我看到班级群里在讨论，已经定下来去白兰湖山庄。"

夏文问："不知道你认不认识一个叫许灈的男生？他跟你同校，是1班的，是我邻居家的小孩，我听他说这次他们也是去白兰湖山庄。"

林星遥"哦"了一声，答得挺矜持："认识，我和他关系还不错。"

"是吗？你也是1班的？"

"……没有，我是 10 班的。"

"你们两个班一起去？那正好你可以和许濯结伴。许濯靠谱得很，长得帅，脾气又好，我们家若美小时候可喜欢找她许濯哥哥玩了。"

林星遥好奇："他们俩小时候关系很好吗？"

"我们两家是邻居嘛，以前过年都是互相串门的。本来今年过年许濯的爸妈出差回不了家，我也说让他来我家过年，不过最后许濯也没来。"夏文说，"想想许濯的爸妈也是太忙了，我以前还没在意，现在想想，许濯这孩子也挺孤单的。"

林星遥说："他今年在我家过的年，不孤单。"

"是吗？那就好。"夏文笑道，"有朋友陪在身边，多少也能弥补父母常常不在家的缺憾吧。"

不知不觉，两人竟从下午聊到了傍晚。

夏文还想请林星遥吃晚饭，林星遥要回家和外婆吃，拒绝了夏文的邀请。

两人出了咖啡厅，站在咖啡厅门口。

夏文看起来心情变好了不少："今天谢谢你陪我聊这么久。"

林星遥给自己戴好围巾，摆手："没什么好谢的。"毕竟夏文是照顾自己生意的大老板，还是许濯的邻居。

夏文开玩笑似的问："下次还能约着见面不？"

"当然可以。"

"我怕你在意这个。"夏文摸摸鼻子，"毕竟咱俩年龄差也挺大的，万一被你同学看到……"

"我才不在意他们说我什么。"林星遥转过头，"我想和谁做朋友就和谁做朋友，又没做坏事，随他们看去。"

夏文扑哧一笑："行！我就喜欢你这么洒脱。那我就先回去了，给若美做晚饭。"

两人挥手道别，林星遥转身往自己家的方向走。他没骑车，天太冷了，

他还是坐公交车来的。傍晚天色欲尽，晚霞弥漫着暗紫色，冬日里遥远的太阳即将离开地平线。

林星遥往下扯扯脑袋上的毛绒帽，拐进路边的一家便利店，打算买板酸奶回去喝。

"叮咚"一声，自动门打开，便利店里温暖明亮，没有什么人。林星遥走到最后一排的冷柜前挑选酸奶，低头拿起一板细看。

他认真对比价格和日期，选了一板，刚要转身去结账，忽然就听身后很近的地方响起一个声音："遥遥。"

那一声音仿佛就在耳边，把林星遥吓了一大跳。他猛地转过身，只见许濯不知什么时候出现在他的身后，手揣在棉袄兜里站着，笑着看着他。

"你……"林星遥不经吓，心脏狂跳着，他抱着酸奶缩在冷柜边，"吓我一跳！"

许濯就站在林星遥的面前，高挑儿的身形挡住了林星遥的去路，令林星遥的背不得不贴着墙。许濯的神情很温和，虽是笑的模样，但却不知是不是旁边冷柜源源不断涌出寒气的原因，许濯的目光失了些温度。

"你和夏叔叔很熟吗？"许濯问。

林星遥一怔："你刚才看到我们了？"

许濯离他有点儿太近了，两人站在便利店的角落，冷气时而扑到林星遥发烫的脸上。他被许濯的气息裹得心慌意乱，僵硬地站在原地："也不是很熟，之前我跟他经常一起打游戏，我那会儿不知道他就是夏若美的爸爸。"

"为什么要见面？"

林星遥紧张地清清嗓子，想叫许濯退开点，免得叫自己难以思考。

"前几天我们碰巧在街上遇到，就顺便约着见了个面，聊聊天。"林星遥老老实实地回答。

许濯又走近一步，低头注视着林星遥："聊了些什么？"

林星遥下意识地贴紧墙，手背几乎碰到许濯的衣服。他用力攥紧怀里的酸奶，稀里糊涂地说："就聊……聊了夏若美，还有你，还有……咱们到时候一起去白兰湖山庄，他说那里挺好玩的。"

林星遥仰着脸茫然地看着许濯。

许濯低下头，声音平淡地问："他说那里好玩，你就觉得好玩？"

林星遥涨红了脸："那是因为……"

许濯只是温柔地笑，打断他的话："是不是所有人的话你都信？不管谁来了要带你走，你都跟着走？"

心脏仿佛被刺了一下，林星遥抿住唇移开视线，露出有些受伤的眼神。许濯看着他的眼睛，松开了手。

"是因为你，我才相信他们。"林星遥说，"夏若美是你的发小，夏叔叔是你的邻居，我也和他认识了很久，所以我才相信他们的。"

安静的便利店，冷气顺着冷柜流泻而下，飘涌起来掩盖两人的脚。短暂的沉默后，许濯垂在身侧的手松开，他后退半步，神情恢复往常，带着歉意："抱歉，我没有别的意思。"

林星遥默默站了一会儿，别扭道："请我喝奶茶。"

许濯难得没反应过来："……奶茶？"

林星遥抬起头看他了一眼："对啊，请我喝奶茶，我们之前不是说好了吗？"

他抱着板酸奶，小孩似的靠墙站着，将脸埋在帽子和围巾里，垂下的睫毛微微紧张打战，等着许濯接下他笨拙递出的台阶。

半晌，许濯才开口："好，你想喝哪家的奶茶？"

林星遥松了一口气，又高兴起来："旁边就有家奶茶店，我们走。"

他从许濯面前钻出去，跑到前台去结账。

许濯还站在原地，良久缓缓地呼出一口气。

夏若美拉开书包拉链，把刚刚买的猫粮和罐头塞进书包，背起来离开超市。

她在路边拦了一辆出租车。车一路驶离市中心，穿过繁华的街道，进入老城区，在一处老商城后面停下。夏若美打开车门，背着包下车。

天还很冷，她一半点儿不觉得似的，穿一条薄薄的黑色打底裤，加绒短皮裤，长靴，套件呢子大衣，露着脖子在街上走。

她从商场背后钻进一条小巷，巷子两旁是老小区，再往里走还有零零散散的散户住在巷子里。前几天下的雪融在坑洼的水泥地上，变成黑色的水渍。

夏若美拐个弯儿，前面是一片平地，没铺水泥，地上杂草丛生，停着几辆自行车和电动车。她往里走，听到猫叫，唤道："咪咪？"

她刚走进去，就和林星遥打了个照面。

两人大眼瞪小眼，夏若美一脸古怪："你在这儿干吗？"

林星遥比她还奇怪："我家就在旁边。"意思是：你大老远地从市中心跑到老城区来干吗？

夏若美低头看见林星遥手里拿着一个瓷碗，看起来挺旧了。她又抬起头，审视林星遥："你怎么知道这里有猫？"

几只野猫慢吞吞过来，仰头望着林星遥，显然是和他熟了。

林星遥说："我天天放学从这条巷子过，早就知道这里有猫了。"

他蹲下去把碗放在平地上："有只猫的碗不见了，也不知道谁这么无聊，连野猫用的碗都偷。"

夏若美问："你经常来看它们吗？"

"我路过就顺便看一下，反正周围有人喂它们。看，它们一个个长得这么好。"

夏若美低头看着林星遥蹲在地上摸猫。林星遥把自己裹得像个粽子，围巾快把他整个脑袋包起来，臃肿得有些滑稽。那些猫很喜欢林星遥，蹭他的手心，嗅他放在地上的碗。

夏若美拿出包里的猫罐头，也蹲下来，刚要把罐头打开，林星遥看到她手里的东西，把她拦住："你给它们吃猫罐头？"

"是啊，怎么了？"

林星遥一副很无语的样子："它们碗里的猫粮不会也是你倒的吧？"

夏若美点头说："就是我。"

"我说它们怎么变挑食了。"林星遥嫌弃道，"你是打算天天跑这儿来喂它们吗？如果你没这打算的话，以后都不要喂这些了，不然猫吃惯了猫粮就不肯吃剩饭剩菜，饿死了怎么办？"

夏若美显然没想这么多。她只是寒假无聊在外面到处闲逛，无意走进这条小巷，发现了这个野猫聚集地。她喜欢猫，三天两头往这儿跑，每回都带猫粮来。

她悻悻地道："猫吃剩饭剩菜不会吃坏肚子吗？"

林星遥感到莫名其妙："野猫不都这样吗？它们又没家猫那么金贵。"

夏若美突发奇想："你就住这附近，你可以帮我天天喂猫啊。我把猫粮和猫罐头给你，你放了学就带过来，多好。"

林星遥看都不看她："没空儿。"

"你不是说你回家顺路吗？！"

"我忙着呢！"

夏若美不吭声了，埋头摸猫。林星遥看她一眼，见她抱着猫发呆，包里鼓鼓囊囊的，装的全是猫粮和罐头。

林星遥看不下去，只能自认倒霉："放假的时候你自己喂，等开学了以后我再帮你喂。"

夏若美抬起头。她的眼睛很黑，平时总懒懒的没神采，此时这双眼睛却亮起来，盯着林星遥。

"你说话算话？"夏若美凑过来问。

林星遥把她扒拉开："当然算。"

她看着猫，喃喃地道："第一次有人陪我一起喂猫。"

接着她又自言自语："林星遥，为什么是你？"

林星遥都快习惯了她的神经质，闻言不耐地说："要么你就自己喂，别找我。"

夏若美对他做个鬼脸，又把包里的罐头拿出来，打开放在地上喂猫。她一边忙活一边问："你今天怎么没去找许濯？"

林星遥莫名有些脸红，好在夏若美专心看猫没看他。

他说："我们俩又不是天天待在一块儿。"

"今天不是他的生日吗？"夏若美无所谓地道，"我还以为你会屁颠颠地跑去找他过生日。"

林星遥差点儿跳起来："他今天过生日？"

夏若美奇怪地看他一眼："原来你不知道啊。"

林星遥拔腿就要走，脚迈出一步又急忙收回来，忙从兜里拿出手机问夏若美："我送他什么礼物比较好？他平时都喜欢什么？"

夏若美翻了个白眼："不知道。"

"我不帮你喂猫了。"

夏若美没好气地道："我真不知道他喜欢什么，他压根儿就没爱好，你懂吗？你干脆送他一套习题册算了。"

林星遥心想算了，还是自己想办法吧，得赶紧先买个礼物去找许濯。

"那我先走了。"他急着要走，也顾不上夏若美嘲笑的表情，转身就跑。

他跑得太匆忙，上了公交车才想起没和夏若美提起认识她爸的事。他转念一想，提不提都无所谓，现在赶紧想好给许濯挑什么礼物才是最要紧的。

他坐在上前往市中心的公交车上，一路冥思苦想，不知道挑什么礼物：送一支钢笔？可许濯一定有惯用的笔，而且送学习用品什么的未免太扫兴。林星遥打开手机搜索"给朋友送什么礼物好"，聚精会神地翻看，一直到下车都没选出他觉得合适的礼物。

林星遥把手机揣回兜里，进了市中心一家大商场。商场很高档，林星遥还是第一次进去。他一进旋转门差点儿看花了眼，一楼全是奢侈品店，他赶紧往二楼跑，转了一圈，看到一家风格俏皮可爱的店铺。

店里灯光亮眼，他远远一看，货架上摆满了那种小孩子喜欢的玩偶和玩具。

林星遥好奇地上前看，注意到店门口正中间的展示柜上摆着一个挺大的玻璃盒子，里头是按比例缩小的一片森林草地，草地中间有一张小圆桌，桌子两边各坐着一只小动物玩偶。餐厅的装饰十分精致齐全，桌上有漂亮的桌布，靠椅上还有细细雕刻出的花纹，旁边甚至还有树木和花丛，连树叶都叶叶分明。

林星遥头一次见到做工这么精细的东西，不禁凑近仔细看起来。一旁的售货员走过来笑着介绍："小帅哥看中咱们这款今年最新的黏土手办了吗？这个是'林中花园'系列，灵感来源于《爱丽丝梦游仙境》。这是我们店独家出售的手办，其他家都没有卖的哦。"

林星遥心里嘀咕着"黏土手办"是什么东西？他不好意思说自己不懂，含糊应一声："嗯，这个多少钱？"

"手办的话咱们都是按盲盒来卖的，你看，小动物一共有九种。"售货员把手册拿过来给林星遥看，指其中的一个，"小兔子是咱们的隐藏款，是不是很可爱？"

"盲盒"又是什么？林星遥一头雾水，拿着手册钻研半天，才明白盲盒就是像是游戏抽卡，抽到什么就是什么，一样的价格可能抽到基本款，也可能会抽到隐藏款，全看运气，而黏土手办则是人手工用黏土捏出的东西，什么都能捏。

好坑钱！林星遥的第一想法是这个。然而他的确被这精致的黏土手办吸引了，把手册翻了一遍，他问："那这个造景和玻璃罐卖吗？"

"您如果是想买一整套的话，价格就有些贵了，而且里面的小动物手办还是按盲盒买的。"

"多少钱？"

售货员对他比画起来，报了一个价格。

林星遥深吸一口气，想转头就走。他一咬牙，又看了眼手办。

它真的做得非常漂亮，像童话故事里的森林世界。小动物也很可爱，一个个圆润生动，身体还是可以活动的。

林星遥想起许濯的家。如果那个家里能摆上一点儿别的东西，会不会就不显得那么空荡和无趣了？

他打开手机查了下自己的账户余额。他打游戏陪玩赚了些钱，但那些钱是他打算存起来全都给外婆用的，自己半分也舍不得花。

林星遥心疼钱，走了。

然而，他在二楼晃了两圈，又回到这家店。

五分钟后，林星遥来到柜台前："'林中花园'一整套，麻烦拿礼物盒包起来。"

"好的，麻烦您到这边来挑选一下盲盒，一套里是两个盲盒，或者您自己要多买也可以。"

"就两个吧。"

林星遥忍着肉痛付款，售货员帮他去打包礼物盒，他选了两个盲盒装进袋子，暗暗祈祷一定要有隐藏款。

过了一会儿，售货员把精心包装的礼物盒交给林星遥，说："造景里的装饰全都是可以移动的，您可以根据您自己的想法来摆，摆好了以后用玻璃罩罩好就可以，放在哪里都是很好看的哦。"

林星遥接过盒子道谢。那盒子还挺沉，林星遥拎着礼物盒离开商场，拿出手机给许濯发消息，问他现在在哪里。

消息半天没人回。林星遥想许濯现在可能在和家人一起过生日，大概一时半会儿等不到回复了，于是林星遥去公交站等公交，打算先去许濯家小区门口等人。

林星遥跑前跑后，加上心里着急，等到了中心医院下车后才觉出自己跑出了一后背汗。冬天天冷，他一头钻进上次和夏文去的咖啡厅，屋里温暖，他抱着礼物盒在窗边坐下。

许濯回复了他的消息：*我在上课。*

生日当天还要上课，林星遥撇撇嘴，把盒子放在腿上，趴在桌边回复：几点下课？我在你家对面的咖啡厅等你。

许濯回：六点。有什么事儿吗？

林星遥：给你个惊喜！

许濯过生日，林星遥兴冲冲地坐在咖啡厅里等，比许濯自己还期待。唯一不太满意的是许濯竟然在生日这天还要上课，也不知道他吃过蛋糕没有。

天渐渐暗下来，咖啡厅里亮起点点暖黄的灯。林星遥坐在窗边，等许濯的时间里他顺便还抽空儿陪夏文打了两局游戏。两人现在熟稔了不少，原本林星遥都不好意思收夏文的钱了，他让夏文不必通过平台找自己，想打游戏就直接私下找他。夏文没听他的，每次还是在平台上约他，照常给他钱。

夏文和他聊天："还在外面呢？"

林星遥"嗯"了一声："许濯今天过生日，我等他下课。"

夏文感叹："过生日还上课，现在的小孩对自己真严格。"

林星遥抱怨："谁知道是他自己要上课还是他爸妈要他上。"

"他爸妈是对他挺严的，好像很早就已经开始让他写论文了。"夏文唏嘘，"我还觉得自己是个学霸呢，当年也没像许濯这样。"

"你好自恋。"

"我真是学霸！"

林星遥正乐着，冷不丁一边的耳机被人摘走。他吓一跳，转头就见许濯不知何时站在他的旁边。许濯穿着一件宽大的白色羽绒服，背着书包，脸上带着似笑非笑的表情低头看着他。

许濯收回手，揣进衣服口袋："聊什么这么开心？"

林星遥忙对夏文说："许濯来了，我先下了。"

"行，行，行！你们俩玩去吧。"

林星遥退出游戏，把手机和耳机塞进兜里，从椅子上蹿起来："生

日快乐！"

许濯进来时就看见坐在窗边的林星遥，还有他抱在怀里的礼物盒。

许濯笑了笑："谢谢。"

"吃蛋糕了吗？"

"没有。"许濯说，"今天一天我都在上课。"

林星遥还没转过弯儿来："那你待会儿你是和爸妈一起过生日吗？"

许濯平静道："他们去国外交流了，最近都不在家。"

林星遥愣了一下，马上说："那我们现在去买蛋糕，一起吃。"

他说着就要提起礼物盒往外走，刚迈出一步就被许濯握住手臂。

许濯看上去已经习惯了，温和地道："就在这里买吧，不用那么正式。"

他转身往咖啡厅的柜台走，玻璃柜里还有一些没卖完的小蛋糕，许濯问跟过来的林星遥："你想吃哪个？"

林星遥有点儿不高兴，觉得许濯的爸妈太不关心许濯，在国外回不来就算了，给许濯订个蛋糕难道很麻烦吗？

林星遥看了看，指一个巧克力蛋糕："这个吧，黑巧克力，没那么甜。"

许濯就买下了这个蛋糕，林星遥又朝柜员要了一小盒生日蜡烛，两人一人提着蛋糕，另一人提着礼物盒，一起往许濯住的小区走。

"你怎么知道我今天过生日？"

"我碰到了夏若美，她告诉我的。"

"你和她关系很好。"

"才没。"林星遥说，"我家小区后面的巷子里有野猫，我有时候去喂一下，没想到她也在那儿喂猫。"

许濯想起什么："她以前是养了只猫。"

林星遥问："后来呢？"

许濯答："好像死了。"

林星遥吃惊地问："怎么死的？"

"不知道。或许你可以问问她。"

难怪夏若美大老远地跑去喂野猫。林星遥在心里叹一口气：算了，大不了自己每天跑一趟，帮她喂个猫也没什么。

许濯带林星遥回了家。进门一开灯，眼前依旧是那个干净、精致而静谧的大房子。许濯说："去我的房间吧。"

林星遥眼前一亮，马上换好鞋跟在许濯后面往楼上走。许濯的卧室在二楼，他推开门的时候，林星遥一脸期待地踮起脚往里面看。

白色家具，一尘不染，规整。书桌上只有书、作业、纸、台灯和文具。床很大，被子竟然铺得整整齐齐，林星遥看得咋舌。

"你每天都这么收拾房间吗？"林星遥疑惑。

"有保洁阿姨定期打扫房子，我房间里的东西也不多。"

林星遥跟着许濯坐在书桌前，把东西放在桌上，还是感叹："这也太干净了。"干净得完全没有一点儿生活气息。

许濯笑笑，把蛋糕从盒子里取出来："先吃蛋糕？"

林星遥的注意力被转移，马上拿过蜡烛盒子拆开："你先许愿。"

他还特地起身去关了灯，许濯从厨房找来打火机，点燃生日蜡烛。昏暗的房间里亮起两簇小小的光。

林星遥双手合十看着蜡烛的光，小孩似的转头催促许濯："许愿啦。"

许濯原本安安静静地坐着，仿佛在发呆，闻言直起身，很配合地学林星遥双手合十："好，许愿。"

跃动的烛光里，林星遥偷偷看闭上眼睛的许濯，又收回视线，稀里糊涂地也闭上眼睛。他在心里默念希望许濯顺利考上心仪的大学，希望外婆的病情不要再恶化。他念了一番，睁开眼睛，见许濯正看着自己，眼中带着点揶揄的笑。

"许完了？"许濯逗他。

林星遥尴尬："正好有个蛋糕，顺便许一下。"

许濯给他切了一大块蛋糕，林星遥接过就吃，边吃边问："你今天过生日，没和朋友约着出去玩吗？"

"没有。"许濯只随手给自己切了一小块，拿着叉子漫不经心地吃，"我很少过生日。"

"为什么？"

"家里没有这个习惯。"

"什么叫'没有这个习惯'？"林星遥拧起眉，"一家人一起庆祝生日难道不是天经地义的事情吗？"

许濯笑起来："你怎么还生气了？"

林星遥掩饰性地别过脸："反正，以后我会陪你过生日的，也会给你买蛋糕。"

许濯的笑意淡了，他静静地答："好啊。"

蛋糕不大，林星遥风卷残云吃了一大半，把蛋糕盒子推到一边，放上自己的礼物盒："送你的！"

许濯很感兴趣似的问："我可以现在打开吗？"

"当然可以。"

许濯拆礼盒，林星遥一脸期待地坐在一旁，看着礼盒被一点点地打开，露出里面的玻璃罩。

许濯把纸盒和丝带放到一边，研究了一下这个玻璃罩："黏土玩具？"

"嗯。"林星遥又从袋子里拿出两个盲盒，推到许濯面前，"还有两个'盲盒'，看你能开出什么款。"

许濯笑："我运气一向不好。"

"今天一定好！"

许濯拿过一个盲盒拆开，打开包装棉，从里面抽出来一个小狗手办。小狗憨憨的很可爱，戴着帽子，围着餐巾，手里拿着一刀一叉，一副随时准备吃饭的样子。

小狗是普通款，是最容易被抽到的一个。

林星遥有点儿紧张，把另一个塞给许濯："开这个。"

　　许濯又开这个，他拆掉包装棉，林星遥刚看见两只兔子耳朵露出来，激动了："这是兔子！隐藏款！"

　　许濯拆出来了隐藏款——小兔子。白色的兔子穿着格子西装，戴一副单片眼镜，有大大的紫色眼睛，两只可爱的耳朵竖起来，手里抱着一本书。

　　林星遥开心极了："我就说你今天运气一定好吧！"

　　许濯看着林星遥，唇角挂着笑意："嗯，你买的，是你运气好。"

　　林星遥挺得意，把小狗和兔子摆在一起，又去看布景的说明书："这个可以自己摆放，手办是活动的，你看。"

　　林星遥认真地捣鼓手办，许濯就坐在一旁看。他们刚才点蜡烛时房间关了房间的灯，这会儿也没打开，只开着桌上一盏台灯。

　　房间昏暗，像一片无声的黑色深海，海中央灯塔的光摇摇欲坠，照亮方寸之地。

　　林星遥坐在灯下，对着说明书一个个地摆零件。许濯看了一会儿那些玩具，又看向林星遥。

　　他问："这个挺贵的吧？"

　　林星遥低着头专心给草丛插上小花："不贵。"

　　"星遥，谢谢你的礼物。"

　　"谢什么？！"林星遥努力想小心地把小狗弄成坐姿放在椅子上，却怎么也放不稳，"欸，这个怎么弄？"

　　许濯接过他手里的小狗，手指轻巧地折了几下，再把小狗放到小小的椅子上，放稳了。

　　小狗和兔子坐在圆桌两旁，桌上摆着精致的食物、餐具，还有一束可爱的玫瑰。周围花团锦簇，组成了森林中一个小小的花园。

　　林星遥为自己能买到这么可爱有趣的礼物而沾沾自喜，他抱过玻璃罩，把这个小花园罩起来，左看右看："这个放哪里比较好？"

　　许濯仿佛走神儿了很久，闻言看向这个布置好的小花园。

暖黄的灯光下，微缩的小小花园被笼上一层细密的光晕，润泽的色彩看上去更加鲜亮。

小孩子喜欢的玩偶和小零件，拼装在一起，也还是小孩子喜欢的玩具。幼稚、无用、挤占空间，这是许濯从来不会多看一眼的东西。

他的目光落在林星遥的身上。

可光太亮了，许濯只想闭上眼睛。

人生第一次，林星遥如此期待开学。

寒假收假后的第一个星期，当听到班主任在班会上宣布他们班今年初春的小旅行地点安排在了白兰湖山庄，且是和1班一起去的时候，他的内心雀跃无比。

他报了名，盘算着到时候自己要带个大点儿的食盒过去，可以做点小儿吃放在里面，野营时可以和许濯一起吃。

他原本买点儿零食就行，但自从那次买了黏土手办后，林星遥彻底开始"节衣缩食"，非必要情况坚决不花卡里的钱，并发誓再也不冲动消费了。

他本来想问问许濯想吃什么，然而许濯最近似乎很忙，两人已经很久没有见过面了，手机上也很少联系。

有时他们碰巧在学校里遇到，许濯也只是远远对他一笑，就和身边的人走了。

这些都是无足轻重的小细节，不影响林星遥出去玩的好心情。他掰着手指数日子，上课也不睡觉了，趴在桌上写写画画，抽空儿还有模有样地听听课，做几页笔记。

外婆得知他参加了学校的小旅行，也为他高兴："难得听你说参加学校的活动，不错，去吧。班里定下来去哪里没有？"

祖孙俩坐在一块儿包饺子，小方桌上铺着块桌布，包好的饺子被整齐地码在砧板上。林星遥手上蹭得都是面粉，答："白兰湖山庄。"

"小许去不？"

"我们班和他们班一块儿去呢。"

"难怪你兴冲冲地要参加。"

李茹仙包了一会儿饺子，捶捶自己的背："坐着腰疼，就包这么些吧。"

今天的饺子还没平时包的一半多，不过也够他们吃几天了。林星遥起身把饺子码好放进冰箱，收拾桌子，洗手洗碗，把厨房收拾干净。他擦干手走出厨房，见外婆慢慢地往房间里走去。

外婆好像又瘦了。厚褂子轻飘飘地拢在她身上，裤脚下露出两截消瘦的脚踝，袜子都套不住，堆在脚踝。

林星遥看着外婆进房休息，也跟了进去。李茹仙刚在床边坐下，见他也跑进来："做什么？我睡一会儿。"

林星遥脱下毛衣，蹬了拖鞋，往床上躺："我也睡会儿。"

老人无奈，拉过被子往他身上盖，又打开暖气片。祖孙俩盖着厚棉被，林星遥蜷在被窝里，摸到老人冰凉的手，将其握在手心。

外婆："哎哟，你多大了还撒娇。"

林星遥没吭声，心中感到一丝不安。有些事情他从不去细想，自从外婆生病后，他竭力撇下消极丧气的情绪，每天都想办法给自己打气，认真监督外婆吃药，陪外婆定期去医院检查治疗。他查了很多和外婆病情相关的资料，知道心情对病情的影响很大，于是不去和外婆说那些不开心的事，每一天都如常地度过。

尽管外婆很乐观，也总感叹"有他这个小外孙陪在身边真好"，可林星遥知道这种陪伴有多苍白无力。他没有承担家庭重担的能力，更无法成为老人的依靠，只能眼睁睁地看着时间缓慢地消耗着自己最爱的人的生命。

外婆说："遥遥长大了。"

林星遥闷闷道："长大了也没用。"

李茹仙笑："你知不知道有一种说法？说是老人如果生病了，只要

熬过了一个冬天，就能等到下一个冬天。"

林星遥心情好了一点儿，看着窗外问："真的吗？春天马上要来了。"

"是啊。你别看外婆瘦了，做事还有劲儿着呢。再说了，不知道有多少人得了这类病还能活个十几二十年的，那都是心态好、积极的人。"老人对林星遥说，"你每天过得开心，我就开心。我心情好，身体自然就好了。"

林星遥认真道："我每天都很开心。"

他说的是实话，自从遇到许濯，他便渐渐从几年前那种压抑和厌倦生活的状态中走了出来。父亲入狱，母亲出走，流言蜚语与众人疏远和敌意的目光，令他像个刺猬一样竖开身上的刺，不让任何外人靠近，只是为了护住自己脆弱的肚皮。

但是许濯很好。许濯是唯一一个绕开了他的刺，还愿意蹲下来摸摸刺猬肚皮的人。

很快，三月来临了。

一个阳光明媚、初春乍暖的周六早上，林星遥一骨碌从床上翻起来，麻利地洗漱穿衣。

今天是小旅行的日子。大巴车在学校门口等人，林星遥得早点儿出门赶去学校集合。

外婆起得也早，给他下了碗鸡蛋面条做早饭，在饭桌上叮嘱他出去玩要注意安全。

昨天林星遥特地用手机搜索教程，学着做可以装在饭盒里的冷食，并得意地做出了很好吃的鸡蛋火腿三明治。他吃完早饭，把饭盒放进书包里，背起包跑下楼，骑上自行车风一般地离开小区。

路两旁是初春新生的绿芽，阳光洒满街道，自行车车轮呼地滑过地面，掀起一阵小小尘埃。林星遥很有劲儿地蹬车，车灵活地穿过大街小巷，抵达学校附近。

忽然林星遥听到有人叫他的名字。他停下车转过头，只见路边停着一辆小车，夏文和夏若美正从车上下来。

夏文朝他挥挥手："早啊，星遥。"

夏若美远远地看着他不说话，皱着眉，一脸古怪。

林星遥骑着车滑过去："早。"

夏文问："一大早的，你准备干吗去？"

"白兰湖山庄小旅行，要在学校门口集合。"林星遥答，"你们呢？"

"我送若美去学画画，就在这附近。"夏文笑道。他看自家女儿不说话看着别人，有些尴尬："若美，和你朋友打个招呼？"

夏若美全然不搭理她爸，只盯着林星遥："你们是怎么认识的？"

林星遥愣一下，还没来得及想着该怎么回答，夏文就忙替他说："星遥不是和许濯也认识吗，我们之前偶然碰到，就认识了。"

夏文很体贴，没有说两人是因为林星遥做陪练认识的。

林星遥于是也含糊"嗯"了一声，没说话。

夏若美便不再看他了。她一句话没说，背着书包转身就走，也不管她爸。夏文想叫住她，犹豫片刻又收回手，讪讪地摸一把后脑勺，无奈对林星遥解释："她来的路上还和我闹脾气，不想上课。"

林星遥也是领会了这对父女的关系有多僵硬。他挺同情夏文的，安慰说"没事"，和他道别后骑车离开。

大巴已经等在校门口。还没到发车时间，还有不少人三三两两地聚在车边聊天。

大家的兴致都很高，然而林星遥一过去，讨论声便停了。

大家都没想过会在这种场合看到林星遥，一时都好奇地打量他。林星遥谁都不看，张望了一下旁边的那辆大巴。那辆是1班的车，1班的大多数人已经坐上车，林星遥没看到许濯的身影，又不好意思跑去1班那边问，于是拿出手机和许濯发消息：*你已经上车了？*

过了一会儿，许濯回复：*是。*

林星遥松了口气，独自上车。他就在第一排坐下，把书包抱在身前，想继续和许濯发消息，又想着：算了，他待会儿到了山庄以后就能见着人，不急这一会儿。

大巴准时发动，前往郊区的白兰湖山庄。

初春的白兰湖山庄笼罩着一片雾般的淡绿色，山庄坐落在湖边，葱郁的森林三面环立，形成一道天然的关口，在城市的边缘自成一片湖光山色之地。此时春日正好，阳光明媚，白兰湖湖面宽广，水波折射天光，荡漾如碎金闪烁。

大巴停在青年旅社门口，林星遥边下车边打哈欠，正要去1班那边找许濯，被旁边的老师叫住："林星遥，先回房间放东西。"

林星遥说："我想去1班找我朋友。"

老师奇怪地看了他一眼："我们班和1班住在不同的楼，你别乱跑。"

林星遥一听自己不能和许濯一块儿，挺郁闷的，但还是乖乖跟着老师回了旅舍。

上午的安排是爬山，两个班同行，到山顶差不多是中午了，到时可以在山顶的休息区吃饭休整。

林星遥一个连平时体育课跑步都要躲的人，如今真是"望山却步"。大家都成群结队地跟着老师往山上走了，他一个人在后面慢吞吞地跟着，走两步就要蹲下来揪点儿野草，捡个石头，让自己休息。

在他第三次偷懒的时候，他正边走边踢着地上的石子，跟着石子越走越远，他听到前面有人叫他。

林星遥抬起头，就看见许濯站在不远处的小坡上看着他，而大部队已然连尾巴都没看不见了。

"许濯！"林星遥眼睛一亮，噔噔地朝许濯跑过去。

许濯在原地等他，等到林星遥跑到面前，温和地开口："你怎么不跟着其他人一起走？"

林星遥抱怨："走不动，不喜欢爬山。"

"一个人都不知道要跑到哪里去了。"许濯笑笑道，"走吧。"

他转过身，林星遥马上跟上去，心情很好地问他："等会儿一起吃饭吗？我做了三明治。"

许濯走在他的旁边，没有看他，只淡淡地回答："好啊。"

林星遥有点不满："你怎么不问我为什么会做三明治？"他还准备着回答呢。

然而许濯却忽然停下脚步。

"你参加这个活动，是因为我吗？"

这个问题十分突兀，可以说十分不合气氛，从向来懂得分寸的许濯嘴里说出来，更多了一分无礼之意，因而林星遥被问得一愣。

他该如何作答？他当然只是为了许濯而来。他不合群，没有朋友，被所有人疏远，他会为参加这种他从前厌恶的集体活动而兴奋和开心，也只不过因为人群中有他想见的、想靠近的那个人。

他笨拙地解释："没有，本来我自己也想出来玩。"

许濯安静地看着他，那目光不温柔，也不含猜疑，而像一片无星的夜幕，和林星遥以光年计量的距离。

许濯说："那我们就在这里分开。"

林星遥茫然："什么？"

许濯指向山上："你们班在那里，现在赶上去还来得及。"

林星遥有些急了，又有些慌张："不，我……"

许濯兀自说："我走了。"

他转过身要走，却被拉住一只袖子。许濯转过头，撞进林星遥焦急的、因不安而明亮的眼睛。

"我们之前说好的。"林星遥捉着许濯的袖子，"说好今天一起……"

许濯答："抱歉，我食言了。"

他轻易地把袖子从林星遥的手中抽出，继续往前走。林星遥完全不知道发生了什么，不明白许濯的态度为什么一百八十度大转弯儿，他们明明没有吵架，没有闹不开心，虽然……虽然他们已经很久没有好好聊过天，没有好好见过面了。

"许……许濯。"林星遥脑子里一团迷糊，心里又着急，想也不想就追上去，"许濯！"

他一着急，踩到地上的坑洼，差点儿摔了一跤，紧紧地跟在许濯身后，又不敢真的靠近，只努力地想与他沟通："你怎么了？心情不好吗？"

"你可以和我说，我都会听的。"林星遥鼓起勇气，"真的，许濯，不管你有多少不开心的事，我都会听你说。"

他净顾着讲，没注意到两人走上了一片高坡。坡上立着一片围栏，周围林木葱郁，如一片洞天，往外看可见远处的天空与山丘，以及山丘环绕下粼粼的白兰湖。

许濯停在围栏前。他看着远方，不知具体在看什么，风穿过他的身体。流云片刻遮去日光，在他的脸上落下阴影。

林星遥爬坡爬得有些气喘。

他来到许濯身后，担心地看着他的背影："许濯？"

"你想听吗？"

许濯没有回头，只安静问出这句话。

尽管无人看见，林星遥还是点头："我想听。"

许濯终于转过身，与林星遥面对面。风掠过树梢，掀起"哗啦啦"的声音。林间春日的光温柔地洒落，许濯居高临下，光的影子被叶片与尘埃切割，碎落在他的脚下。

林星遥抬起头，不知是因为风还是影子，他恍惚间没能看清许濯的表情。

"今晚九点，雪松亭指路牌。"许濯开口，"你来见我。"

"雪……雪松亭？"林星遥脑子都要转不过来，"雪松亭指路牌在哪儿？许濯！"

许濯走了。这次他没有回头，也没有停下等林星遥。林星遥追都来不及追，只能眼睁睁地看着人走远。他呆立半晌，才想起之前在山脚下的山庄地图上看到过"雪松亭"这个名字，如果他没记错的话，它大概是在半山腰的位置。

林星遥一个人失落地站在原地，背包里还揣着饭盒，里面好好地放着他做的两个三明治。他站了好一会儿，才甩甩脑袋，继续往山上走去。

晚上八点。

夜幕已至，山庄静谧。

林星遥洗过澡，坐在床边看窗外的星星。

他住的是六人间，其他人都去旅馆的娱乐室参加团队活动了，他没去，一个人攥着手机默默趴在窗边，手指无意识地摩挲手机屏幕。

他坐立不安，一会儿坐在床上，一会儿起身站在窗边踮脚往外看。如此过了半个小时，他拿起手机看了一眼时间。

他开始套毛衣。旅舍里开了暖气，春天山里的夜晚还是冷的。林星遥穿好衣服，套上鞋，起身离开房间。

老师不许他们晚上离开旅舍，但林星遥偷偷溜到旅舍门口，没没看到门口有人看守。一楼大厅静悄悄的，只有一个小哥坐在柜台后埋头玩手机，手机里传来激烈的游戏打斗声。

林星遥放轻脚步，从柱子后面绕开，无声跑出了旅舍大门。

他一头钻进了黑夜。

月上中天。

风拂过森林，掀起层层叶浪。林星遥拿出手机当照明工具，都快走到半山腰了，才迟钝地反应过来：许濯把他约到这种地方做什么？

四周漆黑无声，唯有月色和星光洒落。林星遥被冷风吹出鸡皮疙瘩，犹豫着停下脚步。但没过一会儿，他还是选择了继续往山上走。

或许许濯想和他讲一个秘密，这个秘密不能被外人知道。又或许许濯想给他看个什么东西……总之，他选择相信许濯。

光线太暗，林星遥看不清路，只能凭着白天的记忆找标有"雪松亭"的指路牌。但很快他就发现，他记路的本事可能确实不大好。

时针指向九点。林星遥迷路了。他也不知道自己在往哪个方向乱转，按照手机地图导航走也无济于事。

风从四面八方吹来，头顶是漆黑的森林，树影幢幢，摇曳着发出无限的沙沙声响。

林星遥一个人跑上山转半天，这会儿才觉出点儿不安。他找出许濯的联系方式，想给他打个电话。

忽然，鞋子踩在落叶上的声音在他的背后突兀地响起。

风掠过林星遥的脖子，寒气冷意灌进他的后背。

林星遥猛地屏住呼吸，肌肉下意识地绷紧了。他马上后退转过身，接着就是一愣。

一身黑衣的夏若美站在他面前几步远的位置，胸膛起伏，她用漆黑的眼睛冷冷地盯着他。

黑暗中，夏若美的脸看起来依然苍白无比，她仿佛很疲惫，又表现出极度地烦躁："林星遥，你有病吗？大晚上一个人跑到山里？"

林星遥完全没想到会在这里看见夏若美。

他终于意识到不对劲，疑惑地问道："你怎么会在这里？许濯呢？"

"许濯，许濯，你的脑子里只有许濯？"夏若美霍然大怒，"他让你做什么你就做什么，他真的能确保你的安全吗？！"

林星遥被她一通火发得不知所措："你胡说什么？他只是约我来这里见面。"

"正常人会约在这个时间、这种地方见面？"夏若美冷笑，"你等着别人把你推下山吗？林星遥，我就没见过比你更蠢的人！"

"你！"

林星遥气坏了，正欲争辩，冷不丁却见夏若美重重喘一口气，一张脸在黑夜中白得惊心，嘴唇全无血色。紧接着夏若美往地上一跪，坐了下来。

林星遥吓了一跳，一时火也消了，谨慎地上前蹲下来："你怎么了？"

"爬山好累。"

夏若美坐在地上，有气无力地说："饭也没吃，饿。"

夏若美似乎真的很累，额角都是细密的汗，发丝蜷曲着贴着皮肤。林星遥扶起她的时候，感到她的身体在微微发着抖。

林星遥左右为难，看一眼手机。时间早已过了九点，他没能找到雪松亭的指路牌，没有见到许濯，也没有接到许濯的电话。

他给许濯打过去一个电话。电话通了，嘟嘟声响了近一分钟，然后自动挂断。

林星遥放下手机，此时心中全是茫然和不解。

夏若美拽着他的手臂站好，瞥他一眼："你在和许濯打电话？"

林星遥握紧手机，"嗯"了一声。

"别管他了。"夏若美不耐烦，"陪我下山。"

林星遥还有点儿固执："他是不是迷路了？"

"林星遥，我现在没劲儿对你发脾气。"夏若美咬牙，"我现在很冷，很饿，很累，我低血糖犯了，人都要晕了，你送不送我下山？"

林星遥没办法，只好把夏若美扶着，一步一步地陪她往下走。不知为什么，他感觉夏若美紧靠着他，用手牢牢地抓着他。

他浑身不自在，可夏若美看起来很不安，似乎是怕黑。于是他还是选择扶好女生，没有把她松开。

寂静的森林，风声似乎永不停歇。

两人互相搀扶着顺着山路往下走，树木的黑影渐渐倒退，远处山下终于亮起山庄的点点灯光。

夏若美忽然开口："我之前让你去问许濯关于辛立的事，你问了吗？"

林星遥已很久没有想起这件事，闻言一愣："没有。"

"为什么不问？"夏若美说，"你是不相信我，还是不相信许濯？"

"你对许濯为什么有这么大的敌意？"林星遥忍不住问，"你们不是青梅竹马吗？"

夏若美嗤笑一声："林星遥，我才要问你。你和许濯才认识多久，你就对他掏心掏肺，他叫你大晚上在山里见面，你就真的一个人跑出来找他，结果呢？他人在哪里？他接你电话了吗？"

林星遥本就不擅于争执，被夏若美这一通儿话问得说不出话。他也不想再开口，默默地把夏若美一直送到山庄前。中途他又试着给许濯打了两个电话，依然无人接听。

夏若美问："你住哪儿？"

"青年旅舍。"

"带我去。"

林星遥稀里糊涂地带着夏若美回到旅舍，问："你不回家？"

夏若美不耐地道："你以为我是怎么来的？"

夏若美到前台订床，只剩十人间里还有个床位，夏若美面露嫌弃，但也没说什么。

前台小哥抬起头看他们一眼，目光里满是八卦。

林星遥对夏若美说："你在这儿等一下。"

他转身离开，不过一会儿抱着个食盒过来。两人就坐在大厅角落的沙发上，林星遥把食盒打开，从里面拿出一个三明治递给夏若美。

他被夏若美的眼神看得不自在："你不是饿了吗？吃吧，我做的。"

夏若美古怪地看着他："这不会是你给许濯做的吧？"

林星遥深吸一口气："快吃。"

他拿出另一个，拆开保鲜膜，用力咬一大口。

明明这么好吃。

林星遥心想：许濯吃不到就是他没口福，算了。

旅舍里温暖很多，大厅安静无人，两人像窝在一起取暖的小猫，埋头吃彻底冷掉的三明治。

"你是怎么找到我的？"林星遥问夏若美。

夏若美吃得很专心，漫不经心地答："我跟在你的后面。"

林星遥哽住，面色复杂地看着她："为什么跟着我？"

夏若美几口吃完三明治，看来是真的饿了。她舔舔手指，瞟林星遥一眼："我怕你在山里走丢，就没人帮我喂猫了。"

"我是很认真地在问你。"

"我也很认真地在回答你。"夏若美忽然换了副表情，"林星遥，你知不知道许濯为什么要假装靠近你，故意对你好？"

假装？故意？

林星遥握紧拳头，生气地看着夏若美。夏若美无所谓地与他对视，眸色漆黑，眼神冰冷，她靠近林星遥，用只有他们两个人可以听到的声音在林星遥耳边开口："因为有人想要你从这个世界上消失，明白吗？"

林星遥猛地站起身："你胡说什么？"

夏若美平静地道："辛立后来死了，他死的时候许濯也在场。"

林星遥吓白了脸，站在原地不动。

"林星遥，你无人陪伴，无人保护，你是游离在群体外的独一个，就算你突然不见，也无人在意。"

夏若美的语气平静，既无嘲讽，也没有怜悯，仿佛她并非在说林星遥，而是在剖析她自己："有人给你一点好处，你连命都能给他。他把你带进家门，再把你扔出去让你冻死，所有人也只会认为是你自己不懂事跑不见了，与他没有任何关系。因为你不会说话，没人想要找你，也没有人为你作证。"

夏若美看着不知何时红了眼眶的林星遥，轻声道："一个年级第一的好学生，所有人眼里的焦点，多少人上赶着要和他攀关系？他凭什么要和你这种人做朋友，和你一起玩无聊，浪费时间，玩过家家的小游戏？林星遥，你没有一点儿自知之明吗？"

"许濯他一开始他就是故意接近你。"

林星遥耳朵嗡鸣，此刻仿佛在做一场无法挣脱的噩梦。

同时他心中的一角在据理力争地说许濯才不是这样的人，这一切简直太荒谬了。

而事实上，夏若美的话每一个字都如利剑穿透他的胸腔，钉在他最痛的地方。

原来在他的内心深处，他一直都在害怕，害怕温暖片刻消散，怕真心变假意。

"现在你清醒了吗，林星遥？"

chapter 5

灯影幢幢
之夜

第二天的阳光依旧明媚。今天的活动是在湖边野餐，天气很好，湖边聚了一群人，都是1班和10班的学生。

林星遥一个人坐在旅舍房间里。他没有任何游玩的心情，即便如此，早上他也出门去找了许濯。

他找了一圈，才得知许濯已经提前请假离开山庄，说是家里有事，连旅舍的费用都已经退回去了。

阳光透过窗棂，落在林星遥瘦削的手腕上。他紧握着手机，屏幕上显示着他与许濯的聊天对话框，最后的记录仍停留在昨天早上。

夏若美也走了，走之前只发给他一条消息，说她要回去，独自离开了山庄。

白日的喧闹里，林星遥孤身一人待着。他反复思考夏若美昨晚对他说过的每一句话，心想不对，很多地方都不对。

如果夏若美说的是真的，那么许濯为什么会选择辛立，又为什么会盯上自己？即使是罪犯，也该有犯罪动机。自己在跟许濯第一次见面前，一点儿交集也没有，许濯有什么理由会伤害自己？

林星遥猛地站起身，不许自己再往下想。这一切都没有任何根据，

他怎么能因此真的陷入怀疑许濯的旋涡？

明明他最讨厌的就是无妄的谣言！

林星遥用力拍自己的脸——那么是夏若美在说谎吗？

不……夏若美对自己没有恶意，否则她也不会一个女孩子大晚上跑进山里，就为了把他拽下山。冷静下来后，林星遥渐渐意识到自己昨晚头脑发热的举动有多冲动，他甚至都不确定那个指路牌在哪里，更没想过夜晚的森林有多危险。

而昨天早上之后，许濯再也不曾联系他。

林星遥安静坐了片刻，开始收拾东西，随后起身离开房间。他想去湖边找老师，没想到出门就在旅舍大门前碰到回来拿东西的班主任。

班主任看他背着书包，问："林星遥，背着包要去哪儿？"

"我想请假先回家。"林星遥说，"家里有事儿。"

班主任刚要开口，门口又吵吵闹闹地走来几个男生，都是 10 班的。男生们也看到林星遥，其中一人露出玩味的笑容："林星遥，你不跟我们一起野餐，是不是要去找你女朋友啊？"

林星遥皱起眉。班主任问："你们说什么呢？"

男生道："我们昨天都看到了，一个女生大晚上跑来旅舍找林星遥，两人在大厅坐了半天呢，哈哈。"

班主任转头看林星遥："林星遥，真有这回事儿吗？那个女生呢？"

有人小声讨论："那个女的好像是外校的，我以前听说过，好像姓夏。"

"我好像也听说过，是不是之前念卓泉附中的那个……"

"关你什么事？"

细碎的讨论戛然而止。

所有人都吃惊地看向林星遥。

林星遥他面色沉沉，眸中烧着怒火："管好你们自己的嘴！"

结结实实地挨了一通训斥后，林星遥坐上了回城的大巴。挨训对他来说是家常便饭，他不放在心上。

离开白兰湖山庄，大巴驶入城区中心。林星遥没有立刻回家，下了大巴后，他坐上了前往中心医院的公交车。

他要见许濯，如今无论如何也要当面问清楚这一切。他直奔中心医院附属小区，找到许濯家在的那栋楼，坐电梯，来到那扇熟悉的门前。

林星遥深吸一口气，抬手按响门铃。

门铃响了几声，大门打开。站在门口的却不是许濯，而是一个短发的女人。

她问："你是？"

女人身形修长，五官端正秀丽，却有一股不怒自威的气质，看着林星遥时微微皱着眉，不动声色地打量他。

林星遥硬着头皮说："我找许濯，我是他……同学。"

他莫名有点儿怕这个女人，猜到她可能就是许濯的妈妈。她看起来很有气势，让林星遥有点儿紧张。

女人问："你跟许濯同校？"

"嗯，我是 10 班的。"

"你叫什么名字？"

林星遥不明白女人为什么一直问他，但还是老实报上了自己的名字。女人听完后，彬彬有礼地道："抱歉，许濯不在家。你有什么事情找许濯？我可以代为转告。"

许濯没回家？林星遥暗自握紧拳头，说："没事，那我明天去学校再找他。我走了，阿姨再见。"

林星遥离开了小区，独自坐公交车回家。他心里一团乱，直到到家后仍心不在焉。

外婆正在阳台收衣服，见他回来："回来啦，玩得开心吗？"

林星遥躲进自己卧室，隔着墙提高嗓门答："开心！"

"开心就好，晚上咱们俩煮饺子吃啊。"

林星遥应了一声，然后关上门，把书包扔在桌上，往床上一扑，将脑袋闷在被子里。

他快憋疯了。

晚上，许濯回到家。

家里难得亮着灯。许濯在玄关换鞋，王婉青从书房出来："小旅行结束了？"

"嗯。"

"今天有一个叫林星遥的小孩来家里找你。"

许濯拿拖鞋的动作一顿，随后恢复自然："他有什么事？"

"我说你不在家，他就走。"王婉青说，"从没见过有你的同学来我们家，你和他关系很好？"

许濯平静地回答："一般。"

王婉青打量了一会儿许濯，没说什么。

许濯上楼回卧室，女人又叫住他。

"你以后别再参加这种学校活动，浪费你的时间。"王婉青皱眉道，"下周起 IGCSE（国际普通中等教育资格证书）的课就要开始了，你好好准备，心思不要放在不必要的事情上。"

许濯说："好。"

然后他走进自己的卧室，关上了门。

周一上午的课结束，放学铃声刚响，林星遥就第一个起身，不顾周围人的目光离开教室。他直接往楼上走，楼上的教室都没下课，走廊安静无人。

林星遥守在了 1 班的门口。

有时候林星遥的脾气真的很犟，就像现在他想弄清楚事情的真相，他就无论如何也要找到许濯，当面问清一切。即使他知道许濯不接他的电话，不回消息，或许并不想见他。

1班下课了，陆陆续续有人往外走，不少目光落在林星遥的身上。出于种种原因，林星遥在学校"小有名气"，他出现在1班这种尖子班的门口，大家都不太习惯。

许濯在人群后走了出来。两人对上视线，接着许濯转开了目光，林星遥立刻叫他的名字："许濯！"

许濯站住脚步。林星遥上前与他面对面站着："我有话想和你说。"

他看着许濯，许濯却垂着目光，仿若漫不经心地道："你就在这里说吧。"

此时人多嘈杂，并不是个谈话的好场合。林星遥固执地看着许濯，心中满是不解和委屈。

许濯看起来充满了陌生的感觉，他仍是温柔而有礼的，然而那种独属于他们二人的亲密感从许濯身上抽离了，彻底得像机器人删掉了程序中的一道口令。

"周六晚上九点，我没有看到你。"林星遥不顾周围人侧目，只看着许濯，"你在哪里？"

许濯仿佛这才想起什么，露出抱歉的表情："我只是随口说说，难道你真的去了？"

林星遥愕然地看着许濯，不认识面前这人一般，话也说不出来。许濯说："夜晚的山里不安全，你不该那么做，要注意安全。"

"许濯！"林星遥压低声音问道，"你到底怎么了？为什么从那天开始你就这样……"

"许濯，好了没有？"

一个抱着文件夹的女生出现在许濯的身边。

女生是1班的物理课代表，容貌姣好，成绩常年排在年级前三名。

女孩微微皱着眉，显然是等得没什么耐心了："待会儿吃完午饭后还要去找老师讨论IGCSE上课的事，我们时间不多。"

"抱歉。"许濯对女孩笑笑，而后对林星遥说："我还有事儿，先走了。"

"等等，我还有话和你说！"

这回却是女孩挡在了林星遥面前。

她彬彬有礼地说："这位同学，我和许濯今天中午有很重要的事要和老师商量，你可能不知道 IGCSE 是什么，这是一项国际性的综合课程测评，测评结果关系到大学的必要申请条件。如果你没有别的事，我和许濯就先走了。"

女孩明明很有礼貌，却好像每一个字都在羞辱林星遥。

众目睽睽之下，林星遥的脸快要烧起来。他心想他也有很重要的事，非常重要。

可当他抬头看向许濯，只看到许濯站在一旁，他既没有看自己，也没有说话，好像一切与他无关，他也与他无关。

林星遥怔怔地看着两人在自己的面前离开。人来人往的走廊上，只有他显得突兀极了，因而周身的窃窃私语和笑声也被无限放大，将他包围——

那声音也将他的自尊淹没。

林星遥没能和许濯说上话，他无故被冷漠和疏远了。

更糟糕的是，傍晚放学的时候，他发现自己的自行车车胎被扎破了好几个洞。

他仔细检查车，前后两个轮胎全都瘪了，完全无法骑。林星遥十分恼火，左右看周围却没什么人。想来是有人要给他找不痛快，故意扎破了他的自行车轮胎。可不喜欢他的人实在太多，他根本想不到是谁做了这种事。

这时，一阵脚步声从身后传来。

林星遥转过头，看见来人是昨天在旅舍门口当着班主任的面谈论他和夏若美的那几个男生。

林星遥明白过来了。

几个男生来到林星遥面前，状似无意地将他围起来："哟，车不能骑了啊。"

林星遥冷冷地看着他们："你们无不无聊？"

"别生气，这不是怕你先溜了吗？"其中一人嬉皮笑脸，"走啊，哥几个聊聊去。"

"没空儿。"

"哼。"另一人十分暴躁地说，"不在这儿揍你是给你面子。"

林星遥个子不高，人又瘦，他一个人站在他们的面前，气势却全然不弱："你们算什么？背后嚼舌根、扎别人车胎，只会在背后算计人，怎么，打个架还要一群人抱团？"

一个高大男生猛地上前提起林星遥的衣领："你再说？！"

林星遥几乎被生生拽起来，丝毫不甘示弱，抓住男生的手臂猛地一提起膝盖撞向男生的小腹，男生吃痛大呼一声松开手，随后恶狠狠扑向了他。

"那边打起来了！"

终于有人注意到自行车车棚里的动静，连忙到处喊人。学校门口的保卫呵斥着跑过来，还有几个男老师一起上前，费劲地把打架的人拽开。

此时林星遥身上已带了伤，对方也好不到哪儿去。

他捡起自己的书包，依旧冷冷地瞪着那几个男生，竟是把几个人瞪得有些尿了。

"好好的怎么在学校里打架？"一位老师左右看看，认出这几个都是低年级不好惹的差生，干脆大手一挥，"都跟我去教务处！"

一群人被强行送进教务处，劈头盖脸地挨了一个多小时的训斥和教育。鉴于这回林星遥只有一个人，属于弱势方，他难得被提前放走，剩下那几个人接着挨训。

老师们也习惯这群人总惹事，加之这次情况制止得比较及时，事态没有进一步恶化，于是两边都没被叫家长。

林星遥一个人走了，去医务室简单处理了一下嘴角的血和手背的擦伤，然后便去自行车车棚取了车，离开了学校。

他得找个地方修车。他不指望那群人赔自己的车胎，反正他也揍过一顿出了气。林星遥慢吞吞地推着车走在路边，这一通儿折腾下来，天已经黑了，街边亮起大大小小的灯牌。

林星遥越走越慢，随后停在一家便利店前。他的额头冒出冷汗，他一手扶着车，一手捂着自己的肚子。刚才他不知道被谁一拳揍在肚子上，起初没有感觉，现在却越来越疼。

林星遥调整呼吸，想压下疼痛的感觉，先回家再说。但他又痛，又饿得没劲，车胎破了洞漏气，越来越难推动。

他脸色苍白，想找个地方先歇一会儿，吃点儿东西。这时，"叮咚"一声，旁边便利店的自动门打开了。林星遥转过头，与旁边拿着夹心面包一边吃一边走出来的夏文对上视线。

夏文手里还揣了个购物袋，里头鼓鼓囊囊装满了。夏文显然很吃惊，一只脚迈到一半停下，望着林星遥，看到林星遥脸上的青肿和嘴角的小纱布贴，随即艰难咽下嘴里的面包。

"星遥？你……你跟人打架了？"夏文忙过来，一副想帮忙又不知该如何下手的样子，"怎么回事，有人欺负你吗？"

林星遥本想开口说些什么，但夏文手里的袋子里装了不少蛋糕和零食，香味散发出来，林星遥的肚子很不争气地发出一阵"咕噜"声。

两人短暂沉默。

林星遥觉得很丢脸，低着头不吭声。

夏文却是反应过来了："肚子饿了？我看便利店里还有烤肠和关东煮，走，先去吃点儿。"

他主动接过林星遥手里的自行车，推着走了两步便发现不对劲，低头看了眼车胎，又看看林星遥，没说什么，把车停在路边，然后转身过来，很小心地轻轻拍了拍林星遥的肩膀："走吧，我请客。"

明亮的橱窗里，林星遥坐在窗前，埋头吃关东煮。夏文拿着一杯买来的热豆浆放在林星遥面前，在他旁边坐下。

他看了看林星遥脸上的伤，又捧过林星遥的手，想仔细看看他手背上的淤青，但林星遥很快抽回手，继续吃自己的东西："没什么好看的。"

"有时候内出血也会比较严重。"夏文看出他心情不好，好声好气地问，"还有没有其他地方有疼痛感，或者不舒服？"

林星遥安静地把关东煮吃完，才说："……肚子有点儿痛。"

"让我看看？"

林星遥不大好意思，但鉴于夏文从前好歹是医生，他便转个身，掀起自己衣服的下摆。

夏文就着光线低头查看，抬手试探地轻轻摸："这里痛？"

林星遥疼得一缩："嗯。"

"可能是伤到肋骨了。"夏文认真道，"你去医院看看吧，保险一点儿。"

"没有那么痛。"林星遥不喜欢去医院，态度很不配合，"休息一晚上就好了。"

"我陪你一起去，这样可以吗？"夏文建议，"我开了车，很方便。"

林星遥很不情愿，但夏文请他吃关东煮、喝热豆浆，他吃人嘴软，只好点头。

离开便利店的时候，夏文想扶林星遥，林星遥不觉得自己需要人搀扶，坚持自己慢慢挪。夏文帮他扛起自行车放到自己的车后座，问："你这车怎么办？"

"我家附近有修车铺。"

"行，那等去医院检查完了以后，我直接把你送回家。"

林星遥有些不好意思："不用……"

"没事，客气什么？"夏文笑着说，"你看你，又是擦伤又是淤青的，谁舍得把你一个人丢在路边。"

他放好自行车，过来给林星遥拉开门。林星遥也不想浪费时间，正要钻进车，忽然就听到身后传来一声熟悉的"夏叔叔"。

林星遥一愣，直起身转过头，看见许濯站在他们的身后，还背着书包。

许濯移开视线，看向夏文："您好。"

"好巧！"夏文熟稔地与许濯打招呼，"你不会现在才放学吧？"

许濯简单地应了一声，避开了林星遥的目光，径直走来："学校那边有点忙。你们认识？"

他问的是夏文，没有看林星遥。

夏文答："是啊，江州就这么大，星遥和若美是朋友，他和你也认识，我这个大叔算是和你们这几个小年轻都混了个面熟。"

林星遥不吭声，站在一旁。他搭不上话，也不知道许濯为什么又主动来搭话，他明明之前是一副完全不想理会自己的样子。

许濯的视线终于落在他的身上，扫过他脸上的乌青，还有嘴角的小纱布贴。

他神情平静地问："星遥受伤了？"

林星遥偏着头不看许濯，也不答话。

夏文见两人间的气氛莫名尴尬，便主动帮林星遥答："他跟人打了一架，说是肚子有点儿疼，我就想着带他去医院检查一下。"

"中心医院？"许濯自然道，"正好，夏叔叔也顺路带我一起回去吧。"

"行啊，走，都上车，叔叔送你们。"

夏文绕去前面发动车子，林星遥和许濯坐在后座，两人一左一右占着车门旁的座位，中间隔着快两个人的距离。

夏文习惯性地打开车载广播，广播里正好在放歌。林星遥看着车窗外，一动不动，与其说车里只有夏文和许濯在聊天——不如说是夏文感觉气氛不对，主动找话题聊，而许濯在礼貌地回应他。

原来夏文来便利店是因为夏若美不愿意正经吃晚饭，夏文没办法，只好出来买些蛋糕这类的零食，好歹让自家女儿晚上吃点儿东西。

许濯说："叔叔现在一个人带若美，辛苦了。"

夏文感叹："有什么辛苦？从前我忙于工作没照顾好她，现在不管怎么弥补她都是应该的。"

林星遥忍耐着腹部的疼痛，心烦意乱地听两人说话。好容易等到车到了中心医院，他自顾拉开门下车，结果因为动作太大而小腹用到力，他疼得抽了口气，扶着车门半天缓不过劲儿。

夏文赶紧下车来扶他，带着人进医院挂号，拍片，等结果。

好在最后问题不大，医生就给林星遥开了盒镇痛药，开了份医院出具的证明，让林星遥先在家静养几天，短时间内不要剧烈运动等等。

能不去学校，正合林星遥的意。

林星遥把挂号单和证明拍照发给班主任请假，发完消息后抬起头，夏文等在一旁，而许濯竟然也还没走。

林星遥不知所以，皱眉看着许濯。

夏文说："星遥，我现在送你回去？"

林星遥刚要开口，许濯说："夏叔叔，若美还没吃晚饭吧，要不你还是先回去，我送星遥。"

夏文这才想起自己手里还有个购物袋，一拍脑袋："我怎么给忘了？！那许濯你送一下星遥，我回去给若美送吃的。"

夏文急匆匆地往外走，离开前还叮嘱两人到家后给自己发消息。许濯笑着答应，与夏文告别。

许濯回过头，而林星遥已经不声不响地一个人往另一道侧门走去。

林星遥人不舒服，走不快，闷头走到马路牙子边上，身后的脚步却如影随形，令他困惑烦躁。

他站定脚步回过头，看着许濯："你跟着我做什么？"

许濯也停下脚步："我给你叫了辆车，五分钟后到。"

林星遥心里怄气，板着脸开口："不用了，我自己回去。"

"何必拿你的身体赌气？"

林星遥握紧手指。他无法理解许濯为什么还能以一副若无其事的样子站在这里，和自己聊一些毫不相干的话。他也终于意识到，曾经的很多时刻里，他看到的或许只是许濯的一层伪装。

就像现在，许濯可以装作什么都没有发生，乱了阵脚的只有他一个人而已。

静谧的长夜里，两人站在路灯下，影子隔得很远。

许濯忽然开口："你和夏叔叔是怎么认识的？"

林星遥只是看着远处的灯，答："打游戏。"

"与非亲非故的中年男人来往对学生来说不是什么好事。"许濯说，"我建议你和他保持距离。"

林星遥深吸一口气，他终究没有许濯那么好的耐心："你一路跟着我，就是为了说这个？"

许濯好脾气地看着他："你怎么又生气了？"

"那天晚上你爽约了。"林星遥忍耐着，"难道这种事你根本不放在心上吗？还是说，你……你是故意这么做的？"

问出这句话的时候，林星遥仍然无法掩饰自己的内心，流露出直白的恼火和伤心。许濯站在他的面前，沉默仿佛拉长了影子，在路灯下映出一片漆黑。

"都有。"许濯回答。

"我很抱歉。"

林星遥苍白着脸。

他目不转睛地盯着许濯，腹部偏上的位置，肋骨的疼痛前所未有地清晰起来，那痛扩散至全身，仿佛在狠狠敲击他的大脑，要他从混沌中清醒。

"所以那天晚上，如果不是夏若美来找我，"林星遥的喉咙干得发痛，他直视许濯，眼中仿佛有火焰在燃烧，"我可能就真的一个人迷失在山里了，是吗？"

许濯没有说话。

林星遥喘息得愈加重了，他狠狠强压着怒火和腹腔的疼痛，质问许濯："你的目的达到了，所以你就随便把我扔在那个地方，是吗？！"

路边，许濯叫来的车正缓缓开来。

"夏若美去找你了？"许濯答非所问，"看来她很喜欢你。"

"许濯！"

安静的路灯下，车来车往的马路上。

人烟总是喧嚣热闹，此刻却离他们无比遥远。林星遥被强烈的心悸摄住，只叹噩梦为何如此漫长，虚妄的一切降临在真实之上，透过许濯的皮囊，他仿佛看到巨大黑影的幻象。

"我问你……"林星遥的手指微微地发抖，他勉强开口，"辛立的死，和你有没有关系？"

此时林星遥感到不可置信。

肋骨的痛感拉扯着他的神经，令他的头都痛了起来。

可他仍执着地存有一丝幻想，希望许濯即使毫不留情地将他的真心踩在脚底，也不要把人的性命当作草芥。

许濯漫不经心地看着车抵达两人身边，他抬手按住车门，仿佛才想起要回答林星遥的问题，又漫不经心地回过神来。

"辛立？夏若美告诉你的吧。"许濯笑笑，"就是她告诉你辛立的死和我有关？"

许濯的半张脸被阴影掩去，光影交织，更显五官英挺俊美。他拉开车门，抬手按上林星遥的背，那姿势就像是在扶一个亲密的朋友上车。许濯弯腰垂眸，在林星遥耳边低声开口。

"你为什么不仔细想想，夏若美为什么会知道这件事？"许濯说，"夏

文是夏若美的爸爸，他的女儿被伤害，他不可能毫不知情，那么夏文在你面前是完全装傻，还是有所隐瞒？"

许濯直起身，把手从林星遥的背上收回，松开车门后退，站在孤零零的路灯下，与僵硬在车边的林星遥对视。

"林星遥，好好想想。"

早晨的阳光照进房间，落在林星遥的脸上。

林星遥已经和学校请过假，照从前来说，他一定会好好睡个懒觉。

但他昨晚没睡好。夜里林星遥难以入眠，肋骨的疼痛令他都没法躺着睡觉，他不耐痛，吃了片止痛药后侧蜷着身子侧着窝在床上，很久后才勉强睡着。早上他天一亮就醒来，很是疲惫烦躁。

他睁眼坐起身，房间内干净温馨，细细的尘埃漂浮在光里，春日的光温暖，照亮这个小小的空间。

林星遥有些恍惚，光亮令他生出昨晚的一切都是一场梦的错觉。但很快，腹部的不适就将他拉回现实。

昨晚回到家后，他接到夏文的电话，说那辆坏了的自行车还在车后备厢里，夏文就干脆先把车拿去送修，修好后再送过来，或者林星遥去拿。

林星遥答应下来，和夏文道谢后挂掉电话。

许濯的话如一片阴影笼罩了他，令他无法控制地对夏文和夏若美这对父女生出不安的感觉。

他不断告诉自己不该这样猜测把自己拽下山的夏若美和帮了自己很多忙的夏叔叔，可当他的想法开始如此犹疑不决，最初的信任就已不复存在。

无论是许濯还是夏若美的话，他都无法从中判断出真相。

不过，在外婆面前，林星遥不敢表现出不对劲的样子。外婆最近精神不大好，做一会儿事就要歇一下，有时她坐着会出神很久，然后才慢慢扶着腰起身继续做事。

　　林星遥告诉外婆自己骑自行车摔了一跤，脚摔扭了，所以请假在家休息几天。好在他打架的事情学校没有和外婆打电话，所以老人相信了他的说法。

　　午饭是林星遥做的，他做了些简单清淡的菜肴，和外婆一起坐在餐桌前吃饭。正吃着的时候，林星遥听到自己放在卧室里的手机响了一声。

　　他顿了一下。

　　自己的手机平时是很少会响的，一方面班级的群消息提示全都被设置成了静音模式，至于私下的联系——他没有什么朋友，也不与班上的同学聊天，而平时联系他最多的外婆现在正和他一起吃饭。

　　当然，之前有一段时间他的手机也是时而会振动的，但自从白兰湖山庄回来以后，他以为自己再也不会与对方联系，再也不会聊一些如今看来幼稚可笑的内容了。

　　林星遥吃饭变得有些心不在焉。他等外婆吃完饭后起身收拾碗筷，洗完碗后回到自己房间，拿起手机。

　　他点亮手机屏幕，看到夏若美发来的一条消息。他再进入聊天界面，夏若美发来的是一段视频，没有备注任何信息。

　　视频开头显示一片黑，林星遥迟疑片刻，没有立刻点开。他找来耳机插上，坐在床边，这才点开视频。

　　很长一段时间，画面都是一片漆黑，随着警笛声响起，有一抹隐隐约约的光亮出现。那光芒越来越亮，紧接着林星遥看见那光芒中出现一道黑影。

　　林星遥的手微微地发着抖。他把手机屏幕亮度调到最高，看清了那道熟悉的身影——

　　许濯。

　　眩晕感重重打击着大脑，林星遥把手机扔到一边，捂住自己的脸，将双手插进头发，闭上眼深呼吸。

　　林星遥给自己倒了一杯冷水一口喝下。他重新拿起手机，给夏若美

发消息：这是什么？

夏若美：这是辛立出事那晚，我在附中附近拍到的视频。

林星遥：这能证明什么？！

夏若美反讽：林星遥，我虽然没有直接证据证明许濯参与了什么，但你想想许濯为什么深夜出现在那儿？

林星遥怔怔看着夏若美发来的消息，焦虑地在房间里来回转，听到外婆在隔壁房间咳嗽起来，他忙去外婆的房间。

老人有些不舒服，不大喘得上气，林星遥马上换衣服换鞋，扶着外婆下楼坐车去医院。

折腾了一番进医院，林星遥在走廊上坐着等外婆做检查。他心慌意乱的，坐下来后肋骨又开始隐隐作痛，他不得不调整姿势，让自己坐得稍微舒服一些。

检查的结果是外婆出现过度劳累和低血糖的症状，需要住院观察和休养。

林星遥紧张地询问医生外婆的病情，医生说还要等住院后再做另外的检查。

林星遥很不安，又不敢在外婆面前表现得沮丧，只得借口出去倒水，到外面走廊的窗边透气。

他刚走到窗边，就接到夏若美打来的电话。林星遥看到手机屏幕上的来电显示，脑海中下意识想起了那个视频里的画面。

他甩甩脑袋，接起夏若美的电话。

"林星遥。"夏若美在电话那头开口，她的声音听起来疲惫而冷淡，"你在哪儿？"

林星遥故作镇静地回答："我在……家，怎么了？"

"我来找你。"

林星遥一时又紧张起来："找我做什么？"

电话却被挂了。

林星遥心不在焉地回到病房。

夏若美找他做什么？她要和他解释视频，还是又要和他讲关于许濯的事情？

但林星遥又想起许濯昨晚和他说的那番话——许濯说夏文也不是毫不知情……

不对。林星遥头痛地扶住额头：时至今日，难道他还要傻到相信许濯的说辞？

"遥遥。"

李茹仙摸摸林星遥的脑袋："想什么呢？"

林星遥忙作镇定："没想什么，我回去给你拿换洗衣服。"

老人坐起来："一起回去拿吧，我现在舒服多了。你脚还疼，回去后就别出门乱跑了。"

林星遥把老人按住："别闹了，医生让你住院休息。我坐的士回去，很快的。"

他不等外婆答应就赶紧转身走了，他走得急，肋骨又开始疼，没完没了的。林星遥忍着疼走到公交车站，坐公交汽车回家。公交车不比出租车舒服，一路颠颠簸簸，等他到站下车的时候，难受得几乎快吐出来。

林星遥勉强打起精神，慢慢走进小区，刚挪到自家楼下，就看到夏若美站在他家楼下门口，靠坐在身后一辆自行车上。

夏若美看到他，直起身。

林星遥走过去，夏若美让开给他看自行车："车给你修好了。"

林星遥心情复杂："……谢谢。"

两人面对面站着，一时沉默。还是夏若美先开口："视频你看完了？"

林星遥不吭声地点头，问："那是你拍的？"

夏若美答："是。"

"你为什么会出现在那里？"

夏若美歪头笑笑："我要记录下有些人犯下的罪。"

林星遥愣愣地看着夏若美，皱眉道："有人威胁你吗？"

夏若美又笑起来，她似乎觉得林星遥很可爱："怎么？如果有人威胁我，你会保护我吗？"

"我会想办法的。"

夏若美一愣，只见林星遥认真地看着她，他看起来有些不安，却说："不管是找警察，还是……还是陪你上下学，我可以每天送你回家。夏文叔叔也会保护你，他是你爸爸。"

夏若美注视着林星遥的眼睛。她脸上惯有的冷漠表情淡了，取而代之的是一种林星遥看不懂的神情。

她轻声说："很可惜，我爸不爱我。"

"夏叔叔说过，他以前的确不顾家，忽视了你，但是现在……"

"林星遥。"

夏若美叫住林星遥，打断了他的话。

"不要别人给你一点儿甜头，你就全盘托出。"夏若美冷冷道，"在许濯身上你还没有得到教训吗？"

林星遥闭上嘴，白着脸握紧了手指。夏若美冷淡地瞥他一眼，转身离开。

林星遥叫住她："等等！我想再问你最后一个问题。"

夏若美停下来转过身。林星遥紧盯着她的眼睛："有一天早上我看见你和许濯站在小区门口，你拉着许濯不放，然后你们进了小区。那天你找许濯做什么？"

"哦。"夏若美无所谓地道，"我的猫去世了，我不敢碰猫的尸体，求许濯帮我把猫装在箱子里埋掉。"

"但是他没有。"夏若美说，"他不在乎猫。"

"他什么都不在乎。他就是这样一个人，我早就看清了。"

夏若美走后，林星遥把自行车推回车棚。车棚里没人，林星遥扶着自行车，良久站着没动。

他的手机忽然响起。

林星遥如梦初醒，接起电话。他有一个同城快递，是一个挺大的盒子，快递小哥问他现在在不在家。

林星遥没有在网上买东西，让小哥直接把快递送进小区，说他就在楼下等。

快递小哥骑着三轮摩托进小区来找到林星遥，递给他一个纸盒，确实挺大，还有点儿沉。小哥看他有些不大舒服的样子，还帮他把盒子搬上了楼。

林星遥和人道过谢，进屋后把盒子放在客厅餐桌上。他完全想不起自己和外婆买过什么东西，找来剪刀裁开纸盒，里面塞满了泡沫。林星遥又捞出泡沫，把纸盒拆开。

盒子里装着的是"林中花园"的黏土手办。

林星遥望着玻璃罩发呆。

罩子里的小树林、草地、书柜和餐桌等丝毫未动，兔子和小狗倒是从椅子上摔下来了，想来是搬运的时候晃动所致，两个手办东倒西歪地落在草地上。

兔子怀里还抱着书，而小狗拿着刀叉，兴冲冲等饭的样子。

许濯把他送的礼物原封不动地还给了他。

为防止损坏，许濯还贴心地在纸盒里塞了泡沫和纸垫。玻璃罩里的零件也一个都未缺损。

那天晚上，他们坐在桌前一起吃了黑巧克力蛋糕，许了愿，一起拼好了这个林中花园的手办。

林星遥还清楚地记得许濯从盒子里抽出隐藏款兔子的时候，自己有多激动，多开心。

自己也还记得蜡烛的微弱光芒里，许濯温柔低垂的眼眸。

原来那样真实的温柔对待的样子，也是可以伪装出来的吗？

还是说只因自己见过太少人，所以能如此轻易地被欺骗？

林星遥在心里想这些事情并不久远，仿佛就在昨日，记忆都还鲜活。但他终于意识到一切都不一样了。

平静的海面下早已掀起狂涌的旋涡，旋涡会无情地卷碎一切，无论是他投入的真心和期盼，还是他自己。

从在医院第一次遇到许濯起至今，于林星遥而言是人生中最重要的时刻，虽然不满一个四季，却是照亮了他黑暗阴霾生活的时光。

如今他才知道，重不重要由不得他说了算。

只要许濯不要，就全都白费。

一个星期后，林星遥的身体恢复，返校上学。

他又瘦了些，校服松松地挂在身上，一个人走进教室在座位上前坐下。

或许是因为他那次发了火，这回没人往他的桌上堆书，就是桌面上有层灰，挺脏的。林星遥随手拿校服袖子擦了擦，把书包放在上面，趴下来睡觉。

他又恢复了从前那种生人勿近的冷漠状态。虽然林星遥从来都没什么朋友，但之前有一段时间里，他还是很有活力的，那种刺猬一般警觉的生硬感淡化许多，甚至偶尔还能从他的脸上看到笑意。

但现在，他又把自己裹起来了。

年级发了新的教材辅导书，厚厚的一摞，学习委员通知各班同学去图书馆一楼拿书，林星遥困倦倦地从书包上抬起头来，有些烦躁地起身。

昨晚外婆身体不舒服，翻来覆去睡不着，他也跟着没法好好睡觉，陪了大半夜。

后来他勉强睡了一两个小时，早晨醒来时头都是疼的。

班上的人收到通知都下楼了，他一个人落在后面，打着哈欠下楼。

他走得慢，进图书馆后排在队伍的最末尾，手揣在校服口袋里，脑袋困得发晕，他慢半拍地想起自己早上起晚了匆忙出门，好像忘记吃早饭了。

过了一会儿，过会儿又陆陆续续有人过来排队，排在了林星遥身后。

林星遥站着犯迷糊，前面的人走一步，他就慢吞吞跟着走一步。

"许濯，怎么这么晚才来？"

林星遥睁开眼，大脑一瞬间清明。

隔着身后两三个人的距离，他听到熟悉的声音响起："送作业去了。"

"喊我帮你拿呗。"

"谢谢，这些书不轻，还是不麻烦你了。"

许濯的声音依旧温和好听，只听声音就能让人感觉到本人的温文尔雅。

但此时此刻林星遥只想什么都听不见。他站着一动不动，没有回头的意思，直视前方盯着队伍前登记发书的人，烦躁地等待。

"我昨晚追一个悬疑日剧，追到两点才睡，今天早上差点儿起不来。"

"我最近也看了一部特别好看的电影……"

"今天老吕简直发疯了，一口气讲了四节课的考卷……"

"我一上午灌了四杯咖啡……"

"许濯，你在看什么呢？"

"……抱歉，走神儿了。"

"你昨晚也睡晚了？以后还是早点儿休息吧。"

……

林星遥终于排队拿到书，他将厚厚的一摞书抱进怀里，转身就走。

下午放学后，林星遥背起书包离开教室。他依旧不上晚自习，从车棚取来自行车，骑上离开学校。

但他没有直接回医院找外婆。林星遥骑着自行车绕上另一条路，多花了十多分钟的时间，直到连绵的绿树浓荫后出现警察局局的建筑。

他没往大门走，只迟疑地停在侧边小路旁，犹豫着望着墙后的建筑。

林星遥不知道自己究竟该如何选择，他的手里只有那个画质不甚清晰的视频，证据实在少得可怜。而且如果这样做真的有用的话，在辛立死在学校里的那个时候，许濯就应该出现在被通缉的嫌疑人名单里，但他没有。

林星遥攥着自行车把手，脑子一团乱麻。

就在这时，他的手机响了。

铃声急促，林星遥拿出手机，看到"夏叔叔"三个字出现在手机屏幕上。他深呼吸抓了把头发，接起电话。

电话那头响起夏文焦急的声音："星遥？"

"是我。"

"你有没有见到若美？她的老师给我打电话，说她今天一天没来上课，也没有请假。"

林星遥顿时跟着紧张起来："她可能去的地方你都找了吗？"

"除了学校、画室和家附近，我不知道她还会去哪儿。"夏文无可奈何，"我也问了若美班上的同学，可她们和若美都不熟……我实在不知道该问谁，只好来找你。"

这一刻林星遥的心中闪过一个名字，他忽然感到了巨大的不安。

"夏叔叔……你有问过许濯吗？"

"当然，但是许濯今天一整天都在学校上课，他说他也不知道。"

林星遥压下纷乱的思绪。

或许夏若美只是一个人跑出去玩了？毕竟她的性格叛逆，就算她一声不吭地离家出走似乎也像是她会做出来的事。

"报警了吗？"

"报过了，警察也在帮忙找。"夏文说，"老师中午才给我打电话，我找了一下午……这孩子到底去哪儿了……"

林星遥听出夏文的焦虑，一时也顾不得想别的。

他努力在脑海里搜寻夏若美可能去的地方，脑子里第一个冒出来的地点，竟然是那个酒吧。

那次夏若美把自己带去的那个酒吧，林星遥印象深刻。

他还记得酒吧里晃动的人群，令人眩晕的光线，以及夏若美在舞池里跳舞的样子，以及——突然出现的许濯。

林星遥感到不寒而栗。夏若美会在那个酒吧吗？如果她真的只是自己偷偷跑去玩倒还好，如果……

林星遥喉咙干涩，开口："我也去找一下。"

夏文忙问他："你知道若美在哪里吗？"

林星遥硬着头皮："可能……我不确定。"

夏文在电话那头道："我和你一起去，可以吗？我已经找遍了所有我能想到的地方，我实在没有办法了，星遥。"

林星遥从夏文的声音听出了一丝无助，一时心软，还是答应下来。

"好。"

林星遥给了夏文地址，两人约在酒吧附近见面。

眼见天都快黑了，林星遥蹬着自行车赶到约定地点，夏文也正好开车抵达。

夏文从车上下来："星遥！"

林星遥把自行车停到路边，两人朝酒吧快步走去。

夏文显然一整天都在东奔西跑，衬衫领子翻起来了都没察觉，头发也是一团乱："若美经常来这家酒吧吗？"

林星遥硬着头皮撒谎："她没有经常来，只……只来过一次，我们俩一起。"

他莫名有种出卖了夏若美的感觉。可情况紧急，如果有夏文陪他一起进酒吧找，会比他一个人瞎摸乱撞要快很多。算了，如果之后夏若美要对他生气，就生气好了。

两人进了酒吧。里头依旧音响声震天响，夏文直奔酒吧柜台，询问一番后无果，又在酒吧里找了一圈，甚至还把厕所都找了一遍。

夏若美不在这里。

两人离开酒吧，夏文疲惫地站在路边，用力抹一把脸。

"抱歉星遥，害你白跑一趟。"夏文头疼揉按眉心，"你是不是还要回去上晚自习？我先送你回学校吧。"

林星遥尴尬地说："不……今晚不用，我请了假。"

夏文也没心思细问，点头说好。

两人安静地站了一会儿，夏文忽然说："或许她原本就一直不愿意待在家里吧。自从我和她妈妈离婚以后，她就再也没在我的面前笑过。"

林星遥低着头看路边，没说话。

他忽然又想起了一个地方。

他骑上自行车，对夏文说："我再去一个地方找找。"

夏文连忙跟上来："去哪里？我开车吧，这样更快。"

"不……不，我就去看一眼，我也不确定她会不会在那里。"林星遥支吾道，"夏叔叔，你再去别的地方找吧。"

夏文很敏锐，他看出来这回林星遥不愿意带他一起了，或许那是一个孩子的秘密基地，一个不允许糟糕的大人踏足的地方。

"好的。"夏文后退一步说，"如果有任何若美的消息，请你务必第一时间告诉我，可以吗？"

林星遥点点头，骑着自行车离开了。

天黑了，晚风呼呼地吹过林星遥的脸。

他的脑海里浮现出离开时看到的夏文失魂落魄地站在街上的身影。

成年人的生活里总是疲惫多于快乐，充满了不得已的虚伪和身不由己的无奈。

相比之下，为了弥补过错而窘态百出的夏文，竟比夏若美和许濯更让林星遥感到真实。

有谁来告诉自己，真相究竟是什么？

　　林星遥拐进小巷，把自行车停靠在围墙边，下车摸黑往前走。

　　老城区里无名的小巷，天一黑就只剩零星的路灯亮起，附近的居民矮楼仿佛已无人居住，没有一户亮着灯。

　　小巷在老商场的背后，隔绝了外面的车流与人群的喧嚣，静得像一片荒郊。

　　林星遥踩上一片杂草，这里实在太暗，他拿出手机打开照明功能，左右晃了晃，试探着叫了一声："夏若美？"

　　他举着手机往里走，心里嘀咕怎么猫也不在。四周黑黢黢的，林星遥甚至去猫常睡的一个废弃小车棚里晃了一圈，既没看见人也没看见猫。

　　大晚上的，夏若美一个女孩子应该也不会跑到这种地方，但夏若美到底会去哪里？说到底两人也算不上所谓的朋友，他实在再想不到其他地方。

　　这时林星遥听到猫叫。他顺着声音望过去，就见不远处的一栋居民小院的门前，野猫们正无声徘徊。

　　林星遥走过去，猫听见动静，驻足停在原地远远地望着他，猫眼在夜色中反射出诡异的光。

　　林星遥走近小院，拿手机的光照着，一只一只地认猫，这些都是他平时喂的那几只。

　　"你们跑这里来做什么？"林星遥不解，见几只猫凑在地上闻什么东西，他靠近仔细看，愣住。

　　地上是一个女孩子扎头发用的皮筋，上面有两串小樱桃的装饰，是挺常见的皮筋款式。

　　但林星遥记得夏若美也是用这样的皮筋扎头发。他之所以能记住这样的细节，是因为夏若美只用这一种皮筋扎头发，有两串红色的樱桃装饰，从来没有换过。

　　林星遥弯腰捡起皮筋，站起身，目光转向面前漆黑静谧的小院。

　　他的手心不知何时出了汗。猫认识他，蹭他的裤脚，动物的体温和

毛的触感带给林星遥唯——点儿温暖。

他咽下口水，壮起胆子拿手机照明往院子里晃了晃："有人吗？"

下一刻，他听见院子里传来极为微弱的声音，听起来似乎是人的呜咽声。林星遥起了一背白毛汗，夜风吹过他冰凉的脖子，他听到自己的心脏在咚咚地撞击胸口。

"谁在里面？"林星遥摸到小院门口，小心翼翼地扫视一圈，只见这院里一片荒废的景象，是长久无人居住的样子。

"夏若美，是你吗？"林星遥提高了嗓门，"你可别和我装神弄鬼，我不喜欢这种恶作剧。"

无人应答。

猫飞快地从他的脚边跑进去，跳进了小屋中间那扇漆黑的门里。林星遥这才迈开腿，走近那间小屋。

光从门前一晃而过，屋里满是灰尘，木门大敞。视线往上，林星遥看到一双蜷缩的腿。

他呼吸一窒，光已照亮眼前的景象。

夏若美衣服穿的很单薄，晕倒在小屋内，她浑身简直像是湿透了，额上满是汗珠，神情恍惚。

林星遥吓得手机摔到地上，猫受惊吓地跳开。

他慌忙捡起手机，快步到夏若美的面前半跪下来。

他第一反应是想把夏若美叫醒，他感到夏若美在阵阵地发抖，呼吸非常沉重。

"夏若美？"林星遥顾不得其他，捧起夏若美的脸焦急道，"你怎么了？哪里不舒服？"

夏若美眼神空洞地望着他，林星遥这才发觉女孩面颊绯红，体温非常高。

林星遥的第一反应是带她去医院。

他拿起手机点开通话记录，正要拨打夏文的电话，忽然夏若美开始闷哼，腿拼命在地上蹬，林星遥忙抬头扶好她，却见她惊恐地睁大眼睛，看向他的身后。

一道阴影不知何时笼罩了他们。

林星遥僵硬地回过头，发现原来是许濯站在他们的身后。

夜色深黑，许濯的身影几乎全数隐没在黑暗之中。

林星遥看到许濯，一时十分恼火。之前许濯戏耍他的一切还历历在目，但下一刻他又感到疑惑，不明白许濯为什么会在此时此刻出现在这里，他质问道："你来这里做什么？"

忽然，一个熟悉的声音远远地从院外传来："是这里吗？可是这里什么都没有……"

夏文的声音在手机照明的光晃到小院里时戛然而止。林星遥艰难地咽下唾沫，看到门外的照明灯光靠近，然后停下。

他听到夏文谨慎的声音在门外响起："许濯……你在这里做什么？"

黑暗中，林星遥竟然看到许濯笑了一下。

许濯转过身，靠在门框上："随便逛逛。"

夏文显然也看到了林星遥和夏若美。他深吸一口气，举起双手："我来找他们两个，可以麻烦你让开吗？"

许濯摊开手，礼貌地从门边退开。

夏文警惕地观察着他的动作，一步一步走到门边，然后大步走进去。

夏文飞快走到夏若美身边单膝跪下，把人抱进怀里。

林星遥终于能缓过一口气，紧张道："她发烧了，一直没法清醒。"

夏文试夏若美的额头，查看她的眼睛和口舌，随后二话不说把人抱起来。

夏文抱起夏若美后，低声对林星遥说："我送若美去医院，你也和我一起。"

林星遥点点头。

夏文抱着夏若美快步离开院子。林星遥跟在他旁边离开，走出院子前，

林星遥忍不住回头看了一眼。

他看见许濯还一动不动地站在院子里，身影没入黑暗。

他渐渐看不清许濯的脸。

夏文开着车过来，很快带着他们抵达医院，抱着夏若美匆匆赶进医院大门。

林星遥心事重重地跟在后面，看着夏若美被送进急诊室后夏文也跟着一起进去。

林星遥这才感到疲惫至极，疲倦地坐在长椅上，用力抹一把脸。

许濯出现在身后的画面再一次出现在脑海里，令林星遥不寒而栗。他混乱地心想这一切真的是许濯做的吗？

许濯为什么会找到他们？

林星遥猛地站起来，深呼吸数次，他去卫生间用冷水洗了把脸，让自己清醒过来。

他不应该对许濯抱有幻想，他不应该同情存在危险因素的一切。

这时急诊室的门打开。

夏文从里面匆匆走出来，看见林星遥坐在长椅上，走到林星遥身边，松了口气："医生说若美只是受凉加低血糖晕倒，休息几天就没事了。"

林星遥："哦……"

原来这件事和许濯无关吗？

是他先入为主，误会了许濯？

"星遥，你要回去吗？"夏文也十分疲惫，眼中尽是血丝，"我建议你今晚最好不要一个人独处。"

林星遥站起来："没事，我晚上去住院楼那边陪我外婆。"

夏文点点头，拍了拍林星遥的肩，一副想说什么却不知从何说起的样子，最后只是长呼一口气："我先送你去住院楼。"

"不用了夏叔叔，你回去陪若美。"林星遥认真地对夏文说，"她现在一定很害怕，而且她生病了，你陪在她身边是最好的。住院楼就在旁边，我走几步就过去了。"

"好，好。"夏文点头，"你要注意安全，晚上休息前还是给我发个消息。"

林星遥点头，夏文便转过身要回急诊室。林星遥看着他的背影，忽然又开口叫住他："夏叔叔。"

夏文回过头："怎么了？"

林星遥握紧手指，鼓起勇气道："我想说……夏若美曾经告诉我，她觉得你……你不爱她。"

夏文怔了怔，一时有些失神："啊……"

"可我觉得，你们之间或许有些误会。"林星遥说，"我觉得若美很在乎你，她才会说这种话。她……她很没有安全感，也没什么朋友，所以她可能比普通人更加需要关心和体贴。"

夏文看着他，目光平静，温和地笑了笑："嗯，我明白了。谢谢你，星遥。"

林星遥说完这些话感觉些羞耻，"嗯"一声点头，转身跑了。

夜里林星遥没有回家，他就在外婆床边拉了张折叠床睡下。外婆这些天都没什么精神，觉多，总躺在床上睡觉，有时到了饭点林星遥叫她，都要叫半天才能把人叫醒。

林星遥很害怕，课也不想去上，只想守着外婆。

可外婆睡醒看到他在身边就要问他怎么没去上课，要是知道他逃了课，还要提起劲儿骂他，林星遥没办法，只能乖乖去学校上课。

深夜的医院静谧。

住院部走廊深深，昏暗无人。

突然的振动吵醒了浅眠的林星遥。

林星遥一动，迷糊地起来，从卷起的被子底下捞出被压住的手机，打开看。

157

许濯：下楼。

林星遥瞬间清醒。他坐起来，看了眼病床上睡着的外婆，低头捏住手机。

林星遥：做什么？

许濯：我有话和你说。

林星遥：就在手机里说。

许濯的消息跳出来：那我现在上来，我们当着你外婆的面好好聊聊怎么样？

林星遥恼怒起身，折叠床压出"嘎吱"的声响，床上的老人醒来。

李茹仙声音沙哑地问："遥遥？怎么还没睡？"

林星遥忙收起手机："我去卫生间。"

老人"哦"了一声，拍拍自己身边的位置："你回来就到床上睡，不要睡折叠床。"

林星遥应一声，匆匆离开病房。他怕许濯真的会上来找他，心急之下没有想太多，坐电梯下了楼。

此时已是半夜，林星遥睡眠不足，感觉头重脚轻，他来到楼下见正门没人，疑惑走下楼梯，左右看看，就见许濯一个人站在楼侧边的阴影里，四周寂静无人。

许濯也看到了他，直起身。

林星遥紧张地观察许濯，见他两只手揣在口袋里，身上似乎没有利器。

林星遥慢慢地走过去，在离他三四步远的位置停下，看着他："你要和我说什么？"

许濯若有所思地看着林星遥与自己保持的距离，问："你离我这么远做什么？"

林星遥不想与他闲聊，偏过头不说话。

许濯说："你以为夏若美的失踪和我有关，是吗？"

林星遥握紧手指，硬着头皮不去看他："……我是怎么想的不重要。"

许濯突然笑了起来。

林星遥狐疑地看向他，许濯很耐心地说："林星遥，你今天看见警察的影子了吗？"

林星遥一怔，许濯对他说："到我面前来。"

林星遥犟着不动，许濯平静道："别让我发火。"

林星遥浑身一僵，怒视许濯。

两人僵持片刻，最后还是许濯先迈出那一步，来到林星遥面前。

林星遥忍了又忍，才没后退。

两人站在大楼的阴影里，路灯投射的灼眼白光被楼角切割，医院大楼屏幕上滚动的红字也落下红光，与地面的树影混合。

许濯站在林星遥的面前，低头开口："我之前和你说过的话，你都忘了吗？"

林星遥不客气道："我为什么要相信你说的话？"

许濯笑了笑："我不值得信任，所以你就选择相信夏文和夏若美？"

"我相信谁关你什么事？"积郁的愤怒和委屈爆发，林星遥发火，"是你把我扔在白兰湖的山上，如果不是夏若美把我拉下山，我现在——"

林星遥没有再继续说下去，他强迫自己收住怒火，不愿再将任何感情浪费在许濯身上。

他是很笨，但他也知道不能糟蹋自己。

"我怎么样都与你无关。"

林星遥强作平静道："我现在只希望你能放过我。我不知道我曾经做了什么让你盯上我，当然，如果你实在要报复我也没关系，我的外婆是无辜的，我请你……我求你，不要伤害她。"

林星遥的声音有一丝不易察觉的颤抖。

许濯垂眸看着他，声音很轻地说："原来我这么坏吗？"

林星遥不再去看许濯的脸，他心中混乱，一时间无法理清这错综复杂的一切。他不愿再面对如今看来于他而言分外陌生的许濯，一言不发地转身离开。

　　林星遥离开了医院。他不想吵醒难得安睡的外婆，更不愿意自己这副心神不宁的样子被外婆发现，让外婆担心。

　　他回到家里，躺上床的那一刻，自许濯第一次出现在他的面前后，所发生的一幕幕都在他的脑海里浮现。

　　许濯、夏文和夏若美的身上都有秘密，这令事实蒙上一层迷雾，他走在雾中，看不清路的方向。

　　那秘密到底什么呢？

chapter 6

蚕食边缘的
碎屑

深夜，林星遥被水滴声吵醒。

他出现神经衰弱的症状，难以入眠，极易被轻微的声音惊动。房间里没开灯，他疲惫地睁开眼睛，看到手机屏幕亮起，是夏文打来的电话。

他皱眉思考片刻，接起电话。

手机那头响起夏文焦急的声音："星遥，若美有联系你吗？"

林星遥谨慎答："她怎么了？"

"我把她从医院接回来后，让她安心在家里休息，可我刚才睡醒，发现她不在房里，只有一张字条……"

林星遥心里涌起不安的感觉："什么字条？"

夏文的声音充满了无奈和担忧："她说，她要去找许濯，把一切公之于众……我不明白她到底是什么意思，我打不通许濯的电话，现在正在往他家里赶。但是我不确定他们到底在哪里……星遥，我真的找不到其他人帮忙了，若美最信任的朋友就是你……"

林星遥从床上站起身。

把一切公之于众？

那些事情都是许濯做的吗？

不，不对，夏文也可能在说谎。

但是夏若美……如果夏若美真的做了危险的事情呢？

"夏叔叔，你报警了吗？"

"还没有，我现在在开车，马上就到许濯家了。"

"我先去警局。"林星遥匆匆换上衣服，在玄关穿好鞋，抬手打开大门，"我去报案，请警察和我们一起——"

林星遥看到夏文从昏暗的楼梯走上来，来到他的面前。

手机啪地掉在地上。

林星遥如受惊的猫一个激灵往后退，惊惧地看着出现在自己眼前的夏文。

林星遥难以置信："你！你不是说你去了许濯家里——"

医院内，病房安静，心电监护仪上的数字无声地跳动。

一个女人悄无声息地走进林星遥外婆的病房。

深夜两点。

卧室门被推开，许濯走出房间，下楼。

他正要出门去警局，忽然楼上传来房门打开的声音。

他的母亲王婉青从书房出来，打开二楼走廊的灯，站在楼梯口皱眉看着他。

"你去哪儿？"王婉青问。

许濯说："论文卡壳了，想出门散散心，转换思路。"

王婉青："什么原因卡壳？正好我也在写论文，拿来我帮你看看。"

"不用了，您忙自己的事情就好。"

王婉青的语气变得温和了些："等白天再写也行。充足的睡眠有助于保持脑细胞活跃，现在已经半夜了。"

许濯思考片刻，慢慢转身往回走。

就在这时，他的手机响起。

王婉青不解地看着他，不明白这么晚还有谁给他的儿子打电话。

许濯拿出手机，屏幕上显示一串手机号码。

他沉默片刻，接起电话。

"晚上好，许濯。"

电话那头响起夏文温和的声音："猜猜我现在在谁家里？"

紧接着，电话那头响起林星遥又惊又怒的喝止："你别过来！"

电话挂断。

许濯在听到这句话后猛地转过身下楼。

王婉青从未见过许濯这副模样，一时惊疑不定抓住楼梯扶手："你做什么去？！"

夏文一步跨进门槛，反手关上门。

他朝前走一步，林星遥绷直身体，又后退一步："你在骗我……夏若美没有去找许濯，全都是你在骗我——你别过来！"

夏文笑起来，他随手挂断与许濯的通话："星遥，你是个好孩子，我替若美感谢你对她的关心。"

林星遥心中警铃大作，夏文一步步走近他，情急之下他想起家里卫生间的小窗没有安装防盗网，他使出全身力气撞开夏文，迅速跑进卫生间，却发现卫生间的地上全是水，水从浴缸里溢出。

浴缸上方的水龙头正在缓缓地漏水。

林星遥回家后心神不宁，忘了家里的水管老化，洗完澡没有拧紧水龙头，细细的水流漏了一晚。

他刚才模糊之间听到的水滴声，正是来自这里。

"如果不是担心许濯很快找过来，我也不想这样对待你。"夏文出现在林星遥身后，声音幽幽，"许濯是个聪明的孩子，他以为他可以保护你，可惜……"

"星遥，别怪我，我原本不想伤害你，也不想伤害你的外婆，但是因为你的好父亲，我没有办法。"

林星遥紧紧抓着窗台的边缘，身影一顿："你说……外婆……"

夏文低声说："其实我和若美的妈妈没有离婚。"

"我的妻子离开了我，而这一切都和你的父亲有关。"

他的妻子遭遇抢劫，在反抗中意外摔下山崖坠亡。

罪犯很快就被警察逮捕，死去的妻子也被安顿下葬，但夏文始终无法释怀，无法忘记妻子的死。

夏文找到了抢劫犯那家人，只有两个老人和一个小孩。

小孩叫林云星，和他的女儿一样大。

没有朋友，不爱念书，背着家人逃课。

不久后，林云星的外公因长期郁结和脑出血去世。

令夏文感到意外的是，葬礼匆匆举办后没几天，剩下的那一老一小就消失了。

原来，是那个叫李茹仙的老人注意到了夏文。

夏文开始专注地寻找他们，他从医院辞职，穿梭在城市巨大的人际联络网中，寻找那对祖孙的蛛丝马迹。

他没想到那看似瘦小普通的老人竟比他想象的还警觉。

搬家，改名，换工作和学校，那两人仿佛两滴水融进了江州市这座大海。

越是难找，夏文就越专注，他魔怔一般弃其他于不顾，沉浸在自己疯狂运转的无序世界里。

直到他发现有人欺负了他的女儿，他才短暂地从混沌中抽离。

后来，夏文找到了那对祖孙。

那老人相当厉害，不仅改了自己和小孩的名字，还抹去了曾经生活过的痕迹深居简出，在外人面前又以另一个姓氏自称。

她年纪大了，又做些零工，大家只称呼她为婆婆，没人在意她的真名。

夏文化名"水底沙"成为林星遥的一位网友，两人断断续续一起打了半年的游戏。

林星遥慢热，对外人疏远警惕，却又很天真，一旦信任某个人就不会再有怀疑。

相处到后来，他与夏文几乎无话不谈，他没有朋友，被人群排斥，倔强不肯低头，没人想听他的心里话。

就在夏文以为时机已到、可以下手时，许濯的干预却阻拦了他的计划。

说完这句话，夏文的表情忽然变得极为冷酷。

他猛然伸出手要把林星遥从窗边拖下来，慌乱挣扎中，林星遥摔进装满水的浴缸中。

他突然呛水，在浴缸中拼命挣扎。

夏文看着在水中挣扎的林星遥，他的余光从打开的窗户外瞥到隔壁邻居家的灯亮起，似乎是听到了他们这边的动静。

夏文迅速走出卫生间，离开了这间老旧的房子。

老旧的楼道忽地亮起灯。

门猛地撞在墙上，许濯冲进屋子。

卫生间的门虚掩，门缝底下溢出一摊水。

许濯推开卫生间的门，门撞在墙上。

地板上全是水，一只苍白的脚腕卡在浴缸和墙之间，滴滴答答地往下滴水。

许濯差点儿摔在浴缸面前。他从水里抱出林星遥放在地上，水哗啦作响。

王婉青一路匆匆跟在他的后面，她以为自己的儿子疯了："许濯！

大晚上的你到底想——"

她的话音在见到卫生间里的景象后戛然而止。许濯跪在地上捧着林星遥的脸叫他："林星遥！"

许濯的手在微微发抖，脸色比林星遥的还要苍白。

他转头对王婉青说："叫救护车。"

王婉青拿出手机拨打医院的电话，她怔怔地看着许濯跪在那个孩子面前。她好像见过那人——那天许濯去参加学校的小旅行，那孩子贸然找上门来，为此她还向许濯表达过不要把时间浪费在这种无意义活动上的不满。

那天这个叫林星遥的孩子站在他们家门口磕磕巴巴地自我介绍，说要找许濯，那孩子一脸紧张不安，拘束得不敢看人，还有些营养不良的样子。

她知道 10 班没几个成绩好的学生，与这个孩子短暂的初见里，她没有在他的身上看到任何闪光点。

那是一个她根本不会多看一眼的小孩。

许濯开始给林星遥做心肺复苏。

他双手扣紧用力按压林星遥的胸口，身上不知是汗还是水，冰冷地黏附在他的全身。林星遥胸腔的骨头瘦而硬，硌得他的手掌麻木发痛。

王婉青感到一切都是那么荒谬。

她意识到有什么东西开始失控了，她紧紧抓在手里的东西正在急速脱离她的手心。

许濯的模样吓坏了王婉青。

她下意识地上前想拦住许濯："行了！你歇会儿，我来——"

"别碰他。"

她的手被大力打开，她惊呆了。

许濯的目光冷得像把寒刀，那双漆黑的眼睛里仿佛烧着阴冷的火焰，让王婉青感到极度陌生。

许濯不断重复急救的步骤，他与林星遥两人浑身湿透，时间一分一秒过去，绝望的种子在许濯的心里疯狂生根发芽，他的大脑一片空白。

林星遥突然猛烈呛咳起来。

许濯猝不及防地被林星遥撞到额头，伸手把人扶起来："遥遥？"

林星遥猛然从无边黑暗中被强行拽出，强烈的耳鸣震得他感觉好像整个世界都在嗡嗡作响，他的胃痉挛起来，身体扭曲成一团，紧接着他呕出水，身体无法控制地摔在地上。

林星遥痛苦地大喊："痛！"

王婉青提高嗓门："他骨折了！"

许濯马上捧住林星遥湿透的脸："你别乱动！没事了……没事了。"

林星遥痛得眼前一阵黑一阵白，头疼欲裂几乎要晕过去，可许濯一直叫他的名字，按着他的脸不让他睡，他的骨头都被按痛了。他张口死咬着许濯的手指。

后来有一群人把他抬上了担架，林星遥都要疼哭了，可有一个人始终很近地在他身边，那熟悉的冷淡气息萦绕着他的知觉。他好像被一股力量攥住，像一个支点支住了他摇摇散散的精神。

他在意识海里沉浮起落，林星遥后脑被撞击，产生后遗症，头晕看不清东西，烦躁得想把面前的一群人推开，可他的手被攥得太紧，动弹不得。

"许濯……"

"许濯！"

王婉青脸色铁青，怒吼出声。

她从没这么失态过，好在许濯终于停在了救护车的面前。

王婉青强作冷静地走到救护车旁边，救护车上的人她认识，她挤出一个笑，拜托对方把小孩安全送去医院，说自己随后就来。

救护车很快开走了，母子俩站在黑黢黢的居民楼下。

王婉青盯着许濯，好像前几分钟的那个目光寒冷的男孩是她一个可笑的幻觉。

王婉青深呼吸让自己冷静下来，低声开口："那个孩子为什么会溺在浴缸里？"

许濯好像已经完全恢复如常。

他的目光穿过王婉青，注视着那个漆黑的楼道出口："我很抱歉吓到您。"

"回答我的问题！那孩子为什么会被溺在浴缸里？许濯，我真不敢相信今晚自己看到的……"

王婉青捉住许濯的手："不管怎么样，你先跟我回去，不准去医院，也不准再来这里！回去我们好好谈谈，你有什么话都可以和妈妈讲，但你要是再做出这么奇怪的事……"

许濯配合地随王婉青拖着自己往外走，他重归平静。

"云星……"

"小星……小星！"

谁还在叫他"云星"？连外婆都早就不这么叫他了。除了外婆，还有谁会知道自己曾经的名字……

林星遥从半昏半睡中醒来，看见母亲的脸出现在自己眼前。

女人忙唤他："小星？"

林星遥怔怔地看着那个人，好久才找到自己的声音："……妈。"

女人仍是他记忆里的那副模样，瘦弱苍白，眉间那畏缩、颓败的气质掩盖了五官的美丽。

林星遥一时忘了一切，急急捉住女人的手："你去哪儿了？为什么现在才回来！"

女人反而抱住了他，孱弱的手臂力道却极大，勒得林星遥发痛。

"小星，你太不会保护自己了。"母亲低声在他的耳边说，"这样教妈妈怎么放心？"

"妈，好疼——"

力道如被抽去一般消失，林星遥睁开了眼睛。

他的病床前有医生，护士以及民警，没有他的妈妈。

林星遥这才知道自己只是在做梦。

民警见他醒来，确认他的意识状态后问："林星遥，身体还好吗？"

骨骼被紧抱压迫的痛感真实鲜明，林星遥下意识地握住自己手臂，低头查看是否发红了。

民警喊他的名字，林星遥这才发觉自己有些魔怔了。他勉强冷静下来，对民警说："我还好。"

护士确认过林星遥的身体状况，为他骨折的肩膀用绷带做好固定。民警与医生沟通过后，拉过凳子坐在林星遥床边。

"星遥，很抱歉在你刚醒的时候来打扰你。你很幸运，目前只有轻微的脑震荡，医生说你很快就能痊愈。"

林星遥问："外婆呢？"

民警答："我们刚才去看过老人家，她正在吃饭。等谈话结束后你就可以去看你的外婆。"

林星遥点头。

"你被送到医院的时候因溺水窒息性休克，我们勘测了现场，有成年男人的脚印。"民警问，"林星遥，是你自己不小心摔倒还是被人袭击？"

"被人袭击。"

"你认识那个袭击你的人吗？"

"夏文。"

"夏文和你是什么关系？"

林星遥平静道："他妻子的死和我父亲有关。"

民警沉默片刻："冒昧问一句，你的父亲……"

"他犯罪后被逮捕，现在在监狱。"

民警点点头，问："夏文还有个女儿叫夏若美，你们认识吗？"

林星遥的头还有些晕，他按住额头："认识，但不熟。她……"

林星遥忽然想起那天自己从许濯家出来，夏若美主动叫住自己。

她知道自己是谁的儿子，所以她可以叫出自己曾经的名字。

林星遥感到荒谬和不可思议。

那么在白兰湖山庄的那天夜里，她为什么要深夜追来硬把自己拖下山？

如果许濯想害他，那夏若美就是想救他。

可夏若美有什么理由救他？

"你认识许濯吗？"

林星遥心脏猛地震跳，回过神儿来。

"……认识。"

"许濯救了你。"

民警的声音时大时小，飘进林星遥混沌的脑子里："他赶来得非常及时，急救措施也做得很好，但其中有一个疑点……"

"他来得太及时了。"

林星遥怔怔地听着。

民警说："据我们了解，许濯家与夏文家多年来是门对门的邻居，两家人的关系还不错。夏文曾在中心医院工作，与许濯的父母是前同事。星遥，你对许濯和夏文的关系是否有所了解？"

林星遥低声答："我不了解。"

林星遥接着问："夏文呢？"

"我们还在查找他的踪迹，在找到他之前，我们会全力保障你的安全。"

夏文跑了。

意识到这一点，林星遥忽然感到巨大的危机笼罩而来。他努力思考着一切蛛丝马迹："夏若美呢？"

"我们也在全力寻找……"

林星遥脸色苍白："许濯也不见了？"

"我们联系了许濯的父母，得知许濯从昨天起就一直没有与他们联系。"

民警观察着林星遥的表情，答："我们一定会找到他们的。在这之前，请你务必随时与我们保持联系，不要独自行动。"

林星遥不再说话，民警见他回避问题，察觉出不对劲，但为了稳住林星遥的情绪，民警没有再多问，而是离开病房前去部署工作，留下同事在这里陪林星遥。

林星遥静了一会儿，慢慢挪下床，上楼去看他的外婆。

他找到外婆的病房时，护工刚收拾好保温桶准备离开。

护工？林星遥疑惑。李茹仙醒着，她见到林星遥，怒道："遥遥！"

林星遥吓一跳，忙到病床前老实坐下："哪来的护工？"

"你姨妈请的。"老人瞪着他，气得精神都好了不少，"这几天你跑哪儿去了？学校不去，电话不接！手怎么回事？和人打架了？"

林星遥被骂得一声不敢吭，勉强扯谎："摔了一跤。"

"我问你跑哪儿去了？！"

"我不想上学。"林星遥低着头，"去网吧了。"

李茹仙那模样简直气得不行，林星遥偷偷看了一眼病房门，跟上来的民警没进来，就在外面等着。看来警察还没把事情告诉外婆，林星遥松了口气。

"我以后再也不这样了。"林星遥小心地道。

"都什么时候了，还不好好念书？"李茹仙多说几句话就累，这会儿半躺在病床上问林星遥，"怎么摔成这样了？在哪儿摔的？"

林星遥不说话，坐在床边，脑袋埋进老人手臂里。李茹仙无奈，枯瘦的手抬起，拢住小孩的脑袋。

熟悉的淡淡馨香让林星遥渐渐平静下来。他竭力掩去这几日的恐怖阴影，看到外婆暂时安好后，他下定决心，无论如何都不能让外婆有事。

夏文想报复他们全家。

警察已经锁定他为嫌疑人，林星遥不知道他会选择逃跑还是会采取更加疯狂的举动。

许濯和夏若美也不见了。

林星遥从口袋里摸出手机，解锁。除了外婆打过来的未接来电记录，没有任何新消息。

平静的表象下，林星遥惴惴不安，紧紧抓着老人瘦削的手。

他感到有什么事情很快就要发生了。

带我去
未来见你

风吹过淡青的麦田。

一辆车行驶在县道上。

透过紧闭的车窗,夏若美望着远去的麦田和房屋。车远离了城市,正前往一个她熟悉又陌生的地方——爷爷奶奶曾住过的乡下。

夏文在前面开车。

他已经两天没合眼,昨天凌晨他突然回到家,开车带夏若美离开,并没收了她的手机。

夏若美要被她爸搞疯了:"到底要去哪儿?!"

夏文没有回答。

她忽然想起件恐怖的事,脸色唰地变得惨白:"你把林星遥怎么样了……"

夏文终于有了反应。

他笑了笑:"你和许濯的反应让我真的很好奇,难道是我眼力太浅,看不透林星遥的手段吗?"

"林星遥是林涛的儿子。"夏文善意地提醒他的女儿,"你不会已经忘记了吧?"

夏若美白着脸，坐在车里不说话。她盯着夏文的侧脸，好像看着一个面容陌生可怖的魔鬼。

夏文的车换了个车牌，在城市里绕了一圈，最终出城驶上小路。

那之后父女俩再无一句话。夏若美呆呆地坐着，一只手始终攥着自己的衣角口袋。

夏文准备把夏若美送回乡下老家。现在警察已经在追查他的下落，他的女儿只会成为累赘。

他整夜未眠，开了一天的车，绕了很远的国道和县道，此时已有些疲惫。他没有开车窗，就在车里抽烟，夏若美在后座呛咳，他恍若未闻。

"爸爸。"夏若美在后面开口，"你对林星遥做了什么？"

夏文温和地回答："你喜欢他什么？"

夏若美咽下唾沫："我不喜欢他。"

"白兰湖山庄的那天晚上，你为什么上山去找林星遥？"

夏若美脸色煞白地喘息，蓦然失控大喊："你果然在……那天晚上你果然在！"

夏文侧过头看夏若美一眼，笑了一下："若美，你应该知道爸爸很爱你，有任何人想欺负你，爸爸都不会原谅他，就像我不会原谅那个伤害你的辛立。"

冷汗从夏若美的脸上滑下。

车开到一个小镇上，夏文在一个路边停下车，有些疲惫地揉揉眉心。

"你去那家商店买点儿吃的和咖啡。"

夏文指车外路边的一家小商店，拿出口罩和帽子给夏若美："给你三分钟。"

夏若美接过口罩和帽子戴好，僵硬地拉开车门。

夏文说："如果你敢乱说话，爸爸不会原谅你的，好吗？"

遮挡严实的夏若美走进商店。她找到放有面包和饮品的一排货架，从货架上拿下两瓶美式浓缩咖啡。

"夏若美……

"你怎么了？哪里不舒服？"

夏若美浑浑噩噩的大脑里闯进一双明亮焦急的眼睛。混沌的黑夜和月光里，在她晕倒了不知多久后，第一个找到她的人是林星遥。

林星遥，她本该恨他。

可林星遥陪自己喂猫，把自己掉落的带有樱桃装饰的皮筋捡回来，还给了她。

那是妈妈生前买给她的橡皮筋。

夏若美从衣服口袋里拿出一小袋白色粉末。

袋子里是安眠药药片碾成的粉末。

是她偷偷从家里拿的。

她回想起了许濯的话。

在她出院前的某一天，许濯来到她的病房，他对她说，如果夏文带她畏罪潜逃，她可以向自己寻求帮助，他会帮她报警。

夏若美紧盯着许濯，问："到底是谁杀了辛立？"

她知道辛立的死一定和她爸有关，但她不知道她爸究竟做到了什么程度。

许濯说："是夏文杀了他。"

夏若美红着眼眶："我不相信你没动手！"

许濯："当时夏文给我打了电话，他说有重要的东西要给我看。等我到现场时，警察们已经到了，夏文也不见踪影。"

她又想到她曾经养了一只猫。路边捡的小奶猫，又瘦又丑，夏若美找了个纸箱，垫进毛巾，把猫养在家楼下背后的小花坛里，每天喂水和吃的，放学回来看看猫，和猫说话。

她给猫取名叫丢丢。

丢丢养了半年，她攒够了钱想带丢丢去做绝育手术，可等她放学回来后，只在家楼下找到了丢丢的尸体。

是夏文做的。

那天夏若美疯了般质问夏文为什么要这么做，夏文只是温和地看着她，说："若美，爸爸告诉过你做任何事情之前都要征求我的同意。"

"你不能不听话。"

夏若美要崩溃了。她无法接受猫死亡的事实，冲出小区，在门口看见了许濯。

她抓住许濯的手，把他往小区里拽。

"他把我的猫弄死了。"夏若美说。

她神经质地重复这句话，拖着许濯到装着猫尸体的纸箱前，指给许濯看："他把我的猫弄死了。"

"如果你一定要给猫喂罐头，就要坚持喂。"

无人的小巷里，墙角的野花随风摇曳。林星遥和夏若美蹲在杂草丛里，几只野猫绕着他们漫步。林星遥低头摸猫："别突然对它们好，又突然把它们忘了。"

夏若美看着他摸猫，问："有人对你好过吗？"

林星遥那表情像是想翻白眼："当然有，我外婆可爱我了。"

夏若美点头："你运气真好，都没人对我好过。"

林星遥有些尴尬，看了她一眼："如果以前没有，以后也会有的。"

"不会有。"

"会。"

林星遥认真地对夏若美说："以前是以前，以后是以后。说不定你以后会过得很快乐，以后的事情谁都说不准。"

夏若美拧开咖啡的盖子，把安眠药倒了进去。她的手在发抖，差点把药粉倒出来。她飞快擦干净瓶口，用力把瓶盖拧回去。

她心脏狂跳，胡乱拿了些吃的和饮料，一起提在袋子里匆匆离开商店，回到车里。

她把袋子扔到副驾驶，一言不发地坐在后座自己拆开面包吃。夏文从袋子里拿出咖啡——他拿了加药的那一瓶。

夏若美紧张地抬眼皮看一眼，收回视线，她担心药粉还没有完全溶解。

夏文打开咖啡，几口便喝下了一半。

夏若美只觉手指发麻，低头咬面包，食不知味。夏文喝完了一整瓶咖啡，只吃了一点东西，继续开车上路。

车如常行驶了半个小时。

夏若美的后背全是汗，她看着车窗外，心想安眠药泡进咖啡里，可能没效了。

半个小时后，夏文把车停进了路边的草丛了，此时他们离目的地已经很近了。

车停的时候晃了一下。

夏文下车，打开后座的车门，把夏若美拉了下来。

车停在一座采砂场后面，四下无人，野草疯长没过腰际。

夏文喘着粗气："你在咖啡里放东西了？"

"妈妈……"

"小美，怎么了？"

"妈妈，我好怕爸爸。"

年幼的女孩趴进女人的怀里："我不喜欢爸爸。"

女人沉默片刻，温声哄慰："爸爸只是有时候脾气不大好，但爸爸是很爱你的，不要怕他。"

"可爸爸打你。"

女孩摸女人脖子上的瘀痕。昨晚男人突然发怒，殴打她，今早他又

做了一桌丰盛的早餐，捧着妻子的手坐在桌边忏悔。

女人挡住脖子上的伤痕，眼中若有温柔悲苦的泪光。

"爸爸只是……病了。"女人低声说，"他会好起来的，只要我们多多爱他，关心他。"

"因为他也很爱我们。"

夏若美认为自己的母亲是个天真懦弱的女人。这个女人以为爱能拯救一切，为此甘愿忍受夏文的暴戾无常，还连带她的女儿也不得不一起忍受。

唯一给她温柔的妈妈死了。

没有了妈妈，她的爸爸从此变成一个真正的怪物。

夏文要抓夏若美，但他的四肢变得无力，意识在不可控地离他远去，最终一头栽在了地上。

夏若美瘫软着在一旁呆呆地看着，在偏僻的县城田野里，夏若美牙齿打战，浑身狼狈爬到车里，翻找出自己被没收的手机，开机解锁。

她大脑一片空白，下意识地给许濯发了条消息让许濯来找她。

许濯根据夏若美所发的定位，找到了夏若美和夏文。

他走到车前，鞋底踩在石子上磨出声响，也惊醒了晕倒的夏若美。

许濯问道："你把夏文怎么了？"

夏若美："我给他喝了一点家里的安眠药。"

夏若美说完想站起来，但她发现自己的脚传来剧痛，她又尝试了几次，还是无法站起。

她惊魂未定地看着许濯，问："许濯，我们接下来该怎么办？"

许濯冷静道："先报警，这里位置偏僻，警察过来需要时间，我先把夏文带去附近的店铺，找人帮忙，防止他清醒以后逃跑。"

"等警察来了把夏文控制以后，我和警察再来找你。"

"好。"夏若美说完看着许濯背起夏文，将他从草丛里拖了出去。

　　远处烈烈燃烧的太阳坠入了群山，最后的光如火星爆裂飞射，像人在濒死前发出的悲怒大喊。

　　红光淹没了一切。

　　与此同时，医院安全通道里，林星遥听到民警小哥正在与同事打电话："已经查到夏文的车牌号，现在正在追踪他的车……"

　　太阳消失，黑夜漫漫。

　　夜晚静谧，山丘绵延起伏，茂密的树影在风中摇曳，如窃窃密语。

　　许濯穿行于林间，他的手机没有电了，山路暗黑而崎岖，他带着一个人，走得很慢，每一步都很沉重。

　　在发现夏文盯上了林星遥后，许濯故意靠近林星遥，又在白兰湖山庄的树林中丢下他，疏远了他，许濯想借此提醒林星遥不要相信身边的人，无论对他再好，也不可以卸下防备。

　　但是夏文还是伤害了林星遥。

　　就在这时，一直昏迷的夏文突然苏醒，猛地伸出手抓住许濯的腿，将他拖倒在地！

　　许濯猝不及防摔倒。夏文迅速从身上掏出一把匕首，抓着匕首朝许濯捅下！

　　斜刺里突然扑出一个警察，将夏文撞翻出去，紧接着几个警察大喊着跑上前接连扑上压住夏文，将人彻底压制住。

　　"快救人！"警察大吼。

　　"快止血，快，快！"

　　"送去救护车……"

　　一个熟悉的面孔闯进视线，黑暗中的光时明时暗，许濯的意识飞速流逝，他看清了林星遥那双盛满泪水的眼睛。

　　"许濯，别睡。"林星遥踉跄追在他的旁边，"你不会有事的，一定别睡着。"

"我还有话和你说……等你醒了以后，我还有话和你说！"

许濯闭了闭眼睛，疲惫地睁开。腹部的血口被不知谁的一团衣服堵住，血浸湿了布料。他有些冷，看见头顶高耸的树尖，漫天星辉洒落，仿佛银河近在咫尺。

废弃的水泥楼角落。

七岁的许濯无意看见一件被丢弃的女士外套，外套上衣内口袋里露出一角。他捏住那一角拿出来，是一张照片。许濯拿近看，照片上一个女人坐在椅子上，怀里抱着一个几岁大的小男孩。一大一小都冲着镜头笑，尤其小孩，笑得非常开心。

那个小男孩长得不大像女人，他有一双明亮圆润的大眼睛，鼻子小巧挺拔，笑起来时有一对浅浅的酒窝。

许濯把照片攥成一团，握进手心。

"叔叔，他会死吗……"

"别怕，血口暂时给他堵住了，马上就能到救护车上……"

许濯再次睁开眼睛，林星遥低下头，与他的视线交错。

"许濯。"林星遥紧张地叫他。

许濯看着林星遥的眼睛。

这双眼几乎没有变过，只是此时它们没有笑得灿烂，而是盛满了无措的眼泪："许濯，等我毕业了，往后念完大学，工作……我还想、能偶尔再遇到你。"

许濯的手也沾上了血迹。他面朝夜空时，才发觉今晚的星星这么明亮——照亮了这片漆黑无梦的森林。

沾血的手指缓缓伸开，握住了林星遥的手。林星遥一愣，下意识反握回去。

照片中的那个女人没有离开过这座城市，一个柔弱的女人改名换姓，为了赚钱什么辛苦的工作都做，她不敢与家里透露丝毫，连最爱的孩子都不能见面。

一切都被谎言包裹，为了掩饰罪恶或粉饰未来，她独自在人海中行走，只有贴在胸口前的照片为她指引茫茫的方向。

可最后她只是像一滴无足轻重的泥点，消失在天地之间。

扑面而来的黑暗里，许濯张开嘴想发出声音，但大量的失血和缺氧令他疲惫不堪，最终昏迷了过去。

三年后。

六月末的江州市已烈日炎炎。中心医院大门前人来人往，纷扰喧嚣。

"……我真烦死了，放个暑假还要被我妈使唤来使唤去，在家里洗衣服洗碗就算了，这么热的天她还要我来医院送饭……

"就我那便宜表哥呗，不知道做的什么手术，反正没比我大几岁，以前没听说过他有病……

"他做手术就算了，竟然连个陪护的人都没有！真离谱，难道没有我妈给他送饭他就饿死吗？我才不想天天给他送饭，真烦……

"谁知道我妈干吗对他那么好？不过他是挺可怜的，我听说他爸不是什么好东西，他妈不在了，前几年我外婆因病去世……"

高中生模样的男孩提着个保温桶边打电话边匆匆走向住院部，经过药房前排队拿药的队列时，队伍末尾一个高个子男生听见他说的话，转头看了他一眼。

韩历心费劲找到病房，走进去后见最靠窗的床位上，一人正半躺在床上看手机。那人穿着睡衣，手腕子细白，袖口落到小臂堆着。那人很瘦，衣服空空的，疑惑地看了韩历心一眼。

韩历心一路顶着太阳晒过来，一头一背的汗。在家打游戏打得好好的被赶出来给一个面都没见过几次的所谓表哥送饭，他给不出好脸色，硬邦邦地开口："我妈让我给你送饭。"

病床上的人皱眉看着他："你是谁？"

韩历心差点气死："我是韩历心，孟小兰的儿子！"

林星遥昨天才做完肺结节切除手术，这会儿脑子还有点被麻药麻过的后遗症。他反应过来，想起姨妈上午打电话来说要给他送午饭，拒绝也没用，一定要送。

"谢谢。"林星遥道谢，"放在这里吧，以后不用送了，我自己可以点外卖。"

韩历心简直没见过这么不领情的人，要不是看那人还在病床上躺着，他都要跳脚发火了。

他不客气地把保温桶重重放在桌上，冷着脸说："你自己去和我妈说吧，饭就放这儿，我走了。"

韩历心火气冲冲地走了。林星遥没在意，慢慢从床上坐起来，头直发晕。他用没打吊瓶的那只手扭开保温桶的盖子，里面盛着清淡的青菜肉末粥。

林星遥拿起勺慢慢吃，吃完后收好保温桶，和姨妈打个电话道谢，并让她不用再送了。

姨妈在电话那头说："你刚做完手术，不能乱吃东西。明天我亲自给你送来，你可千万别点外卖。"

"姨妈，真不用……"

"星遥，你就别拒绝姨妈了。"孟小兰在电话那头叹气，"你一个人在医院里没人照顾，我怎么放心？听话，啊。"

林星遥只好挂了电话。

医生让他要多走动走动，他勉强站起来，挂着镇痛泵在病床前走了几圈，实在腿软没劲，又爬回去躺着了。

一年前，林星遥在一次偶然的体检中被查出肺里长了个小结节，当时医生叮嘱他定期复查，林星遥答应了。

他从不抽烟，肺里竟然长了个结节，这让林星遥想起了自己的外婆，他对自己的身体体质有些怀疑。医生还说他免疫力差，太瘦，要补充营养。

三年前，林星遥从原来的学校退学，后来转入一所非常普通的高中。他找了个集中式补习班，拿着外婆留给他的钱自己在城郊找了个多人合租的房子，房租很便宜。他每天白天去补习班上课，晚上回来看书，刷题，很晚才睡觉。

整整一年，他独自在合租房里属于自己的那一间度过。之后，他考入一所普通的大学。学校远在北方的一个沿海小城，林星遥临走前去墓园看过外婆和妈妈的墓，几天后收拾好自己不多的行李，独自离开江州市，坐上了北上的火车。

他很快就找了份工作。外婆生前留给了他一笔钱，但他不想坐吃山空，更不想借姨妈家的钱。他上大学后边打工边念书，到现在念到大二暑假，已经打过好几份工了，快餐店、奶茶店、书屋……有时候还会兼职几份工，至于学校考试成绩，只要及格就行。

他只在学校食堂吃便宜的饭菜，只有很累的时候才给自己买点巧克力或者牛奶。他有时忙一整天，回学校路上都犯低血糖，要坐椅子上缓好一会儿才行。

之后林星遥再去医院复查，结节就长到了不得不切除的大小了。手术费和住院费是笔不小的费用，林星遥犹豫着不知到底要不要做，还是孟小兰得知此事后严肃着叫他从学校回来，让他必须把这个手术做了。

两年打工挣的钱一晚上全花完，还取了外婆留下的存款，林星遥心情郁闷，怏怏地坐在床上看手机。

他刚才就在看一篇新闻，看到一半被韩历心打断了，现在捡起来接着看。三年前，夏文一案在整个江州市掀起轩然大波，警察们根据证人的口供加上找到关键性物证，最终正式逮捕夏文，之后夏文被判死刑。林星遥看着"死刑"这两个字，把手机放下，慢慢躺到床上，望着病房白色的墙顶。

一切恍若隔世。三年里，他仍常常生出不真实感，好像噩梦如影随形，

又好像早已如泡沫逝去。

有时林星遥自己也不明白自己这样努力赚钱和念书是为什么，明明这世上只剩他一个人，爱他的人都走了。他或许是为了一个约定而坚持着往前走。可约定在未来的某一刻是否会兑现，谁也不知道。

手术后的第三天，镇痛泵撤掉，林星遥开始疼了。凌晨的时候他被痛醒，实在痛得受不了，不得不按铃请护士给自己打了止痛针才能睡下。早上的时候医生又过来拔引流管，林星遥咬牙不吭声，等拔完了才长舒一口气，疼得头顶都是汗。

中午姨妈亲自过来送饭，林星遥暂时不能吃油，也不能喝肉汤，只能吃清淡的水煮食物。他从半夜到早上都没睡好，顶着个黑眼圈坐在床上吃饭，孟小兰就坐在一旁看着他吃。

"这个暑假你就待在这边吧，别去学校了。"孟小兰说，"路上那么远，折腾。你身上开了刀，做什么都不方便，要不去我家住？"

自林星遥的父亲入狱，母亲离去，姨妈既要操心自家，又要操心他和外婆，为此姨妈与家中生出多少矛盾，林星遥不是不知道。

他说："我就回外婆家去住，没事。"

"不行，你一个人太不方便了。"

"我现在自己可以动，一个人洗澡没问题。我也会做饭，叫跑腿让人把菜送到家门口就行了。"林星遥和姨妈解释，"姨妈，我去你家住也不方便。"

他说话直白，孟小兰无言，只能答应。

林星遥恢复得有点慢，医生让他多住了一天院。出院当天早上，孟小兰早早过来帮忙跑出院手续，拿药，林星遥不好意思坐着不动，自己在病房里换好了衣服，收拾行李。

他收拾得很慢，以免牵动手术伤口。他叠好衣服，洗漱用品放进包里，拿起杯子慢吞吞往外走，口渴，想去外头的饮水机灌点水。

他扶着墙像个蜗牛一样往外蹭，感觉自己的姿势实在有点好笑，一边胡乱想以后还是给自己多吃点好的，多多运动，不然要再这么生场病，日子都别过算了。

他终于挪到饮水机前，低头目测了一下出水口在哪儿，拿起杯子打水。

谁知他没目测好，杯口没有对准出水口，冷水一下哗啦一下浇在手上。林星遥被冰得一个激灵，水杯直接从手里飞了出去，砸在地上哐啷响，轱辘滚出老远。

林星遥慢慢走去捡自己水杯。他还没走出几步就愣住了，停在原地。水杯一直滚到一个人的脚下。那人弯腰捡起水杯，手指修长，骨节分明。

走廊空旷，充满浓重的消毒水味。林星遥迟疑地抬起头，看清了那个人的脸。

然后，林星遥双腿僵硬，站在原地动弹不得。

对方朝林星遥走来，穿过走廊的日光，目不转睛地望着他，直到走到他的面前。

许濯又长高了些，黑发黑衣，双腿长而劲瘦。比起三年前的白皙瘦削，他的身体线条和骨骼肌肉看上去更加有力，他已然从翩翩的少年长成了男人的模样。

林星遥愣愣抬头看着他，说不出一句话。许濯给林星遥倒好水，把水杯递给他。

"好久不见。"许濯看着他的眼睛，低声说。

那原本熟悉的嗓音几乎变得陌生了。林星遥接过水杯，许濯身上有种冷淡的气息，林星遥不知道怎么形容那种气息，只觉得一靠近就令人晕眩。

"好巧。你什么时候——"

林星遥连忙打住话头，讪讪地道："咳……你怎么来医院了？"

许濯答："开点感冒药。你呢？"

"我做了个小手术，现在准备出院了。"

林星遥在见到许濯后仍有种强烈的不真实感，麻药的后遗症好像又

185

来了，他脑子蒙蒙的："我这就走了，再见。"

他拿着水杯绕过许濯，一步还没迈出去，他的手腕就被握住。

那力道有点儿大，林星遥本能地想挣开那只手。两人都是一顿，林星遥默不作声，把手收到裤缝后面。

许濯看着他的动作，面色很平静："我送你下去吧。"

林星遥低着头："不用了，我自己能走。"

"你有行李，一个人不方便拿。"许濯温声道，"我帮你一起拿下去。"

他这么坚持，林星遥也不好意思再拒绝，勉强点头。许濯便转身进了病房，拿林星遥的行李去了。

林星遥脑子里一头乱麻，都没去细想许濯怎么会知道他的病房号，还知道他是一个人住。

可否
靠近他的黑影

孟小兰在看到许濯的时候，脸色明显变了。

许濯神色如常，礼貌地与孟小兰打个招呼，把林星遥的行李放进后备厢。

林星遥向他道了谢，正要坐进车里，许濯抬手轻轻按住车门。

"你的手机号好像换了。"他温和有礼，如与多年不见的老同学寒暄，"加下联系方式？"

林星遥犹豫了一下，还是把手机拿出来，和许濯交换了联系方式。许濯把手机放回口袋，如随口询问："在哪里养病？"

"……家里。"

"一个人吗？"

林星遥不吭声，一旁的孟小兰说："我每天都会去看他，也会和他保持联系。"

许濯点头，往后退一步。

林星遥这才能坐进车里，关门前看他一眼："再见。"

许濯站在门外，垂眸看着林星遥："下次见。"

林星遥回到了自己曾经和外婆一起住的旧房子。这三年里他只每年回来去墓园看看外婆和妈妈，在家过个夜，第二天就走了。

好在林星遥为了手术的事提前从学校回来，做手术前特意回来打扫过房子。家里很干净，孟小兰又上来给他简单收拾了一下，铺好床，把买来的菜和水果塞满冰箱。

林星遥把脏衣服都扔进洗衣机，起身微微喘气："姨妈，别忙了，你回去吧。"

孟小兰转了一圈，还是放心不下："你这一个人怎么做饭呀，锅也不好拿……"

"有电饭煲和微波炉，好做。"林星遥说，"而且我过几天就恢复了，没事。"

林星遥好说歹说，孟小兰终于勉强抬脚往外走。她走到门口，又转身拉住林星遥。

"遥遥，你和许濯……现在还在联系吗？"

林星遥愣一下："姨妈也认识他？"

孟小兰忙说："啊，他当时——不是成绩很好吗，又和你一个学校，你外婆也和我提过他。就是后来夏文的事情出来，我没想到他那样的孩子竟然会被牵扯进来。"

林星遥没说话。

孟小兰面露忧虑，道："遥遥，你还是少和他来往，毕竟——"

林星遥生硬道："我很久没和他联系了，这次是偶然在医院碰到。"

孟小兰"哦"了一声，松了口气，又叮嘱他几句，这才转身下了楼。

林星遥关上门。

他精神不济，自己稍做清洗，上床睡觉。这一觉睡到近黄昏时，醒来后林星遥迷糊头晕，一摸额头，在发热。

他没当回事，不太舒服地换个姿势继续睡。后来他越睡越晕，脸热得烧起来，才不得不睁眼爬起。

家里没有退烧药，也没有温度计，林星遥捂着额头，本想着自己起来搭车去趟医院，但他烧得有点厉害，起身时头晕目眩，又一屁股坐了回去。

他不想下楼梯的时候又给一不留神摔上一跤再花钱给自己治腿，不得不摸出手机给姨妈打电话，只能麻烦人再送自己一趟。

电话接通，林星遥还是挺不好意思，询问："姨妈，你现在有空吗？我可能还得去趟医院。"

电话那头却响起低低的男音："哪里不舒服吗？"

林星遥愣了一下，把手机拿到面前，屏幕上显示正在通话中的哪里是姨妈，分明是许濯。

他都糊涂了："抱歉，打错了。"

许濯在电话那头说："要去医院吗？我来接你。"

"不……不用。"

"现在快六点了，你的姨妈应该正在家里做晚饭。"

林星遥不说话了，许濯说："我现在过来。"

电话挂断。林星遥疑惑地翻看手机里的通话记录，看到除了刚才那通电话外，上午许濯和自己交换联系方式的时候是拨电话过来的，所以许濯的通话记录在第一个，第二个才是姨妈。刚才林星遥迷迷糊糊，直接就按了第一个通话记录拨打出去。

林星遥抓头发，暗骂自己笨。他确实不好意思太麻烦姨妈，只好换上衣服，在家里发呆等许濯过来。

他有太多疑问，却在与许濯重逢以后一句话也问不出口。在真正见面的那一刻，林星遥才发现三年过去，自己仍然无法面对眼前这个人。

林星遥曾经以为他们或许再也不会见面了。

许濯来得很快，他还记得林星遥家的具体位置，直接上楼来敲门。林星遥走过去打开门，许濯站在门外，目光扫过林星遥，似乎是在查看他哪里不对劲。

"有点发烧。"林星遥说。

"可能是术后发炎。"许濯走进门，拿起林星遥随手放在鞋柜上装了病历本的袋子，"病历本和证件都拿好，走吧。"

许濯帮林星遥拿好东西，和他一起下楼。走楼梯对林星遥来说是个困难活，他只能扶着扶手一步一步往下走，许濯耐心地走在他的后面。

许濯在路边拦了辆车，两人一起去医院。林星遥果然是术后发炎，医生给他开了点药便让他回去了。这来回折腾一番，林星遥又饿又累，走得背上都是汗，想在医院长椅上坐着歇会儿。

他对许濯说："你先回去吧，我休息一下。今天谢谢你。"

他坐在长椅上，许濯折回来，蹲在他的面前："累了？"

林星遥的肚子一直不舒服，微微喘着气，点头。

许濯说："我扶你。"

他刚伸出手，林星遥马上把他的手挡开，不自在道："不用，我休息一下，等会儿自己回去。"

许濯被挡开的手顺势放在椅子扶手上。他抬头看着林星遥，林星遥避开他的目光。

"害怕我？"许濯笑着问。

林星遥马上与他对视："没有。"

"老同学一场，帮忙是应该的。"许濯面色温和，"你一个人不方便，正好我有空，既然把你送过来，也要把你好好送回家。"

他语气真诚，林星遥说不出反驳的话，沉默一会儿："……那我自己走。"

他站起来，许濯也跟着他起身。两人一前一后离开医院上车，回到林星遥住的小区。

进屋后林星遥就累瘫在沙发上，许濯也跟着他进了门，自然地换鞋去厨房给他倒了杯水，让他先吃消炎药。

林星遥吃下药，抱着水杯看着许濯进了厨房，不一会儿厨房里传来做饭的动静。

林星遥怀疑自己做梦似的，起身挪到厨房门口，看着许濯有条不紊做饭的背影，疑惑："你在做什么？"

许濯回头看他一眼，答："到饭点了。"

是到饭点了没错。林星遥肚子饿，正好没劲做饭，许濯做了简单的水煮菜，煮一锅肉粥，切一盘水果，和林星遥一块儿坐着吃饭。

依旧是简单的小方桌，一顶暖黄的吊灯。热气缓缓升腾，林星遥含着一勺粥，恍然想起很久以前的新年寒夜，两人也是这样坐在这张桌前，吃一份外婆包的水饺。

许濯问："这回是学校放暑假，所以回来做手术？"

"嗯。"

"考到哪里去了？"

林星遥没想太多，报出自己的大学名字。

许濯若有所思："这么远。"

林星遥问："你呢？"

许濯答："无业游民。"

"你没有继续念书吗？"

"我注销学籍了，要念的话要重新读高中。"许濯那语气随意得像在描述一个毫不相干的人，"我还没想好，所以出去旅游了一趟，上个月刚回。"

林星遥重复一遍："你出去旅游了一趟？"

"去西南和西北走了一圈，要看照片吗？"

林星遥确定许濯没在和自己开玩笑，心中的疑惑简直达到顶点："你这样……你爸妈不说你吗？"他明明记得许濯的父母对许濯的要求非常严格。

许濯说："他们离婚了。父亲再娶，母亲……想让我回去念书，我没听她的，一个人出去旅游，她对此很生气，没再管我。"

林星遥都听呆了，许濯却仿佛一切与自己不相干。这样看来，许濯

的肤色确实比从前深了些，身形看上去更结实有力，或许是长期在外旅游行走的缘故。

"你别太……伤心。"林星遥笨拙安慰，"他们离婚不是你的错。你看，你妈妈会对你生气，说明她还是很爱你。"

许濯停下手上的动作，看了他一眼。林星遥浑然不觉，吃完粥和菜，又吃了很多水果。许濯起身收拾碗筷，林星遥就坐在沙发上，低头看许濯给他的相机里的照片。

许濯真的去了很多地方，相机里有雪山，有沙漠，有古老的庙宇钟楼，翻飞的经幡，以及一些旅途纪实照片。许濯的摄影技术很好，拍摄角度新颖，林星遥看得入迷，同时忍不住好奇：许濯哪来的钱旅游？

他问过许濯，才知道许濯把爷爷奶奶留给他的房子租出去了。房子位于市中心医院附属小区，地段好、环境好、安静，房子一百多平，整租出去六千起底。同时在许濯旅游的那段时间，有杂志社有偿购买他的摄影照片。

林星遥却仍听得不安心，心想就算不缺钱，可书怎么能不念呢。许濯要是自己这种就算了，许濯这种脑子不把书念完的话未免太浪费，最令林星遥不解的是许濯本人竟然没有任何想法的样子。

临走前，林星遥把许濯送到门口，忍不住问："你打算什么时候重新念书？"

楼道的灯昏亮，许濯的面容半隐半现。

他声音温和："你希望我回学校念书吗？"

林星遥点头，认真地道："过去的事都过去了，你还可以重新开始，一切都来得及。"

许濯没有回答他的话，只笑一下："你在关心我吗？"

林星遥恼道："我没有关心你。"

他想关上门，不料许濯挡在他的面前，先一步抬手按住了门把手。

"你不肯原谅我，是吗？"

林星遥僵住动作。

许濯的声音低冷："因为我从一开始就在骗你，所以你不原谅我，也不联系我。"

林星遥深吸一口气，抬起头，瞪着许濯："这很重要吗？"

模糊的楼道灯下，许濯似乎看到林星遥眼中一闪而过的水光。他一手抵着半开的门，想靠近。

林星遥却警觉得像只猫，表情冷淡，声音透出一丝紧张："我要休息了。"

短暂的僵持后，许濯停下脚步，退了回去。

"晚安。"许濯留下这一句，转身下楼离开。

两周后，林星遥去医院拆线，许濯和他一起。

拆完线，许濯说医生让他再做个检查，林星遥还以为是什么术后复查，就让医生给自己做了抽血。

林星遥是后来才知道许濯让他做的是基因检测，检测他的体内是否存在癌症相关的基因突变，一次检测就要几千块，钱是许濯给的。

林星遥不知道自己现在和许濯是一种什么样的相处状态，他们之间有很多问题没有解决，三年来，林星遥只能学着把它们硬生生放到一边，不去看。

但许濯显然不这么想。

身体基本恢复后，林星遥开始想回学校去了。他想早点找一份兼职挣钱，做完手术后的他简直捉襟见肘，再不挣钱学费都快交不起。

他狼狈惯了，对这种窘迫场景很淡定。

回家后他就开始收拾行李，收拾的时候从茶几上拿起一个温度计。那是之前许濯买的，林星遥回家最初几天出现反复发热的症状，许濯带他去医院开了药，买了个温度计让他记得测温。

林星遥把温度计收进茶几下的抽屉里。他犹豫要不要和许濯说自己

要走了，毕竟这些天他照顾自己很多。

他还没想好，就接到了一个人的电话。

林星遥从没想过自己会接到许濯妈妈的电话，更难以想象他们两人坐在一家餐厅里边吃饭边聊天的场景。

但现在，王婉青把他约到一家餐厅，还问了他的口味，给他点了一桌菜。

女人依旧优雅大方，只是面容衰老不少，鬓生华发。

王婉青说："我凑巧从同事那里得知你在我们医院做了个小手术，荤腥就不吃了，吃些清淡的。"

林星遥很不擅长与这种气势强的女人交谈，点头说谢谢。王婉青看着他的目光复杂，好半晌叹一口气。

"在念大学了？"她问。

"嗯，在北方念书。"

王婉青点点头，双手交叠放在腿上，尽量把声音放柔："小林，回来后是不是和许濯见过面了？"

林星遥不知道该回答是还是不是。

王婉青却似乎不在意他的话，继续说道："那孩子终于打算继续念书了。"

林星遥愣一下，抬起头。王婉青注视着他的眼睛，才发现当自己认真把目光放在眼前这个小孩身上的时候，才会注意到那双眼睛非常漂亮。

"他原来的学籍注销了，我给他在一个私立学校重新办了入学，直接跳级从高三念起。"王婉青也不对林星遥瞒着掖着，如实地道，"他停学进行心理疏导的那两年，我劝他继续读书不知道多少次，他根本不当回事，后来一个人突然跑出去旅游，还把他爷爷奶奶留给他的房子租了出去……我告诉过他他还年轻，人生可以从头开始，可他却没有任何目标……"

林星遥默默地听着。

王婉青疲惫地揉了揉眉心："我承认我的教育方式……出了些问题。他不信任我，我也……算了，不说这些。"

"你回来以后，他的态度就一百八十度大转弯。反正他愿意念书，我求之不得，只是有件事阿姨想麻烦一下你。"

"什么事？"

"你这个暑假不忙的话，可否多陪陪许濯？"王婉青说，"我现在管不了他，但我作为他的妈妈，我希望他至少正常地念到大学，而不是像现在这样浑浑噩噩，连自己是谁都不知道。"

林星遥听得生气："他没有不知道自己是谁，他只是想休息一下。"

王婉青的脸色一时变得很难看。她似乎想斥责什么，但最终忍住了。

"我不是不让他休息。"王婉青解释，"但他的时间很紧迫。他已经不小了。"

林星遥说："以他的能力，他想考什么学校、想做什么都可以，你为什么总是要逼着他？他这个年龄没念大学的人多的是，他就算是 30 岁再念大学也一样优秀。"

王婉青不认识林星遥似的看着他，一时半会儿竟没说出话。林星遥觉得自己可能话说重了，生硬地调整语气："……而且我马上就要回学校了，我很忙。"

"许濯最近在服用安定。"

林星遥还以为自己听错了：安定？安眠药？

王婉青说："他总是睡不着觉。有一次我半夜起来，看见他一个人在家里二楼的阳台上发呆。"

"我是没有教好他，"女人深吸一口气，"但我也不能……失去他。如果他的确和你在一起会更开心一些，我希望你能帮帮我，星遥。"

"这几年我想尽办法，我真的不知道该找谁求助了。"

林星遥回家后，坐在沙发上看着自己收拾到一半的行李沉思。

许濯的妈妈一定是拉下了天大的面子，才会与自己坦白到这个程度。

她一定很关心许濯，虽然她的许多观点自己都难以认同。

自己要留下来吗？

林星遥的心中始终有一根刺，他不想对任何人说，否则好像他有多么在意许濯这个人。他想把这根刺拔掉，想放下那段不堪和混乱的过去。

可这根刺始终顶着他的心口。

他没法忘记。

家里门铃响的时候，许濯一个人在家。他正戴着耳机听歌修照片，隐约听到门铃声响，没去管。

门铃响了半天，停了。接着他的手机响起来，他拿过来，看到林星遥的名字。

他坐起身摘下耳机放到一边，接起电话。林星遥的声音响起："你不在家吗？"

他很快起身往外走，说："在。"

他下楼打开门，林星遥就站在门外。许濯难得没反应过来，侧身把林星遥让进来。

林星遥很不自然，杵在客厅中央。这个家发生了细微的变化，少了男主人，少了很多物件，因而也更加空旷。

许濯问："你来找我，有事？"

林星遥说："你准备什么时候回学校上课？"

"我已经找好一所学校，直接念高三，今天刚把教材拿回来。"

"暑假就要开始上课了吗？"

"八月正式上课，我先自己看看教材。"

林星遥又开始怀疑自己是否有这么做的必要。许濯智商高，学习能力不知比自己强多少倍，他考什么都是轻轻松松，还需要自己来陪着一起念书吗？

林星遥一时尴尬无比，想走了。

许濯却似乎看出他的意图，忽然问："我在修之前旅游时候拍的照，要上来看看吗？"

原本想跑的林星遥被这句邀请吸引，跟着许濯上了楼。许濯带他进了自己卧室——同样是一个空荡而极简的房间，灰色调的大床，灰色地毯，桌角边放着两摞教材书———看就根本没拆过。

许濯的电脑放在书桌上，桌面显示一张修到一半的照片，那是一片沙漠之景，绵延沙丘无垠，天边是绚烂的星空。

许濯的电脑里存着之前导出来的照片，林星遥接过许濯递给他的鼠标一张张翻看。他着实佩服许濯的摄影技术和审美，感叹果然聪明有天赋的人做什么都能做好。林星遥毫不怀疑即使有三年空窗，许濯一定也可以考上一个好大学。

林星遥有时候不明白许濯的妈妈究竟在担忧急躁什么，许濯都已经这么优秀了，她还想要求到什么程度？

他反而认为许濯能好好休息一段时间，随自己心意出远门旅行，见识这大好的世界，才是更可贵的经历。

林星遥认真看照片，边看边好奇地问许濯都是在哪里拍的。许濯坐在他旁边给他讲，林星遥听许濯一个个地说地名，心中意外他竟然独自去过了这么多地方。

"滇南真好看。"林星遥翻到很多滇南的照片，忍不住说。

许濯问："想去？"

林星遥诚实点头。他还从来没有正经旅游过，只有离开江州市北上去上大学的时候，才算在路上见过一些风景。

"我下次带你去。"

林星遥看向许濯，见许濯面色平静，不知他说的话几分真几分假。

许濯看他没有回应，问："不愿意？"

林星遥翻着电脑里的照片："我不是个好玩伴，你找别人和你去吧。"

许濯说："我不想找玩伴，也不想找别人。"

林星遥不说话了，也不再看照片。

"我准备这几天就……回学校。"他小声地说。

许濯没动。

林星遥继续道："你既然决定今年入学，就好好读吧，反正对你来说肯定都很简单。"

林星遥觉得自己该说的都说完了，起身想走。可他刚要站起来，转椅的扶手就被握住，他没防备脚下一绊又坐了回去，被强行转了半圈，重心不稳间差点栽着。

"做什么？！"林星遥有点生气了。

许濯握着他的座椅扶手，椅子纹丝不动。他语气平静："为什么这么急着走？"

林星遥拧着眉："我回学校有事。"

"什么事？"

林星遥转不动椅子，恼了："和你没关系！"

许濯看着他，笑了笑："谈恋爱了？"

林星遥咬牙："没有。"

他忽然看见许濯的床上枕头边放着一个小药瓶，瓶身上有"安定"两个字。

他怔住了，心中的火气忽地下去许多。

许濯真的睡不着觉。林星遥心想，这样怎么行？

许濯注意到林星遥的视线，直起身稍稍挡住。

"很久没吃了。"他说。

林星遥问："你为什么睡不着觉？"

许濯没说话，林星遥心里头火气又蹿上来，他生硬地道："不想说就算了。"

他推开许濯的手站起来，许濯忽然说："那年新年夜的晚上，我在你家过夜，睡得很好。"

林星遥顿住。

许濯抬起头："除了那一天，我每天都睡不好。"

那个新年夜里，林星遥从寒风猎猎的江边捡回了许濯。那晚他们都聊了什么？

林星遥都快记不得了。他只记得许濯的声音很低，浑身充斥着冰冷的气息。

那时林星遥还以为那样的气息只是因为寒冬的冰冷。

晚上，林星遥窝在被子里，客厅的行李仍敞开放着没收拾。

林星遥翻来覆去，想了整夜，第二天早上爬起来下楼吃早饭，边吃边看手机，搜暑期的招工信息。

他在这方面挺有经验，大学期间找过不少工作。游戏陪玩他再没做过了，手机用了好些年再带不动游戏，去网吧也要钱。

许濯坐林星遥的旁边吃馄饨，看着他搜招工信息。

林星遥也不知道许濯为什么会一大早过来坐在自己的旁边吃早饭，还一副很自然的样子。不过他也快习惯了，许濯话不多，安静，最多像个大型挂件。

最后林星遥找到了一份青年旅舍暑期工的工作，前台，按日结钱，包吃不包住，当地人优先。这家青旅有保洁阿姨和厨师，意味着前台不用干太多杂活，但必须做满两个月暑假。旅舍在一处商圈附近，是许濯开着车带他过去的。王婉青最近换了辆新车，旧车便给了许濯。

林星遥找工作的经历都比较顺利，他年轻能干活，且外形容貌令他占了不少便宜。加上联系方式后老板顺便问许濯要不要也和他同学一起上个班，被许濯礼貌拒绝后还露出很可惜的表情。

回家路上，许濯开车时看到路边有家很有名气的奶茶店，他问身旁的林星遥："喝奶茶吗？"

林星遥正拿手机算这两个月拢共能挣多少钱，闻言随口答："不喝，省钱。"

许濯若有所思地开车，车驶离了街边那家排着长队的奶茶店。

旅舍突然停电，修理师傅还没来，所有人热得从房里跑出来，老板亲自爬梯子修电闸，林星遥站在下面扶梯子。

夏日的夜闷热，林星遥一身汗。老板一米八，一百八十斤，踩得梯子嘎吱晃，林星遥扶得咬牙切齿："老板，要不等修理师傅来吧？"

"等修理师傅来，客人全退房跑光了！"

林星遥手臂都酸了，这时许濯从门外进来，穿过吵闹的人群，看到黑灯瞎火里忙活的二人，走过去帮林星遥扶住梯子。

"我买了奶茶。"许濯提起奶茶递给林星遥，冰的珍珠奶茶，林星遥正好热得慌，接过站在一边喝。

老板："林星遥同学，老板还在这汗流浃背地干活，你就一个人躲在旁边喝奶茶？"

林星遥忙着嚼珍珠，许濯说："他到换班时间了。"

正好换班的人背着包进来，也是个大学生，一进屋就大叫好热。后来修理师傅过来修好了电，林星遥喝完奶茶，和许濯一块儿回家。

许濯每天开车来接他回家，有时候林星遥上夜班，许濯就一大早过来接，还给他买好了早餐。

有免费接送和早餐吃，林星遥不想和自己过不去。

八月份开始许濯就去学校上课了，他第一次摸底考试就考了年级第一。有时候林星遥都怀疑他的脑子不是人脑，是机器脑，要学习的话就一直往里写程序就行，还能永久保存。

吓人的是林星遥竟然收到王婉青的邀请，请他来家里吃饭。林星遥百般拒绝，王婉青也只好放弃，转而告诉林星遥自己经常不在，家里只有许濯的时候，也欢迎他来家里玩。

许濯周末不补课，晚自习也不去上，在家开着空调和林星遥打游戏。

林星遥本来不想在许濯家打游戏，这场面太不真实。但许濯家有台式机，许濯还会买他喜欢的零食和饮料，都是林星遥平时为了省钱很久没吃过的零食。

许濯从前从来没玩过游戏，林星遥就教他。林星遥以前做过游戏陪玩，技术还不错，教了许濯基本操作和意识，带他玩了两把之后，许濯就开始一路通关，解谜，升级。林星遥要花一个月慢慢琢磨的单机游戏，许濯一天就全部通关了。

林星遥不信邪，到处找那种难度高的单机游戏给许濯玩，许濯每天除了上课就抽空玩，最多一周通关。

"这样的人生也很单调吧？"林星遥后来实在没招了，对许濯说，"做什么事一点儿难度都没有。"

许濯和他一样盘腿坐在地毯上，闻言笑了。许濯最近常笑，在和林星遥一起的时候。

"也有难度。"许濯低头玩手机里的解谜游戏，说。

房门被敲响，王婉青推门进来。她看起来刚下班回来，见两人随意坐在地毯上，身边放着打开的零食袋和饮料瓶，数据线乱缠，眉头忍不住皱起。

"怎么又在打游戏？"王婉青很不高兴。

自家儿子在该学习的时候偷懒，这对从前的她来说是根本无法接受的事情。

林星遥马上说："他下午做完一套卷子了。"

王婉青心想才做一套卷子？！她都要开口训人了，可一看许濯全然不在意的样子，又颓然泄了气。

无论她现在说什么、做什么，许濯都不会听了。从三年前起她的儿子就完全变了个人——或许在更久以前，也或许她从来都没有了解过许濯。

所以现在面临儿子迟来的"叛逆"，她不知所措。她虽执拗，但也不笨，至少知道曾经完全脱轨疯狂的一切能挽回到今天的模样，都是因为林星遥这个孩子。

她必须给林星遥好脸色，以防许濯突然又做出些出格的事。王婉青尽力平静情绪，没再说教训的话，转身离开。

林星遥看见王婉青就不自在，站起来："我回去了。"

许濯也站起来："我送你回去。晚上想吃什么？"

"你不在家吃吗？"

许濯想了想："吃拉面吗？"

中心医院附近有家西北拉面店很有名，林星遥总馋他们家的拉面，就是贵，舍不得花钱。林星遥想吃，两人就收拾好地毯上杂七杂八的东西，出门吃拉面。

拉面店里人多，他们排了会儿队才排到号，两大碗热腾腾的拉面端上桌，林星遥专心吃面，许濯则坐在他的对面，把另点的葱油薄饼掰成小块。林星遥喜欢把薄饼泡在面汤里，泡得软软的再吃。

许濯看起来很随意。不知从什么时候起，他就一直是这样有些松懒的状态。接林星遥下班的时候也是，许濯就坐在旅舍大厅的沙发上倚着等人，长腿挂在沙发外，戴着耳机听歌，谁搭话都不理。

旅舍的大厅角落还放着一架钢琴，时而有会弹琴的旅客上去弹一首。林星遥本来以为许濯也会去弹，但这么多天过去，许濯根本看都没有看一眼那架钢琴。

晚上许濯开车送林星遥到家楼下。林星遥上楼回家，洗澡洗衣服，端着盆到阳台晾衣服的时候，无意往楼下一看。

许濯的车还停在楼下。

林星遥疑惑地凑到窗户前仔细看，看到许濯靠坐在车前盖上，好像在抽烟。

他晾好衣服，趴在窗帘后面看了一会儿。黑夜漫漫，如今老小区的居民越来越少，楼下寂静无人。

林星遥转身到玄关换好鞋，推门下楼。他走出楼道口时，许濯听到声响回过头来，他看见林星遥的时候下意识地按下电子烟，揣回了口袋里。

"怎么还不回去？"林星遥问。

许濯直起身："还早，不急。"

"你也不能总是让你妈妈担心。"

林星遥从口袋里摸出两条麻仁糖，递给许濯："这是我之前上学时候在北方买的麻仁糖，很好吃，给你。"

他本意是想对许濯这些日子接送自己的行为表达一点儿感谢，虽然很寒酸。许濯没有接过林星遥手里的糖，而是伸出手让林星遥站到自己面前。

林星遥顿时紧张得想挣开，但许濯没松。

他站在林星遥面前，低声问："那天你说，还有话要和我说，现在能告诉我了吗？"

林星遥静下来，垂着眸不说话了。

许濯低头望着林星遥的脸："星遥。"

"我没有话要说。"林星遥开口，"那天只是想办法让你保持清醒，我说了什么话，你都不用在意。"

许濯的身上还残留有淡淡的烟味。夜将他笼罩，烟香清冷。

"你讨厌我了？"许濯温柔地问。

林星遥别扭地侧过头："没有。"

"什么时候才能原谅我？"

"我不知道——"

林星遥差点多了毛，连忙后退，慌地转身跑上了楼。

许濯看着他离开的背影，手心握着那两颗糖。

朴素的包装，廉价、口感甜腻。

时隔三年，他终于又收到了林星遥的糖。

夜深，星幕垂野。

林星遥抱着被子，脑袋埋在枕头里。被子仍是从前的被套，那股淡淡的老旧馨香似乎永远不会散去。

外婆走的那天是阴天。遗体烧成一盒灰，由林星遥抱着。他刚走出火葬场，就接到警察的电话，告诉他，他妈妈找到了。

后来很长一的段时间里，警察、心理医生和姨妈都小心地陪伴着他。姨妈看过现场照片，不让林星遥看，她独自在角落崩溃哭了很久。

林星遥反而想，至少妈妈从来没有离开过自己，否则他该如何开解自己？

他失去了所有，只有不忘记过去曾拥有的一切，才能不随波逐流。

因为从此以后不会再有人替他记住了。

第二天早上林星遥肿着眼睛爬起来，去上班。他给许濯发消息让他晚上不用来接，许濯打来电话，他没接。

他后来得知之所以能找到妈妈的遗骸还是因为许濯提供的线索。

他们的相识起源于欺骗，从头到尾充满了谎言。

或许对许濯而言一切都没有意义。

那温柔光鲜的外壳下包裹的是一颗冷清的心。

那颗心永远遥不可及。

上午招待过几批客人后，林星遥坐在前台整理房间钥匙。他听到门口传来铃铛的声音，刚抬头，就见许濯走了进来。

许濯随手拖了张凳子坐在林星遥的旁边，林星遥不理他。

许濯看到他的眼睛，问："眼睛怎么这么红？"

林星遥生硬地回复："没什么。"

"星遥……"

"如果你对我这么好，是因为你想道歉，"林星遥打断许濯的话说，"那你可以不用再这样做了。无论是我的外婆还是妈妈，她们的去世都与你没有任何关系，你不需要再道歉了。"

午前，阳光静谧，旅舍门前的钟滴答轻响。

门外人来人往，像一扇门隔开两个世界。

"那我们能回到从前那样相处吗？"许濯问。

林星遥不与他对视，答："不。"除非他自己骗自己。

林星遥说完一抬头，突然看到许濯一直在注视着他。

许濯的眼睛极黑，像藏着不言说的情绪，灼烧着冰冷的火焰。

"我想待在你的身边。"许濯注视林星遥的眼睛，"对不起。"

"别说了。"林星遥小声喃喃。他不知许濯此时说出的话又是真心还是假意。

"你不想听，我就不说。"许濯温和地笑笑，"我有很多时间。"

如你所见，真心假意，痴妄嗔狂，过往一切，皆可付之一炬。

他只要前方那颗永不暗淡的星星。

九月，许濯正式开学。林星遥也结束了旅舍的打工，准备回学校。

自那天后，林星遥见到许濯就没有好脸色，许濯却只作没看见，依旧如常出现在他的身边。

整个暑假林星遥像在完成一个艰巨的任务，心想王婉青应该给他发点劳苦费……他现在很注重钱，外婆走后，他不得不面对现实生活的无情。

手术花去了一笔大额费用，林星遥左想右想，还是向学校申请了贫困生补助。照他从前那股自尊，他肯定不会这么做，但现在林星遥已经不在乎这些了。

返校后林星遥找了份在咖啡店的工作，跟着咖啡师边学调咖啡边上班。他升入大三，课业减少，大多时间都早起晚归在外打工。

他住在六人寝室，室友喜欢结伴一起上课，打球，泡网吧，经常约着下馆子。

林星遥与他们的作息和生活习惯完全不同，他根本不在外面吃饭，也不玩电脑，最初室友邀他一起吃夜宵，他拒绝了几次后，后来室友便再没邀请他参加寝室的集体活动了。

林星遥不合群，从小到大如此。他习惯了，在大学校园里独来独往，也没有交朋友。上课他永远一个人坐在角落，听完课就走，不参加班级的集体活动，不参加社团，一个人坐在食堂吃饭，晚上一个人回寝室洗澡。

没人教他如何融入人群，他自己也摸不着头脑，只习惯性把曾经的标签继续背在身上，认为大家都不喜欢自己是正常的事情。

不过自从暑假结束返校后，林星遥的生活发生了一丁点儿的变化。

许濯常常联系他。

他都怀疑许濯的学习生活是真的很闲。

许濯每天时常问他在做什么，接着一杯奶茶就送到了他的手上，或者一份外卖，那外卖经常是丰富的营养餐盒，蔬菜、肉、水果一应俱全。

因为许濯几乎每天都给他点这些外卖，导致咖啡店的员工后来还打趣林星遥，问他是不是其实是哪家大少爷来体验生活，还有人专门送来营养餐。

林星遥让许濯别再给他点外卖，许濯只一句话，你太瘦了，要注意身体。

暑假过后林星遥其实胖了一点点。他对自己的健康问题很谨慎，由于实在不想再生病，他开始每天晚上去操场跑步。

"别再乱花钱了，外卖真的很贵。"一次通话中，林星遥对许濯说，"我的助学金下来了，我会自己在食堂好好吃饭。"

许濯说："知道了。"

他很听话的样子，第二天照旧给林星遥买吃的。林星遥对他这种自我的行为很恼火，生气不再管他。

两人保持着一种奇怪的僵持状态，直到十二月末，许濯说要来北方玩一趟。

林星遥还以为他在开玩笑。

十二月末，北方的雪纷纷扬扬，覆盖大地。许濯没跟林星遥开玩笑，元旦前一天提着个行李箱出现在了林星遥的学校门口。

林星遥下了白班，顶着雪匆匆赶到学校和许濯见面。

林星遥不可思议："阿姨同意你来？"

许濯说："我拿到华大冬令营的名额，这次去华大见老师，顺便看看你。"

华大……林星遥无语了，三年不上学还能拿全国第一名校的冬令营名额，人真是生而有别。

许濯住在林星遥学校附近的一家宾馆。人都来了，林星遥好歹尽一下礼节，带着许濯在自己学校逛了一圈。

"我学校没什么好看的。"林星遥说，"等你去了华大，好大学看个够。"

许濯随口问："晚上有跨年活动吗？"

"不知道，我没参加过。"

北方的冬天冻得人脑壳疼，林星遥全副武装，脑袋缩在帽子和围巾里。许濯给他拉好帽子，带他去吃饭。

林星遥的大学在一处大学城里，跨年夜当夜，街上全是出来玩的学生，林星遥很不适应这种摩肩接踵的盛况，许濯走在他旁边，牵住了他的衣袖。

林星遥一惊，许濯说："别走丢了。"

许濯在路边小摊买了份水煮串，林星遥爱吃这些东西，抱着暖烫的盒子吃得津津有味。远处广场中心的大投屏上正在倒数跨年，所有人聚集在广场上，仰望光彩夺目的电子屏幕。

林星遥舔舔嘴角的汤汁，也抬头看屏幕上的倒数，眼中光亮闪烁。两人站在人群的外围，树影横斜，许濯双手揣衣兜，低头看着林星遥。

人声鼎沸之外，城市的电子霓虹投射。人群之中，许濯像一个从遥远的荒野走进匆匆人间的不速之客，周身寒意凝久不散，与热闹的气氛格格不入。

电子屏上的倒计时指到零点，随着模拟烟花与钟声响起，广场上的人欢呼起来。林星遥吃饱喝足，手脚暖和，他被旁人的情绪所感染，新的一年来临，他的脸上终于露出点笑意。

从前每年过年的时候，外婆都会念叨除旧迎新，一岁一礼，遥遥平安健康。她会端出忙碌一天准备好的年夜饭，盯着林星遥不许他挑食。

再往前数好多年，林星遥对妈妈还有模糊的印象。那时外公也在，一家人挤在很小的屋子里看春节晚会，女人把他抱在怀里边看电视边笑，低头与他说话。至于说的什么，林星遥已经忘记了。

他只记得妈妈很瘦，身上有温暖的香味，总温柔地唤他小星。

这些记忆在这三年里渐渐抵消了强烈的痛苦和恨意，支撑着林星遥没有在无数个孤独的夜里放弃自己，直至他深一脚浅一脚磕磕绊绊走到今天。一切终于运行如常，他才松了口气。

至少家人的愿望，他都还好好带在身上。

跨年结束后，广场上的人群散去。

两人往学校的方向回去，路上许濯问："那套黏土手办还在吗？"

林星遥愣了一下："我之前送你的那套？"

"嗯。"

"卖了。"

许濯静了会儿，确认："卖了？"

"留着也没用，反正你还给我了，我毕业后就拿去卖了。"

"卖给谁了？"

林星遥没料到他会这么问，终于抬头疑惑地看他一眼："挂在网上卖的。"

林星遥心想突然问这个干吗，明明他都还给自己了。说起这事，林星遥常感到那时的自己简直笨到不可理喻，明明家里没什么钱，结果就因一时冲动花那么多钱买一堆玩具。

那时的他想让许濯开心，像个一头热的愣头青唱着独角戏，不知观众冷眼旁观。

　　手办保存得很好，而且那手办是实体店单独限时发售的，在网上价格炒得很高，所以当初林星遥把手办挂在网上售卖的时候，还是原价卖出去的。

　　最初有多期待，最后就有多失望。

　　林星遥的心情还是和以前一样写在脸上，许濯把他送到学校门口，他闷闷不乐的："我走了。"

　　许濯问："明天见面吗？"

　　"……再说吧。"

　　林星遥转身进了校门。一个人揣着棉袄的口袋，厚围巾裹着，头顶毛茸茸的旧帽子，一步步踩着雪慢慢走远。

　　第二天是元旦假期，室友都回家了，林星遥睡醒起来，打开手机看到许濯的留言，问他去不去雪凇岛拍照。

　　雪凇岛就在林星遥的大学附近，坐高铁半个小时，再坐车过一条长长的大桥就能到。虽然学校附近有一个相隔如此近的景点，林星遥却从来没去过。

　　林星遥回复：我今天上班，能拿三倍工资。

　　他发完消息就收拾好出了门，没想到到了咖啡店后换好工作服出来，就见许濯坐在桌边，手里拿着个平板电脑。

　　许濯点了杯美式，林星遥调好一杯端过去放他桌上，小声问："你来这里做什么？"

　　许濯把平板给林星遥看，上面是一篇做了笔记的专业课文献："学习。"

　　林星遥无话可说，随他去了。

　　直到晚上九点林星遥才下班。他从工作间出来的时候，看到咖啡厅都空了，许濯还坐在原位。

他忽然有些愧疚，迟疑走上前。许濯见他忙完，笑着问："明天还上班吗？"

"不上。"

"现在出发还能赶上十点半的高铁。"许濯说，"走吗？"

林星遥坐上高铁的时候脑子还是蒙的，看着窗外飞逝的夜景和照明灯，再看一眼时间，晚上十点半。

许濯连要拿什么东西都给他想好了，票买好，宾馆订好，下高铁后打车到宾馆。

前台小姐："两位客人预定两间房，一共是 588 元。"

林星遥一惊："这么贵！"

"客人，我们这边是景区，现在是节假日，价格比平时都要贵一些的。"

林星遥心疼钱，说："有便宜一点的吗？"

前台小姐："还剩下一个双人间，两张床的那种，会比两间房便宜一些。"

林星遥说："行。"

等他们进了房间以后，许濯经过林星遥的身边放下行李，检查门窗、暖气和热水。许濯一副再自然不过的样子，林星遥也不想显得扭捏。

房里很快暖和起来，林星遥先去洗澡，洗完后出来趴在床上玩许濯的平板电脑。许濯的平板里下了很多游戏，林星遥对他的平板很感兴趣，但总不好意思表现出来，只有许濯主动拿给他玩的时候他才肯接过来。

浴室里热气蒸腾氤氲，沥沥水声停下。

许濯关上淋浴，拿过架子上的毛巾。

镜面的水雾渐渐淡去，模糊地映出一具挺拔劲瘦的身体。退学后他独自前往西部旅行，从广袤大陆的西南到西北，穿越诸多山川与高原，日复一日的翻山越岭和风吹日晒将他年轻的身体塑造得挺拔有力，力量隐于平静。

他的腹部留着一道淡淡的疤痕，贯穿的刀伤已不再作痛。许濯拉下短袖衣摆，走出浴室。

房里响着游戏欢快的背景乐，林星遥在玩贪吃蛇，他已经玩到第二名，蛇霸占了屏幕，他专心致志，黑发半干。

他就快拿第一了，手指在屏幕上飞快转，这时床垫忽然下陷。林星遥一愣神的工夫，蛇撞上别的蛇，稀里哗啦散成无数小点。

游戏结束。

林星遥瞪向许濯，许濯收回手道歉："我只是想看看你在玩什么。"

林星遥没办法，把平板还给他："算了，睡觉吧。"

一夜过去，日出时的雪淞岛一片银装素裹，白雾漫漫。岛中央植被丰茂，皆被厚厚的大雪覆盖。

许濯教林星遥摄影，林星遥抱着相机认真学，拍出几张小朋友水平的照片后就不拍了，不想浪费相机电量。

岛上有不少游客，大都是一家人，或朋友和情侣成群结队。许濯和林星遥分别穿着黑色和白色的厚长棉袄，背着书包，看起来就像结对出游的朋友。

许濯拍照的时候，林星遥就在一旁看，如果他自己晃到一边去看雪，许濯也会跟上来。中午他们在岛上一起吃午饭，下午坐在一家咖啡店里看照片。

这感觉对林星遥来说很陌生。当他和许濯一起走在人群中，穿过雪淞岛漫漫的冰凌和湖泊，形形色色的人从他的身边经过。

他才明白自己仍未真的习惯人生中漫长的孤独感。当许濯走在他的身边，雪好像不再那么冷，人烟也好像不再那样嘈杂纷乱。

景色清晰地呈现于眼前，长久以来麻木的感官终于能够运作。一个人总行色匆匆，两个人就能驻足停留，环望世间的风景。

许濯只在北方待了一个元旦假期就回去了。

寒假开始后，他前往华大参加半封闭式冬令营，周末理论上放假，

但实际都没有空。华大的冬令营学习要求极高，强度大，许濯只偶尔周末坐高铁来找林星遥，有时看看他就走了。

原本林星遥过年不想回江州市，一是路费贵，二是几乎没亲戚要走，但孟小兰强烈反对他一个人在北方过年，林星遥只好买车票回了江州。

华大的冬令营给学生放了年假，许濯回江州后问林星遥在哪儿，林星遥说在姨妈家吃年饭。

许濯退学后没多久，父母就离婚了。当时夫妻俩为了财产分割一事闹上法庭，最后是王婉青拿到更多。父亲很快再婚，听说妻子今年刚怀孕。

王婉青对此嗤之以鼻。

她是极度重视事业的女人，离婚后更是拼命工作，在江州市最好的医院工作的同时身兼医科大学教授。她与前夫一方彻底翻了脸，又因许濯之事尽量回避诸多不熟悉的亲戚，所以母子二人今年的春节也冷冷清清。好在无人在意。

许濯在外公外婆家吃完年夜饭，出门去找林星遥了。王婉青今晚值班，也吃完饭就走了。剩下二老望着空空荡荡的饭桌，无奈叹气。

林星遥更尴尬。孟小兰过年做了很多腊肉腊鸡，还腌了一大罐咸鸭蛋，叫林星遥来家里吃饭。林星遥不想去，但孟小兰忙活一天做年夜饭，碗筷也给他准备好了，他实在不好一直拒绝。

晚上孟小兰家里聚了许多亲戚，韩历心嫌烦，躲进自己的卧室不出来。林星遥在厨房帮孟小兰干活。孟小兰忙坏了，一个人要做一大桌菜，丈夫不会做饭，坐在客厅和亲戚抽烟侃天。

亲戚很多都听说过林家的事，有人好奇地问起林星遥，孟小兰就抢着说星遥现在在哪哪念大学，还一边念书一边打工，又说他当年自己一个人在外面租房子念完了高三，没人照顾他，他一个人长这么大了云云。大家都听得十分感慨，只有林星遥一句话也说不出来，简直想掘地逃跑。

韩历心打完两把游戏，从房里出来上厕所，刚晃到餐厅门口就见厨房里他妈和他那便宜表哥背对着他，似乎在拉扯什么。

"姨妈，我真不要……"

孟小兰硬把一个厚厚的红包塞进林星遥的口袋里："拿着！一个人在那么远的地方念大学，姨妈也不知道你过得好不好，瘦成这样……"

"我自己能赚钱。"

"傻孩子！这就当你妈妈让我给你的。"孟小兰低声说道，"你要是吃不好穿不好，你外婆和妈妈有多担心你，多责备我……"

林星遥不说话了，女人把红包揣进他的兜里，拍拍他的背。韩历心在一旁看着，转身去了卫生间。

吃饭的时候韩历心看都不看林星遥一眼，心想他妈凭什么给一个外人这么大的红包？他自己都没从亲爹亲妈手里收到过这么大的红包。

韩历心心中愤愤不平，总想不通妈妈为什么要对他的表哥这么好。

林星遥没在姨妈家留太久，跟一桌子没见过的亲戚坐在一起吃饭简直煎熬，他中途就找借口溜了，饿着肚子离开姨妈家，想在附近随便找个地方先填饱胃。

他拐过小巷，前方有一处道路在施工，警示牌和围栏围起，一个大照灯亮着。林星遥从旁边绕，忽然听到背后传来脚步声。

他迟疑停下，刚要回头，后背就被猛地踹了一脚，他猝不及防，摔进角落，紧接着一阵拳打脚踢袭来，他被重重踩到肩骨，疼得叫出声。来人抓住他的手反剪在背后，压在他背上在他身上摸。

林星遥差点以为遇到变态，怒吼："别碰我！"

那人把他抓起来用力摔在地上，从他的衣服口袋里摸出红包："这么多钱也舍得给你……"

林星遥听出那人的声音，简直难以置信，愤怒和不解一时达到顶峰，他不知哪来的力气用力挣扎，翻身把人甩到地上，就着一点儿光看见了对方的脸。

"韩历心！"林星遥怒，"我惹你了？"

韩历心抓过林星遥的手把他摔到一边："这钱就不该是你的！你天

天占我们家便宜，当我家做慈善的？！"

"你想把钱拿回去就直接告诉我，我给你！谁教你抢东西了？！"

"谁信你的鬼话？！"

林星遥怒火中烧，当即揪过韩历心的衣领和他扭打起来。韩历心没想到林星遥看起来瘦瘦白白竟然这么暴躁，被揍了几拳后疼得龇牙，一时气血冲头，抓过地上的小石块就朝林星遥砸去，石头不偏不倚砸中林星遥的额头，林星遥眼前一晕，血从额角流下。

韩历心回过神来，愣住了。

他知道坏事了，刚想转头就跑，忽然一股大力从后扣住他的脑袋，他被往后拖拽，挣扎大吼："谁啊？！"

许濯的身影像一道黑墙，背后照明灯的白光晕散。

他抓住韩历心往墙上一撞。

林星遥吓坏了，急忙拦住他："许濯！"

林星遥把许濯拖得后退好几步："我流血了，你看不见吗？！"

照明灯的光晕在许濯的脸上留下黑与白的光影。

听到林星遥的声音，许濯的目光终于落在林星遥身上。

"……车停在附近，我带你去医院。"

林星遥说："把韩历心也带去。"

许濯不说话了，林星遥怒吼道："我不是在征求你的同意！"

最终韩历心还是被带上了车。一路上车里静极了，林星遥用纸暂时按着伤口，不看许濯，不和他说话。

许濯刚才的模样让林星遥被迫再次想起那片旧日的森林。那晚的一切都脱轨了，成为梦魇，纠缠了林星遥三年。黑暗的身影仿佛在那一夜高高拔起，又在天明之后无声隐去。

等两人处理好伤口后已是深夜。林星遥的伤只用清理消毒贴敷药，韩历心脑门上的创口却需要缝针。孟小兰赶来的时候见到两人伤成这样，忙询问发生了什么事。

林星遥没有说韩历心抢钱的事，韩历心也不敢说自己是被许濯揍的。许濯身上的气质令韩历心本能地感到惧意，目前问起，他只含糊说自己和林星遥起了矛盾，打了一架。

许濯不关心周围，拿过湿巾擦林星遥脸庞的残余血迹，林星遥皱眉挡开他的手。孟小兰看一眼许濯，他的在场让她感到隐隐不对劲，但又说不出来为什么。

最终孟小兰只能把韩历心教训一顿，她按着人和林星遥道歉，之后带着儿子走了。

林星遥离开医院，许濯跟在他的后面："星遥，我送你回去。"

林星遥生硬地回绝："我自己回。"

他看也不回头看一眼，在路边拦了辆出租，坐上车走了。

车行驶了很久，林星遥一个人坐在后座，忽然有种心灰意冷的感觉。

出租抵达小区门口，林星遥下了车走进小区。深夜风寒，方才打架的时候围巾也弄脏了，他只能把围巾握在手里，寒意阵阵灌进衣领。

脚步声在身后不远处响起。林星遥不吭声，走到自家楼下，转过身。

"别跟着我。"他冷着脸开口。

许濯停下脚步站在他的面前。

"别生气了。"许濯的声音很轻，"是我做错了，对不起。"

"你没有觉得你做错了。"林星遥呼吸起伏，眼眶发红，看着许濯。

许濯不说话。林星遥的心中充满了绝望："明明一切都开始变好，你重新开始念书，还进了华大的冬令营，我也大三了，再过一年就可以工作赚钱……"

许濯上前一步，林星遥应激般发怒："别过来！"

"反正你什么都不在乎，你装出这种样子给谁看？！"林星遥喘息着，"我还像个傻子一样为你计划未来的事，结果你根本就不在乎！你不考虑自己！"

许濯快步上前抓住林星遥的衣服，林星遥挣扎，强忍着哭腔："滚！我不想再见到你！"

"没有不在乎，"许濯的声音里竟生出紧张，"对不起，是我错了，我……"

林星遥抬起一脚踹在许濯的腿上，许濯一时吃疼松手，又迎面挨了重重一拳。林星遥后退几步，像全身张开刺的刺猬，竭尽全力保护自己。

"别再出现在我的面前。"

他冷冷地看着许濯，含着泪却充满陌生和防备，是许濯从来没有见过的眼神。

"我不会再这样做了。"许濯喉咙干涩，他小心唤林星遥的名字，"星遥，不生气了。"

可林星遥只是沉默地看着他，然后转过身，消失在了楼道的黑暗里。

林星遥一夜未眠，肩骨频频作痛，他想可能是旧伤复发。凌晨四点时，他疼得烦躁，睡不着，只得起身换衣服出门去医院。

他一走到楼下，就看到许濯的车停在小区门口。冬日的凌晨四点，天还黑着，夜幕中晨星闪烁。

许濯坐在花坛边的长椅上，不知坐了多久。天寒露重，他仿佛感觉不到冷，手里的电子烟已经空了。

许濯也看到他，愣了一下，起身走过来。

林星遥还以为自己看错了，等许濯走到面前，他别过头。

"怎么这个时候出门？"许濯问。

林星遥反问："你坐在这里做什么？不知道晚上的温度快零下了吗？"

沉默一阵，许濯说："我不知道去哪儿。"

"回家啊！"

许濯不说话，垂眸站在林星遥的面前。林星遥气不打一处来，转身就走。

许濯说："去哪儿？现在路上没车。"

林星遥头疼地想起这件事。是的，凌晨四点，等个车的工夫都能把自己冻感冒了。最后林星遥还是坐上了许濯的车。两人抵达医院，医院灯火通明，急诊室有不少人。

林星遥没想到会在这里遇到夏若美。

他正拿着拍好的片子出来，听急诊室里传出一个熟悉的声音："还不是你把玻璃杯放在那种地方，我在家里不穿鞋怎么了……"

林星遥疑惑得皱眉，旁边许濯则直接转头看了一眼，然后事不关己地收回视线。

林星遥走进急诊室，就见夏若美坐在椅子上，医生刚给她的脚清创完，正在贴敷料。

她的旁边还站着个男生，男生微胖，个子挺高，五官普通，正担忧地看着夏若美的脚。

"我以后再也不放那儿了……"男生小声说。

夏若美抬头看一眼，看见林星遥和许濯，惊呆了。

林星遥确实是旧伤复发，好在骨头没问题，医生只给他开了点止疼药，让他回去静养，多摄入营养。

时间已过五点，街上渐渐有了人气。

夏若美主动邀请林星遥吃早饭，就在医院附近的那家拉面店，林星遥没拒绝。

于是四人坐在了拉面馆。和夏若美一起的男生叫小饶，是夏若美的男朋友，有点社恐。

林星遥有些吃惊，与小饶打招呼："你好。"

小饶说："你好，你好！若美和我提起过你，她挺喜欢你的。"

夏若美："别说有的没的！吃你的。"

小饶脾气好，嘿嘿一笑，端起碗吃面。

夏若美当年也没参加高考，复读一年后以艺术生的身份考入了江州师范，与现在的男友小饶在画室认识。

今天夏若美没化妆，顶着张清秀的素颜，也没穿那些奇装异服，睡衣外面套一件大棉袄就出来了。

她看起来和从前不大一样，精神还不错，和林星遥聊天的时候偶尔瞥一眼许濯。许濯好像进入了节电模式，谁也不搭理，她也懒得搭理许濯。

"你去那么远念书，毕业后还回来吗？"夏若美问。

林星遥说："没想好，可能不回了吧。"

夏若美若有所指："你旁边那个人现在干吗？"

林星遥："……他在准备今年的高考。"

"这么快就恢复了？准备考哪儿啊？"

"不知道，不过他入选了华大的冬令营，等过完年就去了。"

夏若美："哦，和你一样去北边了。"

林星遥不自在，刚想说什么，一直装聋的许濯忽然开口："是的。"

大家一时都不吃面了，都看着许濯。许濯弯起嘴角，脸上挂出温和的笑："不然以后找他来回太远，不方便。"

夏若美"哼"了一声，林星遥瞪许濯一眼，示意他不要再说。

有小饶在，另外三人没聊很深入。林星遥三年前换了联系方式，夏若美重新和他交换了手机号。

许濯去取车，小饶也去骑他的电动摩托来。林星遥和夏若美坐在面馆里等。

夏若美问："你和许濯和好了吗？"

林星遥不自然地道："什么和不和好……"

夏若美"哦"了一声，和他并排坐着看门外苍灰的天空。太阳还未升起，只有路灯照亮街边。

"林星遥。"夏若美轻声开口，"你讨厌我吗？"

林星遥说："不讨厌。"

夏若美笑了笑："如果是别人，可能恨都恨死我了。"

"为什么恨你？"林星遥说，"做错事的是你爸，不是你。"

夏若美出神，过了半晌才说："后来那些猫，我捡了两只回来养，饶哥和我一起养。"

"嗯，你男朋友看起来脾气很好。"

"他就是个呆瓜。"说起男朋友的时候，夏若美笑了笑，又想起往事，"我从没想过我这种人竟然会谈恋爱。"

"以前是以前，现在是现在。"林星遥说，"未来都是未知的。"

夏若美点头"嗯"了一声："你说得对。"

临分别的时候，夏若美对林星遥说："你可把许濯看好点，他跟在你旁边才多少正常点。"

夏若美说话不着调的性子还是没变。

林星遥闷闷道："他怎么样都跟我没关系。"

夏若美同情地看一眼许濯停在路边的车。

"其实我以前喜欢过许濯。"夏若美突然说。

林星遥吃惊地看向她。

夏若美继续说道："他长得和大明星似的，成绩好，装出来的性格又好，喜欢他不奇怪吧？不过后来我才发现他和我本质是一类人，当然他心理问题比我严重得多。"

"饶哥说我会走出来的，因为他会一直陪着我。"夏若美看向林星遥，笑着问，"那你呢？"

林星遥在回去的路上开始咳嗽，流鼻涕。许濯把他送到家，试了他的额头，人已经开始发热了。

昨晚林星遥被灌了一脖子冷风，现在出现了感冒发热的症状。许濯把他送进屋，林星遥头晕脑热，也没精力管许濯进自己家门。他本就一夜没睡好，这会儿自己乖乖脱了衣服鞋袜，爬上床裹好被子睡觉。

许濯给他烧好热水放在床头，出门买药和冰贴，回来后听卧室里咳嗽不断，他推门进去。

林星遥现在免疫力太差，没一会儿就咳得心肺作疼，脸烧得绯红。许濯掀开被子摸他的后背，背上全是汗。

他拿来林星遥的睡衣，把人从床上扶起来。

林星遥难受道："我要睡觉……"

许濯哄他："换了衣服再睡。"

许濯让他换好衣服，额头贴好冰贴，拿过药给人喂下。林星遥舒服了点，蜷进被子里继续睡。许濯同样一晚没睡，看着林星遥安静睡着了，也趴在床边闭上眼睛。

没过一会儿林星遥又咳起来，嗓子跟漏风了似的，他侧躺着呼吸不畅，被子盖着热，烦躁起身蹬开被子。

许濯只得又坐起来："星遥，去医院吧。"

林星遥坐起来喘气咳嗽，哑着嗓子："不去。"

许濯给人喂了点儿热水。林星遥鼻息很重，身体发热，许濯把林星遥扶着，拍背顺气。林星遥额角冒着细汗，时而难受咳嗽。他浑身绵软，随着许濯安抚的动作渐渐平静下来。

上午的日光浅淡，照亮这一方小小的卧室。

"许濯。"林星遥闭上眼睛，小声叫许濯。

许濯侧过头："嗯？"

"你行事不要再那么冲动了。"林星遥说。许濯的身上有熟悉的淡淡冷意，令他感到舒适。

"不然我真的再也不会原谅你了。"

许濯的动作停住。

"我答应你。"

从此给我
有光的梦乡

好在年轻，林星遥吃过药，睡了一整天，烧便退了。

年关一过，林星遥回学校，许濯也继续参加他的冬令营。时间从冬入春，接着又一年绿日盛夏。

江州市临江，市内绿植盎然，白日时水汽丰沛。正热的七月烈日当头，江南已好多日未下雨，大街小巷蝉鸣大噪，热浪滚滚。

许濯房里开着空调，林星遥坐在书桌前一脸紧张地盯着电脑。

今天是高考出成绩的日子，查分页面卡了，林星遥退出重进几次，页面就是转不出来。

许濯开门进来，一手拿一个不小的盒子，一手拿着手机打电话："……是有这个打算……我没有意见，之后我会与家人商量……"

页面终于转出来了，林星遥定睛一看，看到一个可怕的数字："你的成绩出来了！"

许濯过来坐到他的身边，把纸盒放在桌上："嗯，刚才华大的老师也给我打电话了。"

之后许濯又接到了几个电话，都是各大高校招生部打来的。按许濯自己的意思，第一志愿还是华大。

虽然以前就知道，但在真的看到许濯的高考成绩时，林星遥还是觉得不真实。想来这个人曾经好好学习还参加各种比赛、训练也都是假象，他根本就不需要做这些，只不过是父母要求。

"这是什么？"林星遥看到许濯在拆桌上的纸盒。

许濯没关心自己的成绩，他拆开纸盒，里面塞满了泡沫和垫纸，打开后露出一个玻璃罩。那是"林中花园"手办。许濯把纸盒和泡沫拿开，打开玻璃罩——检查里面的零件，林星遥傻傻地看着熟悉的小狗和兔子。

"你又买了一个？"

"你之前买的。"许濯说，"我从你的买家那里买回来了。"

林星遥一脸疑惑："你怎么知道我卖给谁了？"

"你手机里的二手交易软件有记录。"

林星遥瞪他："你翻我手机？"

许濯解释："三个月前你把手机给我，让我帮你卖旧物，那次看到的。"

林星遥想起这事了，只好不说话。零件都散装在袋子里，许濯拆出所有零件，开始一个一个拼。

"别人怎么愿意给你了？"

"本来不愿意，我和她聊很久，加了价，她才卖给我。"许濯说，"拿到的时候少了几个零件，多花了点时间才凑齐。"

小狗和兔子依然坐在餐桌前，一个拿着书，一个举着刀叉跃跃欲试准备吃饭。手办几经转折，零件早已旧了，色泽也不再如从前鲜艳。

林星遥撑着下巴嘀咕："当初自己不要，现在又非要找回来……"

许濯看向他，林星遥装作没看到。

"我后悔了。"许濯说。

林星遥别扭地低下头。他心中有一丝委屈，心想当年拼得好好的完整的一个送到你面前，结果现在转卖过别人，经了别人的手，还凑了新零件，怎么想也不是原来那个了。

许濯低声说："原谅我好吗？"

"……我又没生气。"

许濯拿起一个小零件放在林星遥的手心："那一起拼吗？"

林星遥默默捧着小零件，过会儿从身后的零件堆里翻出另一个，开始慢慢拼。许濯看他低着头专心研究，把零件摆进花园的位置。

林星遥总是心软，就算被欺骗过、被伤害过，即使总是孤独和彷徨。可他的心就像一个精妙的过滤器，筛走经年累月的杂质和脏污，永远留下洗涤过的纯白。

晚上许濯做了点儿简单的晚饭。林星遥饿得肚子咕噜叫，许濯做饭的水平突飞猛进，也都符合林星遥的口味。

林星遥坐在餐桌前吃得很香。时值傍晚，屋外漫天火烧云，夕阳余晖静静洒落。

不久，王婉青下班回家，得知许濯的高考成绩和几所学校打来电话的消息，她难得高兴一回，说明天带许濯和林星遥出去吃晚饭。

王婉青提了几年的心终于能放下，然而母子俩很快在专业选择上产生了分歧：王婉青依旧希望许濯选择医学专业，许濯则干脆地拒绝了。

三人坐在客厅。

林星遥不明白自己一个外人为什么会坐在这里，可另外两人似乎都觉得他的存在理所应当且必要。

"许濯，你要知道你目前所掌握的医学知识和资源是大多数医学生无法企及的。"王婉青试图和许濯讲道理，"你非常适合这门学科，甚至比我和你的父亲更适合。"

许濯说："我不想学医。"

王婉青见劝说不动，转头看向林星遥。林星遥很尴尬，王婉青温声问他："星遥，你觉得阿姨说的有什么问题吗？"

林星遥说："没问题。"

王婉青示意许濯，意思是你看，你的朋友也这么认为。

林星遥又开口："但是如果许濯不愿意……就还是按他想的来吧。"

王婉青深吸一口气："……那许濯你说，你想选择什么专业？"

许濯坦白："我没想好。"

女人那表情简直下一秒就要发火了，林星遥马上说："还有时间可以考虑！阿姨，许濯他一定会想好的。"

看在今天是个好日子，王婉青没再说什么。她也转了性子，至少在面对自己儿子的时候已慢慢能强迫自己接受许多从前根本无法接受的事情。

临走前，林星遥还嘱咐许濯："你和阿姨说话时不能委婉一点儿吗？至少这几年她都在为你操心奔波，不像你爸……"

许濯说："知道了。"

成绩出来后没几天，许濯填好了志愿。他的第一志愿选择了华大的数学系，王婉青拗不过儿子，最终无可奈何，只能随他去。

许濯说带林星遥去滇南玩，林星遥很想出去玩，心动了。

他不需要操心任何事，许濯全都可以安排好。许濯之前独自在外旅行有半年之久，且去过滇南，对此非常熟悉。

几天后许濯自驾开车走高速南下，当晚抵达市区内的古城。

滇南低海拔地区气候四季如春，夏日也宜人。林星遥推开窗往外看，古城在夜幕下灯火横列，远处群山环绕。

夜里有些冷，另一张床上的许濯已经睡着了，房里漆黑，林星遥看着窗外朦胧的星空，收回视线，目光落在许濯的脸上。

许濯睡着的时候像一个精雕细琢的木偶，五官的每一角都很完美。这份完美冰冷无情，只有在许濯睁开眼睛的时候，才会有一丝温暖的人气。

林星遥有时候很想问许濯，他这一次的相处是真的吗？如果是真的，那是从什么时候开始的？

回忆从前，太多不堪和不美好，林星遥也无从寻觅细节。或许是兜转了太久、绕了太多弯路，最初的心意都已不复纯粹了。

第二天两人睡到九点多才起来，许濯开车找到一家城区里的米线店，两人慢吞吞吃完热乎的米线，开车去附近的村落游玩。

村里仍保留了一段完整的茶马古道，上午的阳光落进错落的石砌小路，两旁是古旧的房屋。

今天正巧有剧组在古道里拍摄，林星遥坐在不远处林荫下的小石凳上好奇地张望，手里端着碗许濯买给他的鲜奶米布吃。

米布奶香味十足，林星遥吃得停不下来，他看了半天，转头对许濯说："我好像看到一个眼熟的明星……你干吗？"

林星遥转头就看许濯在拍他，忙转回去，尴尬道："别拍我。"

许濯说："已经拍了很多了。"

他把相机拿给林星遥看，林星遥震惊地看着相册里一大堆自己的照片，侧面、背影、近照、远照，还有睡着时候的照片！

"删了！"林星遥恼羞成怒，"你偷拍我！"

许濯把相机一揣，起身走了，林星遥连忙去追他，临了没忘把米线吃干净，碗扔进垃圾桶。

"这么好看，为什么要删？"

"我不习惯——"

"你会习惯的。"

中午，林星遥吃的是菠萝饭和烤鸡。许濯真的很会找吃的地方，林星遥简直从没吃过这么好吃的菠萝饭和烤鸡，许濯坐旁边拿着手机给他录像，镜头里的林星遥像只进食的仓鼠。

许濯看得发笑，随口问："好吃吗？"

林星遥点头，看到许濯又在拍，瞪他。许濯就收起手机，不拍了。

吃完午饭回宾馆休息。林星遥躺在床上抱着被子熟睡，滇南夏日的阳光热烈，许濯坐在窗边，一张张翻看相机里的照片。

许濯安排的旅行节奏很随性，他看完照片后也上床睡午觉。两人睡到三四点才醒，林星遥都睡蒙了，上车时还在犯瞌睡。

直到车窗外不断有风吹过，天空蔚蓝如水洗，公路一侧的蓝色洱海像一颗巨大闪光的宝石，枕卧在绵延山丘和小镇之间，他才恢复了精神。

林星遥趴到窗边，风吹乱了他的短发："许濯你看！"

车沿东线环行，山海与天光之景一览无遗。

许濯一手拿着方向盘，看林星遥兴奋地举着手机拍照，小孩似的坐不住，许濯的唇角也不自觉勾起笑意。

他曾独自来过这个地方。那时还是深冬，夜幕落下时，天与水都陷入沉睡。只有他一个人坐在洱海边，比天空和湖水还清醒。

从市区往香格里拉走，一路茫茫草原，气温渐低，远处可见雪山白色的峰顶。林星遥有些晕车，在车上大多时都在睡觉，下车后裹着件厚外套，打个哈欠还会呼出白气。

他早早放松了防备，海拔一高还是出现轻微的反应，他迷糊着往旁边靠，东西也不想拿，都丢给许濯。

许濯给他拿包，带他回房，进门后房里开好暖气。落地窗外，远处草原绵延，小镇漆黑，偶有灯光明灭。

回到房间，暖气一热，林星遥又恢复了精神。

房间外群山之上，漫天星光闪烁。在城市里看不到如此清晰的星空，林星遥裹着外套和围巾站在阳台上抬头看星星，没过一会儿许濯也来到阳台。

林星遥看着许濯拿着相机和三脚架，好奇地问："要拍什么？"

"星轨。"

许濯架起三脚架，林星遥帮他拿着相机："相机可以拍下星星移动的轨迹？！"

"嗯，用长曝光。这里没有其他光线干扰，应该可以拍得很漂亮。"

相机架好，镜头对准星空，开启长曝光模式。地球的自转庞大而悄无声息，人的肉眼难以捕捉群星的轨迹，星空仿佛静止，在林星遥的眼中投落千百光年以外的光芒。

"许濯，你为什么会想一个人出门旅行？"

"散心。"

"所以以前的生活对你来说……还是不快乐的，对吗？"

许濯垂眸站在三脚架旁边，他身形修长，侧影淡漠，闻言陷入短暂沉默。

快乐还是痛苦，曾经于他而言都归于无感。

他的情绪表达不会得到正反馈，因而他就收起了这种无谓的浪费。

外界需要什么，他就给出什么，仅此而已。

"以前不是，"许濯说，"但你走了以后就是了。"

林星遥愣一下，局促地转过头，双手揣在衣兜半天说不出话，没过一会儿他转身一声不吭地跑进了房里。

没一会儿，林星遥又在屋里叫许濯："快进来吧，外面冷。"

许濯听话地进屋，关上阳台的拉门。

他们在山脚下的小镇宾馆里休息了两天，镇上有座高高的佛堂，挂满经幡。

许濯曾经来过这里，那时他四点起床，前往佛堂拍日出。

佛堂在山上，要爬过很高的台阶才能抵达。日出前的白墙堂前寂静无人，寒风猎猎，金顶在破晓前的黑夜下隐隐生光。

许濯坐在高低不平的石墙上等厚厚的夜幕黑云散去。来自天际和野原的风吹动层层经幡，云好像永远不会散去。

比起看到光，他在黎明前的至暗中更惬意。那时候的他漫无目的，在荒原上独自穿行，时间在旅途的脚步里变得重复一致，他留下了旅行的记忆，却未见任何风景。

那时，他只是一个在无主大地上漂浮的游魂。

　　巷角排成长队的小店前，林星遥端着盒烤饵块吃得起劲。山上冷，他套上了防寒服，边吃边看远处的雪山，想起许濯拍过的照片里也有雪山的风景。

　　林星遥问许濯上不上山，许濯说："你有高原反应，最好不去。"

　　"可是我想上山看看。"

　　许濯就开上车带着他往山上走。盘山公路回环，许濯开车很稳，但海拔越高，林星遥的高原反应就越明显。

　　车开了两个小时，停在草原上一个小小的服务区里。两人穿过公路，顺着茫茫的草原往山坡上走，林星遥被许濯牵着，花了半个小时费劲走上山坡。

　　林星遥坐在石头上休息，犯高原反应头晕喘气。

　　许濯给他喂了块巧克力和维生素片："还是下去吧。"

　　林星遥戴着帽子，指着远处的雪山峰顶："你之前拍的照片里的雪山，是不是这个？"

　　远处，雪山山尖直指苍穹，黑石和白雪相间，像金光下翻涌的海潮，亘古沉默。

　　许濯说："是，就是这个。"

　　林星遥被风吹得擤鼻涕，许濯地无奈坐在他的旁边给他挡风："你怎么一定要上来？"他记得林星遥不喜欢运动，尤其不爱爬山。

　　林星遥托着下巴望着远处的雪山，说："看看你曾经看过的风景啊。"

　　许濯安静片刻。

　　林星遥话说出口就不好意思了，干巴巴地解释："看你拍的照片都很好看……所以才想看看照片里的风景是什么样。"

　　许濯看着林星遥的眼睛。

　　高山冰冷的风吹过温热的唇，带着雪和草原的气息。

山高万丈，深渊无底。

他本是个局外人，与任何人无冤无仇。

探索自己的心理对许濯来说没有意义，他的内心深处混沌无序，溯源也不会有任何结果。

但在带走夏文的那个夜晚，当许濯浑身是血意识模糊时，睁眼却看到夜空漫天的星星……

他找到了答案。

因为他在荒野里等了很久，没有人拉住他。

没有人叫他回来。

在滇南玩了一圈，两人踏上回程的路。

车行驶在高速上，林星遥玩累了，放下副驾驶的靠背窝着睡觉，身上盖个小毯子。他睡得迷迷糊糊，感觉车好像停在路边休息，许濯在摸他的脸。

"遥遥。"

"嗯？"林星遥睡得眼睛睁不开，稍微换了个姿势。

许濯的声音温柔带着笑意，在他的耳边响起："我们继续走好不好？"

林星遥含糊嘀咕："去哪儿？"

"随便去哪儿。"

林星遥清醒过来。他看到许濯一双漆黑的眼睛像雪山上黑色的斑痕，像有流动的冰冷金属光泽，折射着漫长的时光。

林星遥愣愣地看着许濯，忽然认真地说："我不会再走了，我会陪着你。"

"你不是问我三年前我说有话要对你说，我想说的是什么吗？

林星遥一字一句认真地道："我想说，你会好起来的。等你痊愈以后，无论事情变得多糟糕，你都可以重新开始。你这么聪明，只要你想，没有你做不到。"

"你只是看起来很冷漠，但是我知道，只要有人能拉你一把，你就一定会回来。"

许濯安静地听着。这些话在林星遥的心中反复酝酿过无数次，他本以为不会再对许濯说出口，他以为自从三年前那场离别后，他已经失去了说出口的机会。

"所以，"林星遥说，"我相信你一定会回到我……我们的身边。"

那个缀满星光的夜，森林化作一只吃人的巨兽吞噬一切。林星遥在巨兽的嘴里踉跄奔走，一遍一遍呼唤许濯的名字。

他知道许濯很聪明。许濯冷静清醒，什么都不怕，从不迷路。

所以无论森林再黑，只要许濯听到有人在叫他的名字，就一定可以找到回家的路。

暑假结束后，林星遥升入大四，许濯则正式成为华大的一名大一新生。他去学校报到的那天引起一阵不小的轰动，还被校电视台和宣传部拉去采访，很是受了番围观。

那天林星遥也一起去了，一是许濯要求，二是他自己也想见识一下名校氛围。谁知一去他就被摄像机和话筒围起来，吓得他扔下许濯就跑了，之后很长一段时间无论许濯怎么哄骗都不肯再来。

大四，林星遥变得很忙。

他要上课、打工，同时开始准备找工作的事。

由于要打工，他很少有机会能去找许濯。

找工作方面他没有人可以寻求指导，就干脆去问许濯。虽然许濯才大一，但林星遥对许濯智力方面的信任接近盲目。

然而许濯没有给他指导。许濯对他以后要找什么工作并不在意，只是想知道他在哪里工作。

"我的理想情况是，你来首都找工作，这样我们可以一起租房子。"

许濯说。

林星遥说："你在学校住得好好的，干吗花钱租房子？"

"你毕业后如果不回江州，就要租房；如果要租房，不如和我一起分摊房租。"

林星遥还是犹豫："可是首都的消费水平太高了，而且我这种水平在首都也找不到什么工作。"

许濯就和他算成本。

如果林星遥在首都以外的地方找工作，他一个人一年大概会承担多少房租以及两人会产生多少车船费及各类杂费；如果林星遥在首都工作，他们就可以平摊房租，且省去一大笔异地导致的费用，而且以许濯的名义租房还能有学生优惠补贴。

"我们可以在家做饭，节省成本。"最后许濯说。

林星遥很认真地心动了。他思来想去，翻首都的各类招聘通知，心想在首都找工作好像也没那么难，要求放低点儿就行。

大四的寒假过后，林星遥再没课了。他收拾好行李，与大学四年基本没说过几句话的室友们简单告别，和许濯一起坐上前往首都的高铁。

许濯租好了房，房子是同系的学姐介绍的，地段和价格适宜，有厨房，还有一个采光很好的阳台。

两人打扫过房子，添置了点儿新东西，冰箱里放上吃食，预备做饭的食材。洗过的衣服晾在阳台，被微风吹得慢悠悠地晃荡。

"明天我就开始找工作吧。"晚上林星遥坐在沙发上看电视，有些兴奋地乱动，"应该不会很快找到。"

许濯说："不急，简历先给我改改。明天去买正装。"

林星遥发了会儿呆："感觉像在做梦。"

三月的北方夜里很冷，客厅开着暖气。

这是他们搬来这里的第一晚，打扫采买一天，行李还没收拾完，敞

开放在地上。

林星遥忙了一天，精神又亢奋，此时已经有些累了。

许濯让他去睡觉，他洗过澡换上睡衣，躺上自己新铺的床。

他本以为会翻来覆去睡不着，但床被柔软舒适，他放松下来，很快闭上眼入睡。

许濯关了电视，客厅安静无声。他开着笔记本电脑改林星遥的简历，手指轻敲过键盘。

他忽有所想，停下动作，抬眸看着这个安宁温暖的房间。林星遥在门后安睡，过去的一切正在缓慢地消解。

"未来"。他的脑海里跳出来这个词。

现在，此时此刻，他们一同落定在城市中的某一个角落，明天将各自奔忙。是否这就是林星遥曾经告诉他的，那个"未来"？

第二天林星遥醒的时候，许濯已经去上课了，餐桌上留了一份早饭。

林星遥窝在沙发上倦倦地吃完早饭，拿起手机看到许濯留给他的消息。

下午四点下课，一起去给你买衣服？

他差点忘了自己要买正装的事。许濯也改好了他的简历，虽然不如说是重写了一份新的。林星遥打开许濯发给他看的简历，一边看一边心想这描述的是自己吗……虽然相比之下，自己写的简历仿佛小学生写的自我介绍流水账。

林星遥吃完早饭后又溜回卧室去睡觉。

温暖的卧室，午后阳光静谧。

林星遥睡得很沉。

离开七中后，林星遥独自住在那个略显拥挤的合租房里。合租房里他的那一间最便宜，采光也最差。

阴天的时候，房里一整天都不会有光。

　　寒来暑往，日日夜夜，他天不亮就醒来，然后披着月色和星光回到出租房。郊区的房子水电有时供不上，他就匆匆洗个冷水澡，回房点起台灯伏案念书。

　　冬天的时候，房里冰冷。

　　手臂枕上书桌后，很久才能产生温度。

　　那一年的冷伴随了他一整个冬天。

　　下午两人去商场买了衣服，拍了证件照，从超市买菜回家。

　　吃完晚饭后林星遥就专心投他的简历。

　　他换上正装拍出的证件照有模有样，简历也写得相当漂亮，就是担心到时候面试一紧张会露出马脚。

　　为此许濯特地教林星遥如何面试，挑了几个重点问题给他做模拟，还很耐心地和他分析职场面试的心理知识。

　　晚上林星遥睡下后，许濯一个人坐在客厅餐桌上剪片子。

　　他戴着耳机，只亮着墙边的壁灯，指间松松夹一根烟，一缕烟雾缓缓上升。

　　他很久没碰电子烟了，只在家里放一包纸烟，在渐渐戒掉烟瘾。

　　电脑屏幕里的视频画面是他们在滇南时留下的影像，镜头里蔚蓝的天空，藏风的小镇，再一转，林星遥的侧脸很近地出现在镜头里，腮帮鼓着在吃烤串。

　　林星遥转头看向镜头，挑眉：“吃东西有什么好拍的……”

　　许濯拖动鼠标，把所有视频分好导出，存进硬盘和私密文件夹。

　　林星遥睡到半夜忽然自己醒了。

　　他做了个不大好的梦，梦断断续续乱七八糟的，一会儿梦到自己从前一个人在出租房里做题做到深夜，一会儿梦到自己在无人的森林里到处找许濯，就是找不到。他又梦到妈妈紧紧地抱着他，说“小星，妈妈真放心不下你"。

他醒来时呆呆坐了会儿，摸黑下床找拖鞋。夜静悄悄的，他拉开卧室门，看到客厅里亮着一点儿光。

许濯见他从客卧出来，下意识地掐灭了手里的烟。

林星遥迷糊走过去："在做什么？"

许濯答："剪片子，去滇南拍了很多视频。你怎么醒了？"

林星遥不好意思说自己做了不好的梦。

"做噩梦了？"许濯温柔地说道。

林星遥却问许濯："你又睡不着了吗？"

许濯愣一下，答："没有了。"

他没有说谎。

安定已经停了很久，只要林星遥在，他就不会失眠。

"许濯当然没有表面上看起来那么像'好学生'。"

夏若美和林星遥坐在奶茶店里，两人面前各一杯奶茶。

夏若美说："有一段时间他几乎天天泡在酒吧里……当然我也不是好学生。"

从前夏若美对于她那个已经被执行死刑的生父时刻都抱着恐惧又厌恶的感觉。

直到夏文死后，她在很长一段时间里感到人生孤独至极，但现在缠绕她的藤蔓终于还是散了。

她时而想，她爸死了，可留给她的诸多心理暗示是否还在生效？无论是对父亲的消极依赖还是对许濯的偏激愤恨，她有时无法分清这些是否全部来源于自己对真实的判断，还是夏文对她日积月累的暗示和扭曲。

她尚且心有余悸，曾经深陷泥潭的许濯如今又是否真的挣脱了这一切？

"都过去了。"林星遥低声说，"无论是谁都要向前看。"

夏若美笑起来："林星遥，你还真是一点儿都没变。"

那一次他们深夜在医院急诊室碰巧重逢，看到许濯站在林星遥的身边时，夏若美的心中曾有过一丝微妙的不平衡。

她想明明当时自己和许濯都"发现"了林星遥，而许濯才是那个最丧气、最没安全感的人。

如果不是林星遥，许濯或许就不会迈步往任何一个方向走了。他可能会停在原地，永远不前行。

至于自己，多少还是比许濯坚强一点的。夏若美如此安慰自己。

林星遥和许濯回到江州市，林星遥要把老屋的东西清理出来，顺便把老旧的门锁换一把新的。

他在首都找到了工作，或许很长时间内都不会回江州了。他在自己房里收拾衣服，许濯在李茹仙生前睡的卧室里清理杂物。

老人的东西很少，许濯把杂物都放进纸箱里封存以免受潮。他拉开衣橱最下面的柜子，衣服拿出来装进真空袋。

拿到底的时候，他看到柜子底有一本相册。

相册很旧了，许濯拿出来翻开，里面是林星遥小时候和家人一起拍的照片。

小时候的林星遥像白团子，可爱的小圆脸，圆亮的大眼睛。照片里他不是被妈妈抱着就是被外公外婆抱着，大人都对他表现出爱不释手的样子。

林星遥的母亲看起来有些瘦弱，总穿一袭温柔的裙子，长发简单扎起，露出额头的美人尖。林星遥的外公可以看出来年轻时非常英俊，老来眉目温和，有一张照片是他牵着小外孙在公园里玩秋千的画面。

这个相册里没有林星遥的生父。虽然成员不齐，但看起来依然完满安宁。

许濯翻看下一面——有一个本该有照片的位置是空的。

他看着那个空白的位置，这时林星遥走进来，见他在看相册，坐到他的旁边好奇一起看。

"这从哪儿找出来的？"林星遥看到自己小时候的照片，"啊"了一声，有点儿不自然，"这都是好久以前的照片了。"

许濯问："这里怎么少了一张照片？"

林星遥也注意到那块空白，托着下巴想了想："以前听外婆说，好像是妈妈临走前拿了一张照片，说是出门在外想我的时候可以看看。"

他出神看着相册上空白的位置，不再说话了。

许濯靠近他，林星遥躲了一下，说："我没事，其实很多事都是外婆告诉我的，我妈走的时候我还小，很多事我都没印象。"

许濯说："我还以为你要哭了。"

"我才没！"

许濯合上了相册。

林星遥的外公火化那天是个阴雨天。火葬场就在殡仪馆外的后山，馆中央的空地上一个熏黑的铁鼎里烟雾细微，被雨水浸透后散发纸钱和香烧过后混合的呛鼻烟味。

走廊上，人们三三两两地聚在一起小声交谈，时而有幽咽的哭声如细雨飘摇。老人的遗骨被送进火化炉，随着"轰"的一声火炉起鸣，哭声更甚。

阴沉雨幕下，一把黑伞出现在人群外。持伞之人站在雨中，看着眼前这幕了无生机的悲剧。

李茹仙抱着丈夫的骨灰盒从走廊里出来。雨越下越大，老人撑起伞，一步一步缓慢朝停车场走去。 她走到车边，注意到车把手上夹着一张皱巴巴的照片。老人疑惑地拿起来看，照片被撕成了两半，她一眼就认出这张照片，脸上露出震惊的表情。

许濯站在冰冷的铅灰雨丝中，黑色伞面下，他的脸冷漠得像是没有温度，一双漆黑的眼睛抬起，目光穿过雨幕，看向远远的走廊下，另一个少年走出来，怀里抱着逝去老人的遗像。

许濯在用这种方式提醒老人，他们被人盯上了。

那少年没有哭，只苍白着脸呆呆地站在走廊里，看着廊外灰色的天空和无尽的雨。

那双眼睛与小时候几乎没有变化，润泽有光，在悲伤时也不见暗淡。

许濯收回目光，转身离开。

雨很快掩去了他的背影。

"好啦，东西都收好了，走吧。"

林星遥起身跑出去，许濯站起身。他们最后收拾好整间屋子，许濯拿着林星遥的背包下楼，他们今晚就会回首都。

"下周我们学校举行毕业典礼。"林星遥走在前面下楼，回头和许濯说话，"你来看吗？"

许濯牵着他的衣袖，以防他踩空摔跤："来。我给你拍照。"

林星遥看起来心情很不错："嗯，你毕业典礼那天我也会去给你拍照的。"

林星遥又开始讲到时候等他发了第一笔工资，要请许濯去哪里吃好吃的；以后再攒攒钱，还可以去哪里玩。

林星遥对未来有好多小期待，许濯跟随左右，自然顺着林星遥的期待一起走。否则许濯将漫目的，无处可去。

老旧的居民楼潮冷，等走到一楼，才见外面的光落进楼道的门。林星遥拉着许濯走出楼道，阳光倏然落了满身，许濯不大适应地眯起眼睛。

他眼中是林星遥生动的背影。

若再回首，仍是混沌，诸多隐秘不可诉诸。

温柔，守矩，理性，皆是世间的规则。

为了守着他们的未来，无妨被世间庸碌的光照耀，没入喧嚣人海。

我想在星空的深处被你唤醒，
与你走过河流织作的网，
落叶铺成的线。

在天空与群山相接的边界，
在日落里找到你的影子。

番外

时光的帧与画

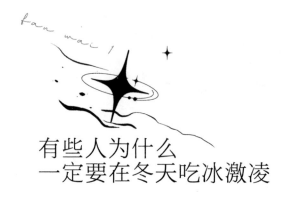

有些人为什么
一定要在冬天吃冰激凌

"现在是冬天。"许濯说。

林星遥最近刷到做冰激凌甜点的视频，要馋死了，又不知道大冬天上哪儿能买到那种从铁盒子里挖一大勺球刮到脆皮卷上的冰激凌。他想叫上许濯一起找冰激凌店，许濯不仅不和他一起找，还不许他一个人去找。

林星遥说："就吃这一次。"

许濯："你吃了这一次，就会想吃第二次。"

"我一定不会想吃第二次。"

许濯放下手里的笔。他正在写代数作业，演算稿纸散落书桌。按说最开始的时候林星遥不会说这种话，他都不会开口主动要，通常只有许濯主动买给他，他才有些不好意思地接下。

但随着时间流逝，许濯对林星遥有求必应，即使林星遥什么都不说，他也能猜到他的想法。有时候林星遥都觉得许濯像他的哆啦A梦——他从小看过的动画片不多，只能想出这么个类似的形象，哆啦A梦的口袋就是许濯的脑袋，里面什么都有。

但现在哆啦A濯连冰激凌都不给吃了，林星遥很不习惯。

他趴在桌上看许濯演算，眼前一堆公式符号绕圈圈，绕得他以为在看外星文字，只好默默坐回去继续做自己的工作表。

许濯算完一道题，把笔放下："走吧。"

林星遥茫然抬头："去哪儿？"

"找冰激凌。"

林星遥马上跳起来去换衣服，抱起许濯的帽子和围巾给他也戴上。两人出门去找冰激凌店，首都风大寒冷，干燥得人觉得脸疼，许濯个子高，林星遥躲在他的后面挡风。两人住处附近的商场没有冰激凌店开门，坐车到更远的另一个商城，终于找到商场里一家正在营业的冰激凌店，而且是林星遥想要的手挖冰激凌。

商场暖气足，许濯让林星遥就在室内吃完冰激凌。林星遥吃得有滋有味，很大方地和许濯分享，许濯真的没有想吃，但林星遥总是喜欢和他分享各种各样的东西，他已经习惯了并且全部接受。

只是林星遥怕冷，风冷就容易犯咽炎咳嗽，许濯才不让他吃冰。

等毕业后或许还是应该去南方更温暖的城市，许濯如此考虑。

属于是
摔得找不着北了

　　首都发布暴雪预警通知，林星遥工作的公司通知员工暂时居家办公三天。得知接下来可以不用每天顶着寒风上班，林星遥很开心地下班了。

　　乐极生悲。在回家的路上，林星遥即将抵达家楼下的时候，因为水泥地结冰太滑，他摔了一跤，狠狠地磕疼了膝盖。

　　比较好笑的是在他之前已经有两个人在这条路上滑倒了。这条路有点坡度，雪又下了起来，覆盖地面让人看不清哪里有冰哪里没有，林星遥坐地上还没起来，后头又有一对情侣大叫着滑倒摔下来，溜出半米远。

　　林星遥好不容易把自己折腾爬起来，歪歪扭扭狼狈回家，还跟许濯发消息让他回来的时候小心点，家楼下的路很滑。

　　许濯问他：摔了？

　　林星遥扶着沙发揉屁股，发过去一个"无语倒地"的表情。

　　许濯回来时已是晚上十点多，天黑了路看不清，他也没摔，好好地回了家。林星遥的膝盖摔肿了，自己喷了点药，窝在沙发上看电视。

　　许濯过来察看他的腿。许濯今晚学校有事，没去接林星遥下班，人就摔了。

　　林星遥还疼着，姿势略别扭地坐着。许濯去厨房弄了冰袋，过来坐下给他轻轻敷在红肿处。

"这三天你就在家里休息，不要出门了。"许濯说，"也不可以下楼玩雪。"

南方人林星遥被一眼看破心思，挺不甘心地还想为自己争取机会："我只是站在原地玩，又不打雪仗。"

许濯一笑。他抬起林星遥的小腿，林星遥马上喊痛，随即抱着腿倒在沙发上。

"听不听话？"

林星遥屈辱地回答："听，听！"

一定不是他的错觉，许濯的性格越来越恶劣了。

许濯把从楼下便利店买回来的零食放到林星遥面前的零食盒子里，问他晚上想吃什么。林星遥说想吃鸡蛋三明治，许濯就去做晚餐。

林星遥抱起零食盒子翻了翻，都是自己喜欢吃的零食。也是，许濯压根不吃零食。

林星遥拿出一盒牛奶打开喝，窗外的雪越下越大，传来伴着风的细密落雪声。

他性格还是很好的，林星遥想。

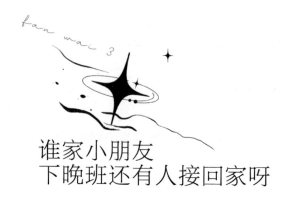

谁家小朋友
下晚班还有人接回家呀

　　林星遥又加班了。

　　他工作很努力，致力于多多赚钱。最近小老板接了新项目，组里所有人加班加点地上工，林星遥也不例外。

　　他发消息告诉许濯说要加班，让许濯自己吃晚饭。他埋头工作，等终于忙完手里事情的时候，再看时间已是九点多。

　　大家都忙饿了，结束一整天忙碌的工作，有人提议去吃烤肉喝点小酒，得到一众积极响应。

　　林星遥客客气气地拒绝了，同事开玩笑："星遥很少参加团建，每次都不和我们一起玩。"

　　另外一位同事说："星遥是乖小孩，哪会像你一样天天蹦迪喝酒。"

　　"遥遥每天都有人接的，哪像我们这群无家可归的——"

　　"星遥今天也有人来接吗？"

　　林星遥背着包与同事一起进电梯下楼，拿出手机看一眼。一个小时前，许濯发来消息，说自己在公司楼下的咖啡厅等他。

　　林星遥点头"嗯"一声。有人羡慕地说："真好啊，每天都有人接。"

　　林星遥曾经让许濯不要这样。他认为许濯的学业很重要，许濯却成天来接，这让他无法心安理得地接受。何况自己都是成年人了，又不是念小学的小朋友，小朋友才每天上学放学还要家长接送。

不过，许濯认为自己的学业好坏与是否接林星遥下班没有任何相关性，无科学研究和实验支撑，他俩也不是家长与孩子的关系。也就是说，林星遥这两种说法在理论和实践上都不成立。

有时候林星遥非常怀疑许濯在一些很奇怪的地方摆出认真的姿态与自己讲道理，只是为了达成目的而瞎扯。

林星遥走在同事后面离开写字楼，隔壁的咖啡厅灯光明亮，林星遥一眼看到坐在窗边的许濯，许濯也看到了他。

"朋友在等我。"林星遥对同事说，"我先走了，再见。"

同事们纷纷与他道别，许濯离开咖啡厅，与他并肩离开。

城市的夜晚车水马龙，高耸的写字楼落下冰冷的光辉。林星遥忍不住说："都让你别来接了。白等这么久，浪费时间。"

许濯一笑："不浪费。"

许濯的声音低缓："天这么黑，怕你迷路。"

"你想什么呢？！"

"开个玩笑。"

"你又在嘲笑我那次在你学校里找错路的事！"

"没有。我相信你只是喜欢猫，所以想跟着其中一只走走，看会不会有更多可爱的小猫。"

"我……你……"

林星遥决定今晚不吃许濯做的饭了。

变成猫了怎么办

林星遥变成猫了。

猫趴在许濯的床上，睁着圆圆的大眼睛看着许濯，低头舔舔脖子上的毛。许濯有点疑惑，他没养过猫，难得感觉到了棘手。

"遥遥。"许濯试着叫这只猫，可能是想知道林星遥变成猫以后还能不能说话。

猫"喵"了一声，四爪着地在床上踩来踩去——看来是不会说话，沟通出现了问题。猫用前爪巴拉许濯的手臂，又对他叫了一声，凑到他的手指旁边嗅。

许濯简单推断，猫应该是饿了。

他下床去准备吃的，猫从床上跳下来跟着他。事发突然，家里没猫粮，许濯煮了点肉和青菜，切碎拌成糊糊倒进小碗里，一碗猫餐就做好了。猫吃得津津有味，吃完后许濯给它倒了清水，它喝了。

许濯今天有个作业要交，他随便给自己做了些吃的，吃完后坐客厅写作业。猫蹲在沙发下眼巴巴地看着他，许濯挪开平板电脑看它一眼，拿着电子笔勾了勾："上来。"

猫跳上来，晃着尾巴蹭他的手。许濯对它说："我在写作业。"

猫"喵"了一声，跳到他的腿上嗅他的下巴，发出"呼噜呼噜"的声音。许濯一手把猫抱进怀里："我待会儿陪你玩。"

猫就自己玩去了。许濯继续写作业，过了会儿忽然听到房里传来"喵喵"的叫唤，听起来好像还挺着急的。他放下平板和笔起身进卧室，看见一个猫屁股卡在床缝里，尾巴急切甩动。

猫的脑袋卡进床缝了。

许濯拖开床，猫马上拔出脑袋，好像有点心虚地看了他一眼，甩甩毛，灰溜溜地跑下床，钻进了柜子底下。

猫不是很灵活的吗？

接着许濯一想，但如果这猫是林星遥的话也就能说得通了。

许濯把猫从柜子底下揪出来，抱到客厅挨在自己身边，免得它又钻到某个角落出不来。

下午许濯本来要去趟学校，但他临时推掉了安排。家里有个手电筒，许濯调出小聚光模式逗猫玩，猫跟见了新大陆似的，追着光点满屋子上蹿下跳。许濯把手电筒往门顶上照，猫腾地飞蹿上门，站在门上炯炯有神地盯着光。

真有意思。

猫被盘累了，打着哈欠跳上沙发。许濯揉揉猫肚子，猫四仰八叉地睡觉。

许濯醒来的时候，看见林星遥抱着脏衣篮经过。他从沙发上坐起来，林星遥见他醒了，说："醒啦。你这个午觉睡得够久的。"

许濯看着林星遥，林星遥被他看得不自在："怎么了？"

"没事。"

许濯思考片刻，自言自语："还是会说话更好。"

手机掉了没关系
人没掉就行

　　林星遥出去团建一趟，手机丢了。他本来不爱参加这种公司活动，但他几次都不参加，小老板以为他性格孤僻不合群，还特地找他聊天，问他是不是对同事或者工作有不满。为了减少不必要的误会，这次团建林星遥报名了。

　　他不理解团建内容里为什么要有爬山。他体力不好，从小就不爱爬山。许濯让他累了就在半山腰等着大部队下来会合，等得无聊就吃点零食玩玩手机。许濯给他包里放了些零食，一个大水壶和一份跌打药，以备不时之需。然而林星遥在爬山的时候既没有肚子饿，也没有摔跤。

　　他的手机丢了。林星遥压根不知道自己把手机丢哪儿了，他爬到一半坐在石凳子上休息的时候一摸口袋才发现手机没了。他忙在周围找了一圈，到处都找不到，问了几位路人也都没有看到。林星遥懊恼不已，正巧碰到上山的同事，他朝同事借了手机，给许濯打电话。

　　他一时不知如何是好，打电话询问许濯怎么办。许濯听完后问他在山上哪个位置，然后让他现在就掉头下山。

　　林星遥避开同事，小声说："活动还没结束，他们还要在山顶聚餐。"

　　"你告诉同事说你的手机丢了，可能被别人捡走，现在要抓紧时间下山去重新办电话卡。"许濯在电话里教他，"下山后到售票处等我，我现在过来。"

林星遥就和同事解释了原因，同事还很体贴地询问要不要陪他一起下山，林星遥婉拒了对方，独自背起包下了山。

他还有些不死心，一边沿着原路下山一边还想试着找手机，最后也是没有找到。他多花了些时间，等走到山脚下售票处的时候，许濯已经在等他了。

许濯看见他出来，朝他走来。林星遥也朝许濯小跑过去，挺郁闷地说："下山沿路找都没找到，你说是不是被人捡到了？"

许濯说："门口有个失物招领处，你去那边等等，看有没有人送过来。"

两人就坐在失物招领处旁边等。那手机是林星遥工作后给自己换的第一部手机，一直用到现在。他一向开支节省，丢了那部手机心疼得很，坐在失物招领处的箱子旁边左右看看，希望有人会突然出现把他的手机放进箱子里。

他看一眼许濯——这个人怎么已经打开手机软件在看新手机了？

林星遥推推他："说不定还能找回来呢。"

许濯"嗯"一声："我就看看。"

结果等了一个小时，没一个人过来他们这边，其间许濯顺便打电话给服务商停了林星遥的手机卡。他把看中的一款手机给林星遥看："这个怎么样？"

林星遥："……太贵了。"

"我有学生折扣，还送一副蓝牙耳机。你的旧耳机不是坏了吗？正好换个新的。"

林星遥放弃了等待，两人一起离开。路上许濯安慰林星遥："手机不重要，人没丢就行。"

林星遥怒："人怎么会丢！"

他真是完全不理解许濯的脑回路。

人海

　　还有三个月许濯就要毕业了。

　　四年若白驹过隙。

　　去年许濯的妈妈就表达了希望许濯读研的想法，但许濯有自己的打算，他准备先工作一段时间再考虑读研究生的事情。

　　说起研究生，不知道是不是受到许濯的影响，还是工作了几年思想有所改变——林星遥也偶尔萌生出考研的想法，但绝大多数的时候他都打消了这个念头，因为许濯还在念书。虽然许濯有他自己的经济来源，但林星遥自小受到外婆的影响，坚持认为必须始终至少有一方在通过劳动获得收入才是稳定的生活方式。

　　虽然自小起的学校生活对林星遥来说都不是什么好回忆，但比起成年后上班工作，上学这件事本身还是比较愉快的。

　　林星遥在首都这座大城市工作了几年，虽然赚了笔钱，但赚得并不容易。

　　他不是许濯，没有那么好的脑子，几乎做任何事情都从来没有容易过。

　　然而许濯知道他的想法后，竟然问他想考哪里，开始做准备没有。

　　林星遥怎么可能开始做准备，他连想考哪个学校都没想过。

他被许濯问了才勉强想了想，说了个位于一座南方城市的大学。

"这个学校的分数线不是特别高，听说专业也挺好的。"林星遥说。

更何况，这座城市离江州也挺近。

林星遥有些恋家，尽管他最爱的家人都已经不在了，但江州是他的家乡，他的外婆和妈妈永远都留在了家乡，幼时温暖的记忆也始终伴随着他。

从他的大学四年再到许濯的大学四年，每年林星遥都要回江州祭拜外婆和母亲。

林星遥有些惴惴不安，他知道自己的想法不现实，和许濯说："只是随便一想而已，我也没空，不会考的。"

许濯却说："你没空的话可以考虑辞掉工作，这样就有时间准备了。"

林星遥大惊："辞掉工作就没钱了！"

许濯很耐心地告诉他："我马上要毕业了，我会工作的。"

林星遥还想说不行，许濯已经打开笔记本电脑搜索学校："考研究生的话，学校可以选再好一点的。"

许濯给林星遥报了个学校名，也是在那座城市，但那学校历年考研分数线直接拉高了四十分，林星遥马上拒绝："考不上的！这个学校我怎么可能考得上？"

许濯："我可以辅导你。遥遥，你这么聪明，不会有问题。"

林星遥愣了一下，声音小了点："我不聪明。我从小就不会考试。"

"你复读那年一个人住出租屋，最后也考上大学了。"

林星遥傻乎乎地怔着，许濯与他说话时很温柔："其实我之前就在考虑毕业后离开这里。这里的天气和饮食你一直都不习惯，工作节奏也太快，我想不如我们搬去南边，找一个更适合的城市落脚，如何？"

"我也没有不习惯……"

"你习不习惯，我能看出来。"

林星遥迟疑地问："你不想在首都工作吗？"

"我在哪里都无所谓。"许濯笑了笑："以你的意见为主。"

许濯没有催林星遥做决定。他继续写论文，他的论文要发刊，毕业典礼上他还要作为优秀学生代表发言，事务颇繁忙。

林星遥白天继续忙着工作，晚上回来后抱着电脑搜索各种考研信息，脑子里乱麻麻的。

许濯的论文已基本全部完成，他最近在图书馆做最后的完善，把林星遥也带过来了。

华大的图书馆总令林星遥有种微妙敬畏的心情。许濯在修改论文，林星遥拿了本书坐在旁边看，面前放着许濯倒给他的橙汁。

两人坐在一个半开放的书屋隔间里，门外偌大的图书馆层层顶落下温暖的阳光。馆里坐满了人，只有书页翻动的沙沙声和敲击键盘鼠标的声音。

自林星遥来首都工作后，许濯常常带他来自己的学校。

林星遥很羡慕许濯有能力在这么好的大学里念书，有时候他看着许濯写论文、做项目、做各种各样的研究课题，都觉得能这样学习真了不起，而自己的大学时光几乎都在打工和勉强赶作业中度过，几乎没有任何同学之间的活动，也没有真正地体会过所谓的"学习的乐趣"。

林星遥想了一周，星期五晚上和许濯坐家里一起打游戏。

说起考研这件事，林星遥说："新闻说今年考研的人可能超过四百万了，你说的那个学校还是个大热门，一般人哪考得上？"

许濯一边打游戏一边笑着说："你不是一般人，你是聪明的林星遥。"

"你别逗我啦！"

"我没有逗你。"许濯说，"只要你想念研究生，我就会陪你一起考，什么我都能教你。"

林星遥默默想了会儿："没考上怎么办？"

"不会的。"

　　两个人物角色在游戏迷宫里滴滴滴地探索转圈，林星遥摆弄手柄，心思显然已经发生了变化。

　　他好奇地问："你干吗对我考不考研这么上心？明明你自己都不急着考。"

　　许濯答："因为你想。"

　　林星遥不说话了。

　　晚上睡前他躺在床上思来想去，莫名想起似乎很多事情都是许濯顺着他的想法去做了，但许濯本身是否对这些事感兴趣他却不得而知。

　　以林星遥对许濯的了解，许濯对绝大多数事情都不怎么感兴趣，而林星遥他自己——虽然好奇心挺重，却也很少主动表达。他没有主动向外界表达自己期待得到某物的习惯，只是自己会努力看看，达不到目的就算了。

　　可即使他不说，许濯也总能看出来他在想什么。

　　迟钝如林星遥，也渐渐感觉到许濯似乎以观察他的内心想法并将其付诸实践为某种神奇的乐趣。

　　一个不太恰当的比方，就像人类知道小狗摇尾巴就是希望得到抚摸，转圈就是想出去玩，呜呜叫就是饿了，然后人类就会摸摸小狗，带小狗出去玩，给小狗喂食。

　　某天林星遥把这个感受告诉了许濯，许濯听完后笑得差点咳嗽。林星遥不知道自己常常语出惊人，还问自己说得哪里不对。

　　许濯说："没有哪里不对，不过比起小狗，你还是要更难懂一些。"

　　"我的兴趣这么少，希望你不会觉得我无聊。"许濯又笑着说。

　　林星遥心想你兴趣少，可你无论做什么都能做好。日子这么长，世界这么大，以后肯定遇到感兴趣的事情。

　　许濯毕业典礼那天，林星遥抱着许濯的相机去给他拍照。

　　林星遥的摄影技术师承许濯，还算不赖。

许濯穿着一身学士服，站在人群中挺拔俊逸，林星遥找过来的时候他正在与身边同学交谈，他转头看见林星遥便招手。

旁人与林星遥打过招呼，问起两人的关系，许濯随口道："这是我的一位小学长。"

有人笑："学长就学长，怎么还有个小字。"

林星遥在背后不满地抵了下许濯，许濯便换了个话题。

不久，轮到他们系去拍合照，一群大学生乌泱泱聚在一起，男生们站在最后几排，许濯在人群中很出众，林星遥调试着相机，举起来对准许濯的方向。

许濯正巧看向他的镜头。

许濯的目光总是很温和，好像这世上没有任何事能让他露出慌乱的表情。

不知是不是受到许濯的影响，林星遥也渐渐变得不再遇到一点意外就乱了手脚。

至少他总能有许濯来帮忙。

下午许濯在学校大礼堂完成了他的优秀学生代表毕业致辞，林星遥蹭了张票进去观看，给许濯拍了不少照片。许濯致辞完毕，换下一身学士服，与林星遥一起离开了学校。

不少人邀请许濯一起参加毕业聚餐，许濯以搬家为由婉拒了所有邀请。林星遥问他这么有纪念意义的聚餐为什么不去，许濯却说："这种聚餐对我而言没有纪念意义。"

林星遥："……如果有这么多人都邀请我参加聚餐，我一定会很乐意去的。"

许濯说："是吗？那如果只有我一个人邀请你聚餐，你能不能也给个乐意？"

林星遥人还没反应过来就稀里糊涂地被许濯带跑了。许濯带他去吃了他平时爱吃的江州菜馆，两人还趁空闲去老城区逛了一圈，拍拍照，逗逗路边的猫，路上遇到一家奶茶店，许濯顺手给林星遥买了杯奶茶。

许濯靠在围栏旁翻看相机，林星遥抱着奶茶边喝边出神看天。今天的天格外蓝，他都好久没见过这么清朗的天空了。

他终于下定决心，对许濯说："那就考考试试看吧。"

许濯对他的决定丝毫不吃惊，似乎早知道他会这样选择。许濯说："既然决定好了，那就辞职吧。"

林星遥猝不及防："现在就辞？今年肯定来不及了，我想明年考。"

"正好我毕业，你辞了职，我们可以出门旅游，散散心。回来后你就可以准备学习的事情了。"

林星遥傻乎乎地望着许濯，反应过来："你想出去玩多久？！"

"半年而已。"许濯很淡定地回答："对一场毕业旅行来说不算久吧。"

起初林星遥对这场计划长达半年的毕业旅行表达明确反对和不可思议，他觉得半年未免太久了，更可怕的是许濯竟然拿了一张世界地图给他画他们的旅游路线，一圈画下来都快横跨亚欧大陆。

"哪有钱？！"林星遥大叫。

许濯拿两人的手机查银行卡余额："这么多够了。我来做计划，不会浪费钱，路上也可以赚。"

为了打消林星遥在钱这方面的忧虑，许濯又给自己的母亲打电话"借"了一笔钱。

王婉青虽然一开始对许濯打电话过来竟然是借钱出去玩而且一玩就是半年这件事很难接受，但许濯也不知和自家母亲说了些什么，总之最后这笔钱借到了。

"我的儿子还朝我借钱。"王婉青在电话里不满地道，"难道家里缺这点钱吗？"

王婉青不忘提醒许濯找工作的事情，许濯随口答应，挂了电话。

林星遥还趴在世界地图上研究许濯画的旅行路线，很不放心地问："这么远的路，出门以后路上都再不回来了吗？"

许濯说："我们可以把这里的房子退了，先回江州，再收拾行李出门。每到一站可以把附近的点都走一遍，然后在前往下一站之前，我们可以选择直接走，或者回江州休整。"

这倒是个不至于让旅途太过疲惫的好办法。毕竟林星遥不是许濯，没法做到一个人在外旅行数月不回、徒步穿越山川旷野。

"等你开始准备考试，就没有时间出远门了。"许濯循循善诱，"考上以后更没有时间。三年的研究生生活会很忙，每天都要看书做课题。"

最终在许濯的连哄带骗下，林星遥答应了这次的旅行计划，他在许濯面前的好说话和易上钩一如既往。

在许濯正式离校那天，林星遥也走完了公司的辞职交接流程，两人收拾好所有行李，大部分都打包寄回了家。

回到江州时，林星遥依旧回到自己曾经和外婆一起住的家。他把房子里里外外打扫一番，去给外婆和妈妈扫了墓，回来后洗澡睡下，窝在床上看窗外的星星。

离开家乡多年，他发现自己还是更适应南方的水土。虽然有许濯陪在身边，去哪里他都不会太害怕。

手机响了声，许濯发来消息，说明天一起吃早饭。

林星遥趴在床上和许濯聊了会儿，想到过几天就可以出远门去玩，心情还有点小激动。

许濯让他早点睡觉，他就放下手机，闭眼听风扇的声音在耳边轻轻摇，一点点吹去夏夜的热意。

城中夏日正盛的时候，两人的旅行正式开始了。

许濯开车，往西南走，车沿着四通八达的道路网逐渐远离聚集的城市圈，进入山林和川流。

许濯告诉林星遥闲来无事可以拍点 Vlog，林星遥就拿着小相机拍。

他拍开车时路上的风景，拍许濯，拍在高速服务区停车休息时别人家的猫猫狗狗、追逐的小孩。

这一次两人走得比上次更远。草原广袤无垠，天空与群山相接，地平线日升日落，飞鸟无痕。

车穿过万亩油菜花田，满路盛开的黄花随风摇曳。两人在县城中歇脚，夜晚天黑寒冷，林星遥小孩似的睡不着，爬起来摇醒许濯，拉他出门玩。

民宿的院子里有张吊椅，可以坐在上面看星星。

远离人烟的夜幕星空明亮闪烁，林星遥套了件厚外套仰头看星河，漫无边际地想不知道外婆和妈妈是里面的哪两颗。

草原上的河流像一片蜿蜒交织的网，两人顺着这张网走走停停近一个月，之后回到了江州。许濯整理手上的照片，顺便和林星遥计划下一站去哪儿。

林星遥已经开始适应他们的旅行，兴致勃勃地说想去哪里玩、想吃什么，然后许濯就会根据林星遥的想法划定一片地方，提着行李出发。

如此断断续续过了半年，两人的足迹从山到海，从大陆到小岛，盛夏过去成秋，落叶黄了覆霜。

许濯和林星遥的最后一站在国外，回到江州时路上正下着雪，机场外落雪纷飞。

林星遥脑袋上顶着一个许濯买给他的厚毛绒帽，这个帽子非常保暖，林星遥爱不释手。

许濯把他送回了家，正是饭点，林星遥就让许濯留下来吃饭，两人一起简单煮了个火锅。

家里飘起热火锅的香味。林星遥边下菜边问："要过年了，我们还出去吗？"

许濯逗他："玩得停不下来了？"

林星遥讪讪地："才没有，我还记得要看书。"

"那今年就在家里过吧。"

年关已过，许濯就准备工作了。之前有不少个人和公司朝许濯递来橄榄枝，只是他一直放着没管，等半年的旅行结束后才开始考虑。最终他的工作定下，工作地点就在林星遥想考研的那座城市。

年后许濯就要去公司报到，公司为他租了一间两室一厅的房子，就等着他入住。

两人在江州过完年，把一大堆半年旅行来买的各种东西寄去新房子那边，然后提着轻便的行李，再次离开了家。

他们抵达落脚处的那天晚上下起了雨。公司的人都很好，特意派车来接，把他们送到小区。许濯与司机和同事道谢，林星遥拉着行李箱站在许濯旁边，忽然就有些走了神。

陌生的城市，连雨都变得不熟悉。路上来往的行人都说着林星遥听不大懂的方言，街上高楼大厦林立，雨幕中的夜空像模糊的玻璃，折射城市繁华的霓虹灯光。

他看向身边的许濯。许濯正客气地与同事交谈，同事邀请他明晚聚餐，他礼貌表示这几天需要和室友一起收拾家里，可以等到他去公司的时候再正式和所有人见面。他永远都这么彬彬有礼，温柔得令人无法拒绝。

林星遥从身后轻轻抓住许濯的袖子。许濯的声音明显顿了一下，然后才如常继续。林星遥的心里安定了些。他第一次独自北上念大学的时候，最初也是这样不自在；后来去首都工作，一开始也常常不适应——但他总会习惯，也渐渐学会从新的生活中寻得新的乐趣。

何况还有许濯。

司机和同事帮忙把两人从江州寄过来的东西搬到家里，许濯与人道过谢，把一行人送到楼下，再上楼回到家时林星遥已经脱了外衣撸起袖子，哼哧干起活来。

许濯说："明天开始看书？"

林星遥点头："嗯！"

　　林星遥开始学习了。许濯一人充当他的英语、政治、数学和专业课老师，他买来一摞书，教林星遥看书的顺序，给林星遥划出每天的学习量和早中晚的学习时间。每周许濯都会检查一次林星遥的学习进度和效果。

　　许濯给书房换了张长书桌，桌面可以放下很多书，"林中花园"手办也摆在桌子上。这里以后就是林星遥学习的常驻地了。书房的墙上则挂一片大黑板，黑板上用小磁石吸着大大小小的照片，都是他们那半年旅行时拍的照片。

　　白皑皑的雪山，草原上的奔马，或是雨幕里青灰的石板屋檐，小桥流水。一张照片里的林星遥坐在居酒屋里吃面，另一张许濯站在金色佛塔下的水果摊前买水果，此外还有两人在彩色圆顶城堡前的合照。

　　白天许濯上班，林星遥就在家里学习。

　　许老师虽然对林星遥耐心温柔，但如果他没有完成该完成的学习量，许老师也会很严格。或许是辞职备考没有什么后路，也或许是真的很想再进大学校园念书，林星遥学得很认真。

　　虽然他进度偏慢，还经常遇到各种各样搞不懂的问题，但还好有许濯在，所有问题都能解决。

　　许濯的工作自由度较高，基本上只要能完成老板给的任务就没有任何其他要求。

　　在林星遥看来，工作后的许濯也和从前没有任何区别，仿佛他俩还像许濯在念大学那个时候一样，白天时各自忙，晚上洗完澡后就坐在一起看电影打游戏。

　　林星遥想每天早点起床，少打游戏，他怕自己学习进度慢，时间不够用。许濯告诉他最好不要这样，因为时间对他来说绝对足够，时间充足的情况下，紧张度就必须要放缓。

　　偶尔林星遥也像众多备考的考生一样怀疑自己考不上怎么办，尤其

是在遇到令他一头乱麻的数学题的时候。当他的备考推进到中期进度的时候，数学的学习进入深水区，他时而就会认真剖析许濯的脑部构造，认为许濯的脑袋里一定有一块区域与众不同，才会让许濯念数学系这种专业都能游刃有余。

许濯本人对他这种想法的回应是："你对我脑部构造的探索精神如果运用到你做数学题的时候，效果说不定不错。"

许濯还给林星遥规定了作息时间，避免他突发奇想熬夜看书或起大早背单词而打乱作息。但如果是两人打游戏打到太晚导致林星遥第二天起不来，许濯又完全不管。

林星遥的一大爱好就是拉着许濯玩解谜冒险游戏。解谜这种游戏，不一口气全部解完的话林星遥是绝对不会睡觉的，结果就是前一天晚上游戏通关他倒头就睡，第二天梦中惊醒一看时间已快中午，而许濯早就出门上班了。

他给许濯发消息，发"愤怒谴责"的青蛙表情包，让许濯以后不许再大晚上十点拉他开游戏，许濯却发来"笑眯眯"的表情，说"这是怕你学习太紧张，帮你放松一下"。

这座陌生的城市对林星遥而言也渐渐熟悉了起来。由于离江州不算远，林星遥很快适应了这里的饮食和气候。

他和许濯去看过几次他目标想考的那所大学，两人都是学生模样，混在进出大门的学生里很容易就进了学校。学校占地广阔，绿植极为茂盛，偌大的校园如一片山中绿荫，每当夕阳西下，操场上就有不少学生和老师打球跑步，或散步聊天。

到了备考后期，有时许濯会给林星遥出卷子做，或突然抽查让林星遥背一道政治大题、某个英语词组，答不上来就有小惩罚。

刷题量也逐渐增加，后来书桌上都摆满了各种教科书、资料、卷子和笔记。

许濯正式通过实习期后便不再需要每日去公司打卡，绝大部分时间都可以居家办公。

他每天会抽出固定的时间给林星遥讲课，他工作不忙，还有闲心给林星遥研究营养餐，通过分析林星遥的体检报告指数和日常活动来判断他需要摄入哪些营养，其专业程度令林星遥叹为观止。

十二月，街上渐渐有了庆祝圣诞和新年的氛围。林星遥终于走进考场，考试前一天他紧张得睡不着，许濯哄半天才把他哄得闭上眼睛。现在他进了考场，坐在自己的考试座位上拿到卷子，又不紧张了。

没想到自己竟然真的会走到这一步。

林星遥一边摊开卷子写自己的名字和考号，一边心想着如果不是许濯陪在身边，他说不定早就放弃了。还好他坚持了下来，能够体会一把努力的感觉。

考完试的最后一天正好是圣诞夜，林星遥随着人群走出考场，一眼就看到许濯在台阶下等他。他围起围巾小快步下台阶跑过去，许濯走上前拿过他的书包，与他并肩往外走："想吃什么？我带你去吃。"

林星遥一身轻松，心情很好地说："想吃大餐！"

许濯笑起来："我订了座位，走吧。"

"你怎么不问我考得怎么样？"

"看你的表情就知道。"许濯拢好他的围巾，声音温柔，"要相信许老师和林同学。"

许濯的身上有一种神奇的气质，总能让林星遥安定下来。这种气质或许是他几乎不在意任何事的冷淡，也或许是他唯独重视身边这个人的笃定。如果许濯笃定一件事情，那林星遥就没有理由不去相信。

来年的二月，林星遥收到自己笔试通过的消息。他立刻开始准备面试事宜，许濯于是又成了他的模拟面试老师，客厅餐桌就是两人的模拟面试地点。

林星遥每天得背一道许濯给他的专业题，还有姿态，表情，说话容易顿住的小毛病，全都要一一纠正。

许濯个子高，气质偏冷，他穿起正装坐在林星遥的对面时简直像个正儿八经的年轻的大学教授，还是那种严肃型的，弄得林星遥总莫名其妙地紧张。

他一紧张就忘词，一忘词就要挨罚，后来就彻底长记性了，学会了自我障目法：只要是坐在自己对面的，一律视作白菜在说话。

六月夏初，林星遥收到学校寄来的录取通知书，快件还是许濯给他拿回家的。

林星遥在面试结束后就找了份短工，白天在工作室忙，晚上回来后才看到餐桌上的录取通知书，当即欢呼一声，抱起通知书。

许濯正坐沙发上办公，林星遥高兴地扑过来，许濯笑："这下高兴了。"

林星遥点头，有些不好意思地说："多亏有你。"

"是你自己很努力。"

林星遥嘿嘿笑："以后我就是研究生了。"

他高兴得像个小孩似的，许濯很配合："是，恭喜我们的准研究生。"

"我今天要亲手做顿大餐。"林星遥珍惜地把录取通知书收进书房抽屉，跑出来问许濯，"你想吃什么？我去买菜。"

许濯起身："一起去吧。"

两人一起下楼去超市买菜，林星遥兴致勃勃地拿了许多零食。照平时的话许濯都不许他一次拿这么多，但今天看在他高兴，就随他去了。

林星遥买了两大袋东西，放进车后备厢。许濯开车回家，林星遥刚给姨妈打完电话，告诉了对方自己考上研究生的好消息。

许濯说："录取通知书都拿到了，不如——"

"出去玩？"

林星遥迅速接了他的话，两人对视一眼，许濯勾起一个笑容："就当奖励你自己。"

这一次林星遥没有迟疑拒绝，他好奇地问："去哪儿玩？"

许濯一手转过方向盘，漫不经心地说："去任何你想去的地方。"

林星遥若有所思地看着许濯，忽然说："我看出来了许濯，其实你从来都不爱念书，也不喜欢工作，你只喜欢满世界玩和睡觉，对不对？我找到你的爱好了！"

许濯若一本正经地回答他："被你发现了。"

林星遥有些得意又不大好意思地说："那看在你这么喜欢的份上，我就陪你出去玩吧。"

许濯配合地说"谢谢"，林星遥说"不客气，这都是自己该做的"。

林星遥想，他当然也喜欢和重要的人一起见见这世上美好的风景，一起看遍时光的每一帧。

图书在版编目（CIP）数据

无梦之森 / 夜很贫瘠 著. —武汉：长江出版社，
2023.12
ISBN 978-7-5492-9220-2

Ⅰ.①无… Ⅱ.①夜… Ⅲ.①长篇小说—中国—当代

Ⅳ.①I247.5

中国国家版本馆CIP数据核字(2023)第218327号

无梦之森 / 夜很贫瘠 著
WUMENG ZHISEN

出　　版	长江出版社			
	（武汉市解放大道1863号　邮政编码：430010）			
选题策划	漫娱图书 聂紫绚			
市场发行	长江出版社发行部			
网　　址	http://www.cjpress.com.cn			
责任编辑	罗紫晨			
特约编辑	李苗苗 马飞			
总 策 划	幸运鹅工作室	开　本	889mm×1230mm　1/32
装帧设计	吴彦 肖亦冰 殷悦	印　张	8.25
印　　刷	武汉新鸿业印务有限公司	字　数	229千字
版　　次	2023年12月第1版	书　号	ISBN 978-7-5492-9220-2
印　　次	2023年12月第1版	定　价	42.80元